觀後

写書

都

马未都 脱口秀

| 第二季 |

都嘟

新 星 出 版 社　NEW STAR PRESS

图书在版编目（CIP）数据

都嘟．第2季／马未都著．——北京：新星出版社，2016.1
ISBN 978-7-5133-1980-5

Ⅰ.①都… Ⅱ.①马… Ⅲ.①随笔－作品集－中国－当代 Ⅳ.① I267.1

中国版本图书馆 CIP 数据核字（2015）第 305785 号

都嘟．第二季

马未都 著

策划编辑：陈　卓
特约编辑：曹榆萍
责任编辑：高晓岩
责任印制：李珊珊
插画作者：圈　圈
装帧设计：曹　玲
责任制作：魏　丹

出版发行：新星出版社
出版人：谢　刚
社　　址：北京市西城区车公庄大街丙3号楼　　　100044
网　　址：www.newstarpress.com
电　　话：010-88310888
传　　真：010-65270449
法律顾问：北京市大成律师事务所

读者服务：010-88310811　　service@newstarpress.com
邮购地址：北京市西城区车公庄大街丙 3 号楼　　　100044

印　　刷：北京市雅迪彩色印刷有限公司
开　　本：720mm×1000mm　　1/16
印　　张：17.5
字　　数：180千字
版　　次：2016年1月第一版　2016年1月第一次印刷
书　　号：ISBN 978-7-5133-1980-5
定　　价：48.00元

自 序

王朔都

我是个极爱聊天的人，年轻时尤甚。三五好友凑在一起，聊兴一来，摁都摁不住。加之朋友们大都是侃爷，一个比一个能侃，日久天长聊技自然就有长进。

可岁数大了，同龄朋友都各奔东西了，都有了自己的营生；过去说棋逢对手，将遇良才，我这儿想下棋却找不到对手，冲着棋盘发愣也不是办法，恰巧脱口秀在网络上悄然兴起，于是乎，对着镜头开聊，以解口舌之快。

人在生理上有许多快感，最快乐的快感因人而异。娓娓道来算一种，火山喷发算另一种，二者兼顾就会更快乐一些，让说者听者情绪都得以满足。《都嘟》说得时好时坏、风雨可见、冷暖自知。

我的优势是无需临时掉书袋，因为小时候没有书看，反倒逮到什么看什么，该看不该看的都看，看什么都有意思，看什么都入迷。加之青春岁月又阴错阳差地当了十年编辑，见了无数文青、傻青、愤青、愣头青，阅人无数，以致说起《都嘟》来，时不时地冒出一些趣闻往事，男女旧人。

往事旧人许多能说，许多不能说。说了不能说的就不厚道。人的前半生总是不如后半生过得仔细，年轻时没有荒唐就等于没有年轻过，可后半辈子活得仔细了也未必有意思。下棋打球交友恋爱工作创业都是错了记一辈子，有后悔很正常。后悔是人类区别动物最有价值的情感之一，弥足珍贵。

《都嘟》上线一年，点击两亿，粉丝五十万。这实打实的数据是支撑我花甲之年还能继续前行的动力。希望我一个过来人能将人生之经验人生之过错说与你们，虽然未必能使你们躲过时代的明枪暗箭，但或许能帮助你们增强拔箭疗伤的能力，此是忠言。

是为序。

2015.10.2 夜

目 录
Contents

现实
种种

食色

生活

人心与人性

江湖
杂议

现实种种

特供

特供为什么？

许多人都对特供感兴趣。比如人家送一瓶酒，非跟我说这酒是特供的，特供哪儿哪儿，特供谁的云云，都拿这东西来忽悠我。

"特供"是什么意思呢？就是特别的供品。这个词在我小时候就有了。中国特供的形成是在1964年。那一年政府成立了一个大商店，专门卖特供物资，起了一个特美妙的名字，叫"友谊商店"。别说买东西，年轻时能进到友谊商店看一圈就特别满足。那里头的好多东西是市面上没有的。

特供又是基于什么样的历史条件产生的呢？1964年时，新中国成立已经十五年了，政权逐渐趋于稳定。那时，三年大饥荒刚刚过去，经济有所复苏，但要完全保证国民需求是不大可能的。为了满足来中国的外国人的生活需要，设立了特供制度。不是每个人都能进友谊商店，也不是有钱就能去那里买东西。在很长一段时间里，友谊商店是中国特供制度的一个标本。

追溯起来，新中国的特供最初是为了保证军队需要。我小时候生活在军队大院，对物资匮乏感受不深。军队在历朝历代，尤其是改朝换代的时候都是有特供的。

特供起初提供的物品，都是一些今天想起来特可笑的东西，比如烟酒之类，很多烟酒的包装上会写一个"特供"或者"专供"什么的字样。人们拿这当回事，只是因为当时物资短缺而已。我经历了那段历史，买布要布票，买粮要粮票，买油要油票……买什么都要票。还有一种东西今天听着都怪，叫"工业券"——买重要的工业品，必须出示"工业券"。如果我没记错，在当时的北京，你要想买一辆自行车，竟然需要三十张"工业券"。有的人举全家之力把买自行车的钱攒齐了，还得到处找券去。

在过去，买自行车可是一件大事。添置那天，全家一起到商店去挑。永久的、凤凰的；有大套的，就是车链子全包在里头，也有半套的，还有没套的。没套的下雨天骑，水花四溅。不管你买自行车还是买缝纫机，都管你要"工业券"，你还觉得应该就是这么回事，因为这东西都是工业生产的。诡异的是，还有一些与工业无关的东西也管你要"工业券"，比如茶叶、毛线什么的。那时候，人们很少直接买毛衣，都是买了毛线自己织。

一直到上世纪八十年代初，改革开放，轻工业上来了，"工业券"才没用了。我们那时候出去玩，先去自由市场，拿粮票或"工业券"换回一个塑料桶。到了老乡家，用桶洗脸洗脚，屋子里没有盥洗间。玩了好几天，最后把桶送给老乡当房费。老乡没见过塑料桶，用的桶不是铁的就是木头的，塑料桶结实，也摔不坏，拿着又轻，就特别高兴。

友谊商店对我们一点都不"友谊"

说起来这些事都过去三十多年了。

我们对特供和友谊商店的记忆是什么呢？商店不让随便进，但越不让进就越想进，想看看里头究竟有些什么。改革开放后，外国人明显增加，友谊商店变得非常热闹，却不让中国人进，门口站两人看着，没护照不让进。那时候，有个日本人跟我学中文，有一次我想跟他一块儿进友谊商店去看看，到门口，日本人进去了，把我给搁外头了。过了俩礼拜，他说你想不想进那个友谊商店

1964年中国开始有商店做专卖特供／这个商店叫友谊商店

看看？我说想，但没护照进不去啊。他说，这么着，咱俩换一身衣服，你就能进去。他不知从哪儿弄来一顶破草帽扣脑袋上，衣服也不讲究。他跟我说，你衣服穿讲究点。我就穿得讲究点。再到门口，看门的果然先拦他：你证件呢？我一闪身就进去了。日本人磨蹭半天，最后才把护照拿出来，也让进了。

进去第一感觉就是友谊商店够大，大概是四层，什么都有卖的。但东西太贵，而且专门卖给外国人，要收人民币的外汇券。这个外汇券有点意思，上面有一排字，写得很奇怪，叫"本券与人民币等值"。我认为，凡是专门写上这类话的票据都是不等值的，等值就不用写了；凡是不等值的，都得特别强调等值。

中国人很有意思，都是对外人好。这是中国的一种文化，称之为面子。那时候，外国人到中国来可以享受各种便利条件。我们当时最爱说的一句话就是，做事要注意国际影响。人都没出过国，还得注意国际影响，就是别给外国人造成一个不好的印象。

上世纪八十年代，还发生了一个事件，现在都快成笑话了。北京现在到处都是大高楼，但三十多年前的北京没什么高楼，五层就算高楼了。第一次盖高楼是盖在前三门大街的。今天到前三门大街还能看见那个楼，大概十五六层。

过去盖楼，先搭一个庞大的脚手架，显得特壮观，工地也杂乱，各种建筑材料堆得乱七八糟。有俩孩子在旁边谈恋爱，没地儿去，就找到工地了。这俩正谈恋爱呢，来了一个第三世界的朋友，个大膘肥的老外上去就把那男的给摁住了，拿绳一捆，嘴里塞上东西，当面就把那女的给强奸了。待他扬长而去，这女孩子才把男朋友身上的绳子解开，把嘴里的布掏出来。男的气得不行，抄块砖头追那个第三世界兄弟去了。女的怕出人命，在后面喊了一句："注意国际影响！"这成了当年的笑话。我们当时有这种极强的印象，就是中国人做什么事，都要注意在国际上的影响，所以我们就把最好的东西卖给了外国人，这就是友谊商店的由来。这个名字也是强调"友谊"，但只是对外人"友谊"，对自个儿一点都不"友谊"。

琉璃厂古董店也曾特供老干部

甚至连文物、古董都有特供。清末那会儿，北京的古董店就非常多，琉璃厂兴旺发达。新中国成立后，经过社会主义工商业改造，规模小了很多。很多老干部喜欢收藏，都跑到琉璃厂去买东西。刚开始大家都是一视同仁，到了上世纪七十年代，政府专门给老干部开了一个店，东西只卖给他们。我那时年轻，特想进去，人家却不让进。好在单位发给我一个记者证，那时候的人对记者特好，一出示记者证，他们就给我点头哈腰的，把我给让进去了。

进去一看，全是古董。那时候的古董特有意思，全是真的，没有假的。有时候还能碰到一些领导干部，也认识了一些。后来等我有能力进去的时候，跟老师傅们去聊天，看到有很多官釉，我还买过。一开始也不卖给我，慢慢跟他们混熟了，一开始还说不能多买，少买两件得了。我去买碗，说买官窑的，就是你们说的古董。价值连城的古董那时候也不值钱，我进去打开柜子一看，那碗摞一摞，一摞拿出来，往地上一放，哗啦一声。买的人蹲在地上挑，一个一个地挑。一女的四十来岁，肤色有点黑，她露出的那节腿肚子，看着就够黑的，还在我旁边老哆嗦。你想想，我美不胜收地在那儿挑碗，她离我一尺远，我的馀光就能看见那条腿，老哆嗦着，弄得我心烦意乱。我劝她，你到那边坐着去，我在这儿慢慢挑。她说，这有什么好挑的，拿一个得了。我说，你们家买只小鸡还挑半天，怎么我买个碗你不让我挑啊？一下就把她说乐了，说乐了她就跑旁边坐着。以后我再来的时候，她就说，你自个儿挑吧，随便挑，挑完了账就行。有时候我在里头一待就是一天。

那年月很有意思。满街都是乡下农民，骑着自行车，后面搁一纸盒子，里面全是刚孵出来的小鸡。贵的卖两毛，便宜的卖一毛五，瘸了腿的卖一毛。很多孩子围着，让爹妈给买一个回去养。我们家还养过，那个鸡可不好养了，我们养的鸡最后全是走八字，腿都软了。

瓷器古董能够公开卖给中国人，还是1988年的事。那年，琉璃厂开了一个店，不卖外国人，专门卖给中国人。我在那里买过很多东西。今天物质极大丰富，但是东西也特别贵。今天的拍卖场，古董有的是，只要你有钱，上亿的都不算新鲜事。《编辑部的故事》里好像有这样一句台词，说"对未来生活的憧憬是物质极大丰富，人民为所欲为"，今天跟特供时代比起来，物质确实极为丰富了，只要有钱，没有买不到的东西；只要不违背法律和道德，的确可以为所欲为。

脱手秀

紫檀的雕刻特别精美，最精美的还在里面。托盘里面一般都不会雕，这个为什么雕呢？因为这是乾隆皇上的，是皇上搁在漱芳斋里的。后面"漱芳斋藏"四个大字和一个小字"乙"，表明了它的特供身份。

漱芳斋今天是故宫专门接待各国领导人的，他们只要进故宫参观，一定会在漱芳斋休息一下。乾隆幼时在漱芳斋读书，对那儿有感情，晚年经常在那儿看戏。里头有个小戏台，有个戏班子候着，皇上一开饭，那边就演一出小戏。这件东西就是当年搁在漱芳斋的。就是一装饰性托盘，比如给皇上托一毛巾擦脸，这样托上来比较讲究。皇上一看这盒不错，留给后来的人收藏，没想到今天落到我手里了。

十檀九空，这里有个三角，是木工补上去的。工匠手艺非常高，不仔细看根本看不出来。这造型叫海棠型，里外都有雕工，外墙有，里墙也有，包括盘芯都有雕工，还有一个器座。这器座是搁在上头的，就是一个小小的紫檀文房，搁在漱芳斋。如果我没猜错的话，乾隆皇帝应该亲手摸过这件东西。

大院文化

这些年，可能是受到影视剧的影响吧，很多人开始对大院文化感兴趣。大院文化是新中国独有的一种文化。什么叫大院文化？多大的院算大院？

大院文化的杂交性

大院有两类：一类是部队的，就是军队大院；还有一类是地方的，比如说文化部门的。

今天所说的大院文化，指的是军队大院文化。军队大院文化的形成，跟其他地方文化的形成有一点点不同。我们看到的很多影视作品，包括文学作品中所表现的，基本上都是军队大院文化。

军队大院文化的特征是什么呢？首先是杂交性。我们都是来自五湖四海，为了一个共同的革命目标走到一起来了。这就是军队大院生成的背景。新中国成立的第一件事是要稳定国家局面。靠什么稳定？靠军队。当时所有的军种（兵种），以及跟军队相关的大院都需要有一个立足之地，就选中了北京西郊。当时有一种观点是希望老北京城一丁点儿都不改变，建立一个新北京城，定在石景山地区，今天还有老人把石景山地区叫新北京，就是这个意思。

在老北京城与新北京城之间，存在着一个大院聚集区。它以天安门为中心向西推进，第一个节点是公主坟。凡是坟地，一般都在郊区。当然，像公主坟、八王坟这些很重要的坟地，都占了比较好的位置。从天安门算起，空军大院是第一家，依次是海军大院、装甲兵、通讯兵、铁道兵、各种政治学院和军事学院等。

这些大院都是"跑马占地"得来的。空军大院非常大，大院的南侧接近莲花池，全部是铁丝网。栽几个桩子拉上铁丝网，这块地就是大院的了。第二位是海军大院。它和空军大院几乎门对门，中间有一条大马路。毛泽东对空军的题字很有意思，叫"全力以赴务歼入侵之敌"。我们小时候一进空军大院，就看到大影壁上的字。海军大影壁上写着什么呢？依然是毛的手书——"我们一定要建立强大的海军"。

中国历史上，改朝换代都比较血腥。打下江山以后，就有一个保江山的问题。

大院文化的时尚之一是穿军装

新中国建立以后，中国共产党第八届中央委员会常务委员会的常委几乎都是军人，这就是例证。

大院文化是孩子的文化

由于新中国是军人打下来的，军队大院就有特殊的一部分供应。军队大院文化，实际上是孩子的文化，跟大人无关。大人都是从旧中国过来的，都是军人，都是打过仗的，我们小时候听大人说话，都是带着浓重口音的普通话。大人之间说话不能讲方言，来自五湖四海，是靠普通话沟通的。但他们的普通话都不标准，只有小孩说得准。

大院是一个封闭的小社会，具有极强的社会功能。大社会，它的社会功能是自然形成的；在军队大院里，它是一个完全的设计。首先，办公区和生活区是分开的，生活区中你想有的全有——有医院，没有医院也有卫生所吧；有商店，叫军人服务社，除了卖百货，还卖菜卖肉，什么都有；有学校，有幼儿园，我的小学就是在空军大院育红小学上的。有的大院里还有中学。我们不出大院，就能办所有的事情。

早期"跑马占地"，有很多地方是荒芜的，也没有人来。当时占的地非常大，我们小时候去干嘛呢？打鸟，捅马蜂窝。我最爱干的事就是捅马蜂窝，打马蜂窝有两种方式，低处的拿竹竿捅，高处的拿弹弓打。下雨天，从家里拿出军队的大雨衣，极厚，马蜂肯定蜇不透。穿上雨衣以后，把手脚罩住绑紧，把领子口扎紧，就剩脸了，再去打马蜂窝。

每次打马蜂窝，去的时候精诚团结，但只要马蜂扑下来，马上就作鸟兽散。有一次我们去打一个巨大的马蜂窝，也不知道是谁，一弹就命中那马蜂窝，但马蜂窝没掉下来，马蜂蜂拥而出。你今天对"蜂拥而出"的理解都是字面上的，我们的理解是非常具体的。我们撒腿就跑，要不然就原地趴下，脸贴着地，因为脸贴着地就是安全的。我看见马蜂扑在人身上乱蜇，但是雨衣蜇不透。

有一回一个孩子被蜇脸上了，那声惨叫，雨天传得特远。等我们回来的时候，孩子的脸眼瞅着就肿起来了。一个大一点的孩子有点经验，马蜂一蜇就赶紧往脸上尿尿。尿是管用的，尿里含碱，碱性能跟马蜂蜇的酸性中和，如果刚蜇的时候迅速涂上尿，会减轻疼痛。这大孩子立刻掏出小鸡子，直接就往那孩子脸上滋，滋得满脸都是。马蜂蜇完脸以后非常恐怖，隔了天等我看见那孩子，眼睛根本睁不开，一条细缝，脸肿得巨大，想看人都得扒着看。过了几天好了，那孩子说他一定要把马蜂窝打下来，一定要为自己报仇。做事不计后果，这就是大院文化独特的文化特征。

刷夜·佛爷·打架

我们真正开始有半成人意识，就是"文革"期间。"文革"那一年我十一岁，我就开始辍学。一点都不痛苦。我今天也不痛苦，就特快乐，不上学了多快乐！

我们那时候形成了很多行为，形成了很多特有的语言，比如说可以不回家。今天的孩子不回家，家长都得哭晕过去。那时候孩子不回家，家长根本就不着急，爱上哪儿上哪儿。我往外跑的时候，我爹后面就跟一句话，说你有本事你一辈子都别回来。他不怕你往外跑，所以你晚上敢不回家，叫刷夜。孩子们有时候就很得意，回去说我就刷了一夜，这一夜没回家，跑小伙伴家里去住了。有的人高兴时会说：我连刷三夜，我刷三夜我们家都不找我。

那时候的孩子呢，说起来有点手脚不干净。手脚不干净今天称之为偷，偷是一个很难堪的事。小时候也不叫偷，去拿人家东西用呢，这词呢就很委婉，叫"佛爷"，就是小偷。我记得有时候做什么事缺点东西，就有人说，一会儿我给你佛一个去，这东西一定是不花钱的。那时候，孩子们基本上都没钱，谁兜里有两毛钱就不得了了。

那时候，由于受革命战争教育，特别愿意打架，特别喜欢打架。很多时候，打架都是因为互相看了一眼。行话叫犯照，说丫跟我犯照来着。所以你要怕跟人家引起正面冲突，你就不能看人家，你要看人家一眼就会惹麻烦。一朋友在新侨餐厅吃饭，他们这桌刚上来菜，那桌就有一个人跟他们犯照，就是看了他们一眼。他就看了那孩子一眼，那孩子又盯了他一眼，他就"不忿"了。"不忿"是什么意思？就是愤怒了，就是觉得我得整你一下，我不怕你。这孩子怎么干呢？拿了一瓶红酒，小时候喝的那酒，一是红，二是甜，特甜，跟甜水似的。他就拎一瓶红酒，悄悄过去，照着人家脑袋上哗啦一下子，那孩子连血带红酒弄了一身。他撒腿就跑，从新侨饭店一直跑到北新桥。你知道有多远吗？我估计十里路总是有的。

那时候我们都觉得很空虚，觉得只要能赢，不管原因也不讲原因，只要人生能占上风就是英雄。从部队成长起来的孩子，金钱观淡漠，非常淡漠；非常讲义气，打架时大家都冲在前，没有人后退，后退会被人耻笑；讲感情，我们小时候有很多说起来都是两肋插刀的朋友。

特权文化的时代烙印

当时对军队比较优待。首先，军队的供应是充分的，比如粮食供应。服装是发的，家里的布置都是发的。我们小时候的家具都是发来的，说家里需要一个椅子，打报告就领一个；说家里添了一口人需要一张床，打报告就领一张床……没有一件东西是自己的，全是公家的，就形成了我是公家人的感受。

由于缺什么领什么，一旦出了军队大院，你就有比较强的社会优越感。

我们家那个家具和东西可怜到什么程度呢？ 1968年年底到1969年年初，全家去东北，东西要精简。所有的东西，从衣服到炒菜锅都装进去了，就两箱子——九十公分长、五十公分宽、四十五公分高的木箱子。炒菜锅装进去的时候，我印象非常深，把木头把儿卸下来，把锅搁进去，拿报纸包着，把它单包着搁在一边。五口人的全部家当就这么两箱子。这就是当时军人的财产。

一个在这样生活观念中养育出来的人，对财产就不会有很强的占有欲。我们小时候使人家的东西，或者把东西送给别人都很自然；拿人家东西都觉得不叫拿，就以为东西都是该拿的。比如我们在楼道里刷牙，一看没牙膏了，就到处找，看哪儿有牙膏就挤，只是挤人家牙膏比挤自个儿牙膏更多一点，拐一弯，是吧，人都这样。我们小时候拿别人东西不当东西，拿自个儿东西也不当东西。

我认为，比我们大几岁的人受大院文化的影响更深，我指的是1966年应该上中学的人。1966年我上小学，但我们这批六十岁以下的人里也出了很多名人，对吧？反映大院文化的作品中，公众比较熟知的有姜文的《阳光灿烂的日子》，有叶京的《与青春有关的日子》，有《大院子女》《血色浪漫》《看上去很美》等等。这些作品都是大院文化的代表。对大院的孩子来说，它是一种怀旧和青春的表达；对外人而言，大院文化则不免会引起羡慕。我们能感觉到北京市民阶层对大院的情感，那一定是羡慕的。他们羡慕什么呢？比如我们老演免费电影——露天电影。在大院里几乎是经常放映，而且是放映新片子，周边的人就想办法混入到院里，或者是让大院的熟人带进来。

还有，由于大院，尤其军队大院本身具有保密性，所以对外面的人，对于普通市民来说，他们就会有窥探心理，就觉得你那里怎么那么神秘。现在想想，大院文化其实含有某种门阀观念。

那时候独有的这种特权文化，实际上是一个时代的烙印，不能说好也不能说不好。它满足了部分人的特权心理需要，比如像我们这些在那个大院成长的人。我们小时候最重要的一种时装叫军装，你若能穿一身干部军装，到地方去都会让人家羡慕。

我们小时候所处的那个生存环境，在中国历史上是绝无仅有的。

脱
手
秀

这具头盔是永乐大帝用的。上面有兰扎体的梵文，宣德时候很多瓷器上面写的就是这种兰扎体。这种文字只有极少数人能够解释清楚。上面有龙纹，一看就是明朝的龙纹——五爪龙。

这是我从欧洲买回来的。它早年流落到了欧洲，欧洲有很多兵器收藏或者叫军事收藏的大收藏家。

我当时看到这东西的时候眼睛一亮，它代表的是中国人的精神。

永乐就是朱棣。朱棣在未当皇帝之前是燕王。永乐一生尚武，经常御驾亲征。

这可能是一种仪仗头盔，是检阅时戴的，所以它上面有大量鎏金。上面錾的花，是一个兽面，然后有金龙。金龙代表皇威。这个头盔直观就非常漂亮，形制上颇有威严。由于有大面积鎏金，显得非常华丽。

日货的爱与恨

这个话题很敏感，不是太好讲。我们生活中对日货是又恨又爱，有的人恨它是因为历史原因，爱它是因为它确实好使。抵制日货并非近些年才发生，历史上就有。一百年前中国人就开始抵制日货，抵制来抵制去，一百多年了不是太见成效。

抵制日货

第一次大规模抵制日货，是 1919 年的五四运动时期。其实在晚清，1907 年的时候，就开始抵制日货了。

1919 年 5 月 7 日，五四运动的发起者就提出了一个口号，叫对日货"不买，不卖，不用"。但不是每个人都乐意干，谁不干呢？商家不干。商家照卖不误。你照卖不误，就让宣称抵制日货的人难看了：你这不是搅局吗？我一定不能让你卖。最激烈的时候，天津出现过跪哭团。这些人披麻带孝，就跟家里死了人似的，跑到商店门口跪着哭嚎。

这样抵制日货有没有成效呢？太有成效了。1918 年的数据是，当时日货占所有进口货的百分之四十四，两年后降到百分之二十四，近乎腰斩了。这是百年来规模最大的一次抵制日货运动。

第二次大规模抵制日货是在抗战期间。主要是在上海、北京、重庆这样的大城市抵制日货，很多明星带头上街呼口号，不让老百姓使日货，鼓励老百姓买国货，用国货。但成效不大，因为老百姓要生存。商品有一个不可破的法则：同样质量，价格低的先卖；同样价格，质量好的先卖。两把菜刀一个价钱，哪个好使我买哪个，我可不管它是什么货，是吧？

抗战期间，抵制日货此起彼伏，但都没有从根上把日货清除出去。真正把日货从中国市场清除出去，其实是在新中国建立以后。全是国货，自个儿使自个儿的东西。所以上世纪五十年代、六十年代，乃至七十年代这三十年，基本上看不到日货。

改革开放以后，日货大举进攻中国市场。我印象最深的是什么呢？是录音机。最初像一块砖头似的。那时候我们土，没见过，朋友买了一个，我记得清清楚楚，价钱是一百二十块。相当于好几个月的工资。第一次录的时候，把带子卡上去，什么都弄好了，同时按下两个键才能录音。按下去以后，一屋子人围着，没人敢吱声。突然有人说"说话呀，说话呀"，所以我们录下的第一句话就是"说话呀，说话呀"。到时候放出来高兴得不行。先是单喇叭，后来俩喇叭，再后来四喇叭——俩大喇叭低音，俩小喇叭高音，我没拎过这个"不良青年"。我那时候觉得这事丢人。时髦青年拎着它上街招摇，放出巨大的声响，马路上到处都能看到这景儿。后来，录音机就越做越大。那时候，三洋、夏普、日立、索尼等日本品牌全部进入中国。

第二波进来的是电视。那时候自己没有电视机，全是人家的。那些电视机现在看也土得不行，都是电子管的。当时，人们出国回来都有一个购买指标。排着长队，拿着券去买，还花好多钱。再有就是冰箱。自己不能生产冰箱的时候，都是使人家的。

仔细一想，不过是三十年前的事。三十年前的中国人以使用日货为荣。为什么跟日货结下这种缘分？这跟当时的背景有很大关系。那时候中国政府的宣传口号叫"一衣带水"，日本人来了，人家支持我们的改革开放，给我们提供

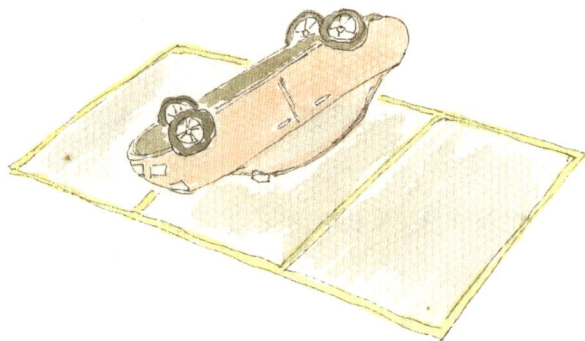

因为要反对，我们掀翻了别人的车

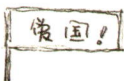

俄国！

这么多好东西，就很感激。后来，老百姓使用最多的是什么？是汽车。为什么买日本车？便宜，好开，不出毛病。

说说日货的优点

日本商品口碑好，是因为细节支撑其存在。

从碰撞的角度上讲，大家都觉得日本车跟美国车和德国车不能比，日本车一撞，说怎么都跟纸片似的，但是它好用，尤其在城市，你就要买它。

我去过日本多次，我欣赏日本人做事的态度。日本人做事认真，许多事情都做得到位。说一个小事吧，他们卖咸菜的地方特有意思，咸菜有两种，一种是齁咸的。其实日本齁咸的也不会太咸，不像我们有的咸菜咸得没法吃。还有一种渍菜，特别好吃，有萝卜，有黄瓜。不知道人家用什么方法腌了一下，拿竹棍插着，可以当零食吃。你想，从色泽、口感到包装，一个民族竟然能把难登大雅之堂的咸菜做到极致，你还有什么不服气的呢？前段时间我去逛国内一个旅游景点，那里有卖咸菜的，我说咸菜好久没见着了，特亲，就买了一袋回家。结果牙都咬不动，比咬骨头还硬呢。我们咸菜的口感实在不敢恭维。

　　这些年中国人去日本买马桶盖，其实是马桶圈。那马桶圈有什么好处呢？冬天能加温。我们都有体验，尤其北方人，到冬天晚上睡得惺忪的，从暖被窝出来上厕所，一坐上那冰凉的马桶盖，下半夜就甭睡了。人家那是加温的，有清洗的全套程序。这清洗我试过，大家都知道，不用我多说。有清洗大便的，有清洗小便。清洗大便的特别不让人放心，为什么呢？因为我们从小就一字，擦，它现在改一字，叫洗。洗完了以后，你心里就想，这洗干净了没有？就得拿张纸去擦。

　　据说啊，马桶圈的这个革命，比上一次马桶革命还吸引人。马桶革命是现代城市和现代卫生的革命，改变了整个城市环境。一百多年前的英国到处臭死了，后来发明了抽水马桶。我小时候走胡同，早上起来到处都闻得见人倒马桶的味，臭着呢。这马桶圈不仅使你感到人生的温暖，更重要的一点是清洁。据说天天使用这种热水的不长痔疮，——这事都不该我说，但我必须说，因为痔疮是人类独有的疾病。痔疮几乎人人得，有种说法叫"十男九痔，十女十痔"。你到岁数了，上厕所你只要一使劲，就出事了。为什么人得痔疮动物不得呢？我告诉你，很简单，因为动物是爬着的，它爬着肛门就冲后，咱站起来肛门朝下，那地儿就容易出问题。日本人很人性，他们发明了马桶圈以后，两三年之间开始风靡中国。国人觉得家里什么都换了，就差这个了，所以一窝蜂去换马桶圈。

　　那东西很有意思，我也试过。试的时候得小心，弄不好滋你一脸。有人说那没什么了不得的，说那东西都是杭州生产的，对，是杭州生产的，可惜那不是你们卖的，是日本人卖的，是日本商品。你就弄个来料加工，没什么可得意的。中国人聪明，最近马上就跟上去了。我们自个儿也有了，据说自个儿的马桶圈，比日本的功能还多呢。你不就洗吗？它最后还能伸出一块毛巾来，给你擦一下呢。这是我想象的，没这事。

　　中国人今天跑到日本去旅游，一个节假日买多少东西？竟然把人家的东西买断货。电饭煲多少年了？司机跟我说，六十块钱买一个，还包邮，淘宝买的。我说那东西会不会出问题？他说反正不会爆炸。你看我们标准多低，只要不是炸弹就成。我写过一篇博文，有人回帖说，六十块钱就特好使，保证比六千块钱的好使。我不知道这人是什么标准，我怎么也不能想象出来，六十块钱买一电饭煲竟然比六千块钱的好使。你心里觉得它好使，你没钱你只能这么想。你有钱的时候，或者说你不在乎钱的时候，一定要买一个优质的商品。

对日本保持敬意

很多人对日本是抵触的。一百多年前的历史，日本人曾经割让过我们的土地，《马关条约》把台湾给弄走了，我们吃过大亏，记仇是应该的。我朋友里好多人记仇。有人就说他对日本人就看不上，死活看不上他。我就问这朋友，我说你去过日本吗？他说没去过。我说你没去过你先别瞎恨。他说我当然恨了，我是东北人，当年日本人侵略我们东北，我恨死日本人了，我爷爷我奶奶我太爷爷，一大堆事。我说我们应该正视历史，但是也得正视现实，你有机会去日本看看，去两趟回来再找我说。他从日本回来了，我问什么感受，他说原来的看法是有偏颇的，日本人确实跟我想象的不一样，人家彬彬有礼。

我不是冒着风险替日本说话，我确实在日本有深切的感受。我去日本多次，二十多年前就去过。我自认为是个非常守时的人，但是到了日本也不算守时。当时跟一日本导游约好了，坐新干线，他在车站接我们，说几点下车，日本人一分钟都不差。我们出门人多，这个不齐那个不齐，最后等齐了，晚了近一个钟头。接车的日本司机是一老头儿，倍儿精神，穿得干干净净，戴着白手套，一看你晚了，马上就跟你开会。日本人死性，要按中国人先上车，车上跟你说说得了，不，找一个喝茶的地儿，说你今天迟到一小时，那么今天所有的行程都得压缩，建议我们压缩哪个哪个景点，说得头头是道。我们只好说行行行，您看着办。一路上，司机认真负责，不跟我们一起吃饭。到晚上，我们有点内疚，觉得耽误人家事，人家可没迟到，人家在那儿等着，这一小时也不收费。

我们觉得这事跟人家没关，所以就想把钱给人家。日本老人说什么也不收，既不收小费，也不收我们迟到的那一小时费。我当时就想起一人来，这人叫雷锋，好多年我们都见不着了，却在日本见着了。

日本是一个不收小费的国家，日本人给你做多少事，都没有收小费的意识，跟欧美不一样。美国是一个小费支撑的国家，你在美国不给小费就跟骂人一样，你不给小费，他有时候就不服务到家。比如你在美国住宾馆，你要是连续不给小费，他根本不给你好好收拾。日本人不会，每个日本人都兢兢业业，所以你到日本去，必须有一个心理准备。比如你去买衣服，人家跪在跟前给你试来试去，你可以不买，你可以不歉疚，但是我们没有享受过这个服务，本来可买可不买的，让人这么一服务就买了。所以你不太想买的东西，我建议你不要随便去试，你一试，人家那服务就超乎你的想象。

我愿意去日本的养老院看看。我们将来有一天也会老，我那时候还想着要是有机会就办一个养老院，所以就到日本养老院去调查。我问的每一个问题，人家都认真解答。日本的养老院，跟我想象的完全不一样，每个人都是发自内心地在为他人服务。我当时觉得，在中国做养老院，最难找的就是发自内心愿意服务的人员。离开养老院的时候，日本人送我们，站在那儿鞠躬。车开出老远了，我扒着后窗往后看，日本人还在门口一个劲儿地鞠躬。中国人可能吗？中国人在门口摆完手，你刚一走，马上说这俩人什么德行！都是这路子。

希望我们在生活中对人有敬意，对物也要有敬意。日本人是对物有敬意的，这种敬意体现在方方面面，他们的商品精致、到位、不奢华，不弄那些没用的东西。我在日本买过红漆筷子，那个漆的感受，让人回味好久。一双筷子，为什么做得让你爱不释手呢？我们不能从一种狭隘的民族情绪出发去抵制日货。我当然希望中国能够有能力抵制日货，就是我们商品的质量超过人家，价格比它便宜。我最希望的是有一天，日本人在日本市场上发起抵制中国货的运动，那才是我们的出头之日。

脱
手
秀

　　这是龙泉的一个香炉，盖儿是日本人配的。日本人喜欢我们的龙泉，是发自内心的，日本有个大古董商的堂号就叫"龙泉堂"。

　　龙泉这种青翠的颜色，是主观追求的颜色。瓷器中所有的颜色，客观上都能找到，唯独青色找不到。植物没有这个色，这个色是人为追求的结果。

　　宋代对青瓷的追求达到了登峰造极的状态。这是南宋时期的香炉，叫鬲式炉，造型是由商周时期的鬲演变过来的，流落到日本以后，日本人就配了一个盖儿。这盖儿估计明治维新时期就有了，距今差不多百八十年。日本人用它焚香。如果焚香从上面出来，就有味道。我说的味道不是气味，是意韵。加上这个盖儿，那烟出来的意韵，就显得更加丰富和丰满。这东西哪年流出到日本，我不知道，哪年流回来我是知道的，大概是三年前从日本买回来的。

现金的诱惑

现金容易让人临时起意

微信上天天在抢红包，我是一个也没抢过，不会抢也不想抢。没事儿老有人发一个红包来，老诱惑我去抢，我就是不抢，气死他。对抢红包，人们为什么有这么大兴趣呢？这主要是源于红包文化。

什么叫红包？现在有点儿说不太清楚了。一般来说，单位或者企业年终发的奖金，就算是红包。求人办事儿也用得着红包，比如到医院看病，有求于医生，就塞一个红包。某些公司红包发得邪乎，有互联网公司拿运钞车把钱堆在那儿忽悠大家，有房产公司把红包变成车……企业发红包，总是觉得实物可以带来更多乐趣，这个乐趣看得见摸得着。有人说，单位给每人发五千块钱，要是打到卡里，他就没感觉了。我要是老板，我就告诉你，打到卡里是五千块，发现金就是四千九百块，看你有没有感觉？确实，很多人做慈善就愿意用现金。为什么呢？他也是觉得现金看得见摸得着，说我救助了一个人，做了一些事，把这钱直接划过去好像就不显得有我什么事了，就愿意用现金，愿意用大支票。慈善晚会上，老有企业家举着超大支票在台上晃来晃去。我可以负责任地说，过了若干年以后，他自个儿回头看看都觉得那不算善行，算一丑行。

过去，我买古董都是带着现钱。带现钱买东西有一好处，就是拿嘴巴谈不下来的东西拿现金就能谈下来，这一点屡试不爽。早年，我下乡看见一个东西，很喜欢。跟人谈，说要五千块钱，我说不行，我也没带那么多，就四千块，怎么谈都谈不下来。隔些日子再去，就带着现金，先让他看见钱，拿现金往那儿一摆。其实都用不了这些钱，三千八百块就够了。为什么？看得见，摸得着，把准备好的三千八百块钱往那儿一放，说这回出来就剩这点钱了，然后把裤兜都给翻出来，把钱包打开让人看，再凑上点零头，可能是三千八百七十二块钱，说您看我也不能都给您吧，回去还得有路费，还得吃晚饭，所以这七十二块钱我又揣起来。就这三千八百块钱您卖不卖？您要不卖也就不卖，东西是您的钱是我的，这就回去了。而此时，那老乡一看也就卖了。所以，现金是有压力的，但往往也是诱发犯罪的一个动因。我看到过一个案子，一单位保安，每天押解着钱和出纳一起到银行去交差，日复一日，都没什么事儿。有一天，他们出门晚了，银行关门，钱就没存上，保安就说：我家住得不太远，到我家坐会儿吧！出纳就跟着保安回了家。到家就坏了，保安一看那么多现金放在那儿，心想我要是把他捂了，这钱不就是我的了吗？临时起意，就犯下不可饶恕的罪行。后来案子破了，那保安说：我就是一时糊涂，财迷心窍，现在特别后悔。

红包文化来源于压岁钱

最早的红包怎么来的？不就是奖金嘛。第一次拿到奖金，那对我来说记忆犹新，大概是上世纪 1978 年到 1979 年，改革开放刚开始的时候。我们过去都是吃大锅饭，你到工厂去，你是二级工、三级工，一直到八级工，每个工种的工资都精确到一分钱了，每个人都不会比别人多拿钱，看看年龄，就大概知道这人挣多少钱。我们第一次发奖金，就不是每人一份儿了，第一次要打破大锅饭了。也就是说奖金要定三级，中间必须有差价，所以有一等奖、二等奖、三等奖，当时分别是八块钱、七块钱、六块钱，三等奖拿六块钱，一等奖拿八块钱。这下坏了，有差距就难以平衡，单位就要开会讨论，我那时候最不喜欢这事儿，觉得是浪费时间。我当时就表态，我要三等奖，但我不参加你们的会。我转身就直接奔着图书馆去了。但是，很多人就不行了。那时候，我就记得工厂的老师傅们坐在那儿愁眉不展，开了好几天会，都抽着烟，谁也不说话，是碍着面子不愿说。终于有人开口了，说我真不在乎这一块钱，它也不能把我怎么着，但是你凭什么少给我这一块钱？当时就为这种事扯皮，没完没了。我记得，那时候每发一回奖就三天都不能干活儿，大家都在那儿讨论，就为这一块钱。奖金刚开始发那会儿，迟到、早退、工作做得不好，就都要扣。

我年轻时的闲工夫都泡在琉璃厂了。北京琉璃厂是文物重镇，但那时候的文物公司真的是不当事儿。搬家的时候，有人就毛手毛脚，拿一纸箱子把上好的官窑挑出来搁里面，一摞盘子一摞碗，往里一堆，堆满了，抱着就从楼上往下走，准备装车。这纸箱子底下哗啦就开了，一箱子官窑摔个稀碎，领导气得不行，最后开会扣了八块钱奖金，这哥们儿还天天拉着脸说，这社会不公平啊，谁干活谁倒霉，还扣奖金；说我愿意碎吗？我也不愿意碎啊。可是就那纸箱子，它不行啊，它就碎了。所以，那时候的奖金有多大功能啊，一箱子官窑全碎了就扣八块钱，那人还不干呢。

仔细想想，红包文化从哪儿来的啊？可能最初还是从压岁钱来的。压岁钱的历史应该说是挺早的了，汉代就有了，有时候也写为厌胜钱或压胜钱。喜欢收藏钱币的人都知道，有一种东西叫花钱，上面什么内容都有，不是真正流通的货币。这压岁钱到了清朝，文献上记载，每年阴历年过年的时候，都是把铜钱编上绳拴在墙角，孩子早上起来一看，墙角拴一钱，这钱就是你的了。这就叫压岁钱。到了民国时期，压岁钱就开始往枕头边儿上放了。鲁迅在《朝花夕拾》中就有这样的描写，就是说这钱晚上搁在枕头边上，过一宿第二天早上就是你的了，你就随便花了。到我们小时候，压岁钱也还搁在枕头底下。我记得每逢过年过节，晚上睡觉时就特高兴，但一般都是等你睡着了，父母才拿一毛两毛钱塞到枕头底下，你早上起来第一件事儿就是掀开枕头看，能拿到两毛钱就特高兴。

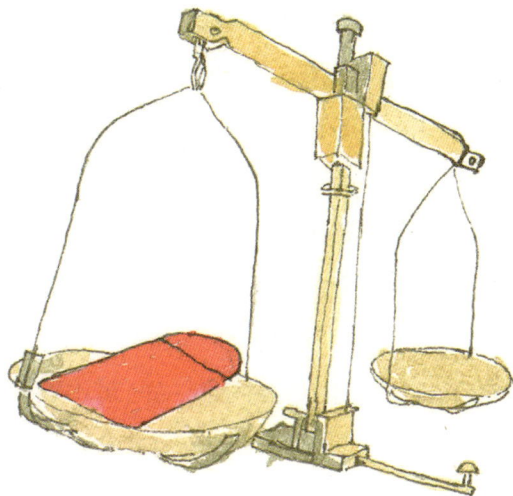

我们的新礼仪哲学是：人来不来没关系，红包到了就行

记得五六岁的时候，我妈拉着我去给她姥姥拜年，就是我的祖姥姥。母亲的家族比较大，院子也大，四进大院子。进门我妈就开始给我介绍，这是谁谁谁，妈让你叫谁你就叫谁。因为我姥姥是长女，所以我的辈分就低了，看着那孩子跟我岁数差不多，但我得管他叫舅舅之类的。那时候心里也不是特愿意进门给长辈磕头。磕头就给压岁钱，不磕头就不给。印象中，那时候磕个头也就一毛钱顶到天了，几分钱也有可能。压岁钱文化，在民间由来已久，但在这些年越来越变质了。据说现在有人给孩子压岁钱，从几万、几十万甚至上百万的都有，但一定不是他爹妈给的，而是有求于他爹妈的人给的。

礼尚往来但不能恶心人

红包文化中还有一类就是结婚喜庆。年轻时在单位，结婚都是攒份子买东西，也准有一人爱张罗，说谁谁谁要结婚了，赶紧的，这个凑那个凑，还拿一小本儿记上。记得很详细，买的东西也都特实用。小时候看见大人结婚，送的东西都不实用。为什么？那时候正好是"文化大革命"，送的东西都是《毛泽东选集》、白瓷的毛主席半身塑像等。我记得"文革"中有人结婚，谁来都送一毛主席像，结果一屋子全是毛主席像。等我在工厂、在出版社的时候，正是二十多岁，结婚的时候也都送礼，送暖壶、脸盆、毛巾被，后来发展到高级点了，就给买一高压锅。后来，越来越不实用了，买点艺术品什么的。这些年又变得简单了，就是直接给钱。

这给钱也很有意思，城市和农村还不一样。城市给多少就是多少，也没人唱，谁给个红包，就写个名、写个吉祥话，"百年合好""白头到老"之类的，人家也就知道张三给了一万、李四给了五千，主家人心里清清楚楚，到时候得还礼啊。农村却不一样，得唱出来，谁给的，给了多少，有专人高声念出来让人知道。说张大爷随份子二百五，李大爷内收三百。

"内收"一词有意思，内收也是一个奇怪的事儿，就是送礼互相打白条。今天李大爷内收三百元，这账就欠上了，欠上也没关系，等李大爷家里有喜事儿的时候，张大爷又送礼，李大爷那边也唱啊，说张大爷内收六百，除去上回欠的三百块，今儿又欠了三百块，又送一礼，来回送礼都不花钱。我觉得这事儿有点意思，咱以后就提倡都打白条，反正来来回回大家都不动钱。这样的话，既喜庆了又不花钱，来回送的都是人情。看看我们将来能不能把这"内收文化"推广下去。

中国的事儿有意思就在于，红包文化一定要跟着一个白包文化。刚才说的是"内收"吧，这还有一"白包"呢。前些日子，老泰山驾鹤西归，我就重新领略了一下这种白包文化。有的事我知道，但不是所有的事我都知道。比如我知道过去撒纸钱，人死了出殡，前面总有一撒纸钱的。这撒纸钱是个技术活儿，别以为很容易，要事先把纸钱叠好，要叠成团状，都揣在包里，走到路上的时候，走一段撒一段。最会撒的人那身份都挺高了，拿出纸钱来，一抛三丈高，也就是十米，然后开花。就是抛起来是一团，到了最高点哗就散开了，跟散花一样。

这事儿不容易。撒纸钱的人都是用高薪聘请来的。新中国成立以后，这事儿不行了，那现在撒什么呢？撒钢镚儿，撒钢镚儿没事儿。但我还真不知道有这事。老泰山从殡仪馆出来，妆也化好了，起殡后直接上车。老泰山是军人，来人就说，军人不能搞这个迷信的东西。那我也不知道怎么办啊，再说我这女婿也算外人啊，我那内弟就说了，甭管他，一会儿给他塞一白包。我就问，什么叫塞白包啊？就是给这开车的送点烟酒什么的，他马上就指挥开了，说一会儿别乱撒，我指挥着你们撒。我说这白包还真管用。然后，我们就开着车，凡经过路口、立交桥，他就喊撒。一开始我还有点紧张，又生怕这姿势不对。其实也没啥姿势，就是开着车窗把钢镚儿扔到外边去。到了八宝山拐弯的时候，我一想，再进去这钢镚儿就没用了，就把剩下的全倒出去了。街上全是捡钱的，还有专门的工具，有人专门一天到晚在那儿以捡钢蹦儿为生。我想，一把钢镚儿扔地上再一个一个捡起来也挺费劲儿的，没那么容易。但很多人一直都在那儿捡钱，所以这也就变成了一种文化。

中国人碰到红白喜事，都愿意给点钱。礼尚往来无可厚非，但不能形成一种畸形的文化。过去有个词儿今天都不说了，字也都不怎么写了，叫赙仪，就是丧葬金。过去写讣告，最后一句就是"谢绝赙仪"，就是说谢绝礼金，表示这人比较高洁，一切从简。今天看不到这样的单子了，大家都是有钱帮个钱场，没钱帮个人场。我想，不管是红包文化，还是由红包文化延伸出来的白包文化，适度就好。

脱
手
秀

　　这是一个雍正或乾隆年间的霁红梅瓶，颜色烧得比较沉稳，如果再鲜亮一点儿就更好了。梅瓶是中国瓷器的第一造型，但是我拿着它还是挺危险的，因为它是重心在上，很容易倒。而今天一般的花瓶都是重心在下。但是它看起来却非常舒服，因为是耸肩。模特穿衣服都喜欢搁上垫肩，就是为了透出精神。梅瓶就是耸肩，腰下渐收有腰身儿。模特都得有腰身，走路好看就得有腰身。霁红是以铜为呈色剂，在高温下呈现的红色中的一种，它在历史上的名气，我觉得是低于郎窑红和豇豆红的，但名气也是非常大了。

　　这东西底下的釉没了，款也磨没了。为什么被磨成这样了呢？历史上有一桩公案，叫闹官窑。清朝末年八国联军进来的时候，慈禧太后往西北溜了，宫里大乱，丢了很多瓷器，都是官窑。慈禧回来大怒，下令要严刑逼供，把东西找回来。有大臣就跟她出主意，说要出个赎买政策，花钱买，别动凶，否则动凶也弄不回来。很多人听到这消息就害怕了，但又舍不得把东西砸了，怎么办？于是就磨啊磨啊，把款给磨没了，就死无对证了。这就是历史上著名的闹官窑事件。这瓶子没了款，价值就大打折扣了，不如带款的，但它也记录了一段很重要的历史。

抄袭！抄袭！

从复旦抄袭说开去

复旦大学摊上事了。一百一十年校庆拍个宣传片，本身是喜庆的举动，没想到给自己添了一堵。这个宣传片一播出，马上就有网友说，您这东西是抄的。抄了谁的呢？东京大学的。复旦大学就成了调侃对象，别人说它是复制大学，是复印大学！

历史上抄袭叫什么呢？叫剽窃！你听听，剽窃！剽这个字甬管到哪儿都不是个好字。

"剽窃"一词最早出现于唐朝。《大唐新语》中记载，唐郎中李播，是当时的考官。科举考试中，尤其是唐代以后，诗文是很重要的一项。有个考生叫李生，把他的诗文拿出来让李播点评。李播一看，您这是抄我的。李播二十年前写的诗，被这考生抄了！这个故事使剽窃一词有了一个具体的指向。

古人对抄袭态度不一。完全的抄袭，那肯定是不容的，一点都不宽容。但略有改动算不算抄袭呢？宋人林和靖林逋有两句诗，叫"疏影横斜水清浅，暗香浮动月黄昏。"这诗抄的是谁的呢？南唐江为。江为原诗是"竹影横斜水清浅，桂香浮动月黄昏"。林和靖改了两个字，把"竹影"改成了"疏影"，把"桂香"改成了"暗香"。当然，有学者认为——古人就这么认为——他改动了两个字使这两句诗有所提升，所以成为千古名句。但是今天，如果听到你心目中的诗人这么优美的诗是抄的，心里还是很怪异的。

当代的抄袭近些年愈演愈烈，最知名的就是郭敬明的《梦里花落知多少》，抄袭女作家庄羽的作品。这事是有定论的，但郭赔钱不认错，不道歉。据说后来有记者采访时，他对自己的行为表示非常懊恼。我也相信，以郭敬明的名气，以他的社会影响力，可能他一生中最后悔的事就是这件抄袭案。前些日子闹得沸沸扬扬的于正抄袭案，抄琼瑶的《梅花烙》。法院判决大家都看到了。琼瑶说，我花这么大气力，花这么大精力去打这场官司，就是要以正视听。

我当文学编辑那会儿，怎么认定抄袭呢？当时编辑的阅读量是非常大的，有时候在编辑书的过程中，突然看到一个句式非常熟，老编辑马上就指出来这句话是抄谁的，作者的稿件因此就被枪毙，根本不会有人再去做审查。这对我来说印象深刻。当时做编辑的如果能发现作者有抄袭行为，是一种荣誉，就是说你的阅读量够大，作者只要一抄，你马上就发现了。对作者而言那就是灭顶之灾，只要抄袭，他在这个领域就不可以再混日子了。

我被某导演"剽"过

我也被抄袭过，但一直没有追究。我没有追究，不代表我不知道这件事，今天想了想，我也可以说出来，因为已经是旧事，我也不打算追究了。

我在三十年前写过一篇报告文学，叫《人工大流产》。当时，社会上对意外怀孕做流产持非常不宽容的态度。我调查了很多社会现象，写了这么一篇东西。如果没记错的话，我当时拿过四十六次稿费，因为转载特多。其中有一个非常著名的故事，是我去采访的，那个故事当时听得我非常震惊。这是报告文学中间的一段，但这一段被人抄袭了，谁抄袭的呢？这个电影叫《爱情的牙齿》。电影获过金鸡奖、大学生电影节奖等一些奖。

那是一个什么样的情节呢？当时军医大一个女学生跟一工人谈恋爱，工人是有妇之夫，按照今天的话，就叫"地下爱情"。那意外怀孕以后怎么办呢？要做流产。今天做流产很简单，随便找个医院找个诊所，你可以选择有痛的无痛的，你可以自己去做流产。那个时候是不行的。女孩子马上就要毕业了，她跟男方说：你不用慌，我到时候自己给自己做流产。

有一种流产方法叫水囊引产法，你们肯定没听说过，因为很多年都不用了。这是一个很古老的引产方式，在子宫内置入一个水囊，骗取子宫宫缩。子宫是不知道年月的，它只知大小，当婴儿大到一定程度的时候它就会宫缩，一宫缩不就把孩子生出来了吗？

暑假，别人都回家了，她就选择一个夜晚，跑到男人家。男人的妻子上夜班，他们俩就在屋里鼓捣了一宿。大概是这样操作：用避孕套插一个管子，自己塞入，往里打水，打到足够量的时候宫缩开始，再把水放掉，这时候一宫缩孩子就生出来了。这是理论，操作往往有问题：第一，宫缩时她会很痛，一痛就不愿意继续打水。按理说宫缩的时候应该继续打水，就是真正骗取子宫宫缩，但是一疼痛就不打了，不打她就赶紧放水，放水后宫缩乏力。后来，这女孩只好一针打下去（她事先准备好了催产针）。折腾了一宿，终于在天亮前把孩子弄出来了。男的手忙脚乱，随手拿一张报纸把孩子裹着，趁天刚亮扔进了垃圾箱。

不要抄袭
尊重版权

如果纵容抄袭、以后我们读到的只有白纸

女孩子收拾完自己，离开他的家就走了。

这男的天亮了就去上班，上午九十点钟工厂保卫科来人，把他直接就带走了。

男的还纳闷呢，我怎么这么快就被抓？怎么抓得那么准呢？很简单，裹孩子的报纸是他们家的，报纸上有数字。过去，单位都有收发室，每天报纸一来，收发员会在你订阅的报纸上写门牌号，都有编号，一看编号就知道送给谁。裹孩子的这张报纸上写着他们家的门牌号，就把他逮着了。逮着以后，女孩子扛住了全部责任，如果她推到男的身上，那这男的不仅丢工作，当时可能是要进监狱的。我记得，当时军医大为了挽救这女孩，希望她把责任推到男人身上。这女孩说：都怨我，不怨他。结果，她就丢了学籍、军籍。后来的事我就不知道了。

在电影《爱情的牙齿》中，反映女主人公最重要的表达就是这一段，明显是抄袭拙作。

抄袭的两种态度

抄袭有两种：一种叫创作，我靠抄袭而有成就，我会捞得社会资本，不管是捞得钱，还是别人的认可；另一种抄袭是过关，什么叫过关呢？大学毕业这就叫一关。

我觉得，抄袭最严重的领域一定是大学，一定是大学毕业论文。我就碰见过一件事，一个女孩子刚上大学的时候见过我，跟我聊过天。她学的是文物专业。几年过去，她大学毕业时给我打一电话，说马老师你还记得我吗？我说记得记得，其实我也不是记得太清楚。她说我的毕业论文抄了您好大一段，您要发现了千万别说我。我只好说没事，抄吧抄吧。其实我从心里说，你抄我我确实不在乎，因为我那都是发表的东西，它的价值都已经充分体现，但是对你自己没什么好处，你可能终生都在这个阴影之下。

大学生论文抄袭可能是一个常态，东抄一句西抄一句，有的干脆就整篇整篇地抄，反正老师看不出来就算过关。在西方的重要大学，如果你有抄袭行为，你就是在断送自己的前程。

抄袭有好多借口，有人会说我这叫模仿，我这叫参考，不说自个儿是抄袭，实在不行就说这是巧合。

过去说"天下文章一大抄"，确实是。一开始就是模仿，我模仿别人写作，是我进步的一个保障。每个人一开始写作都是模仿，你看小学生写的作文，往往都趋于一致，为什么？是模仿。但模仿跟抄袭之间是有明显距离的，是有明显差距的。作为创作者，是否抄袭，只有你自己心里最清楚。只要抄了，你就断送了自己的创造力，因为你永远想抄，这是一个捷径，只要没被抓住，你就会获得利益。

中国对抄袭的惩罚过轻，而西方对抄袭的惩罚是非常重的，只要你抄袭，不仅仅是你在经济上要做出巨大赔偿，你在你的职业领域中也绝对没有了前途。

知识产权的保护，到今天我认为依然不够。我当年在《百家讲坛》讲了收藏，后来出了书，我在网上经常看到被大量侵权，他们卖我的东西。卖就卖吧，我一直认为，既然我把我的经验公诸于世，那就允许大家去使用，但你必须通过正常的途径。

但网上有些行为实在不能容忍。儿子跟我说，你的东西网上哪儿都有。我说哪儿有啊？说你看动画，动画频道，打开一看我跟动画在一起。我觉得不错，我跟小孩们在一起看看动画，顺便看看收藏，没什么坏处。但是某一天打开一看，我跟美容在一起，跟美容在一起吧，我还勉强能接受，但我忽然发现，我还跟隆胸在一起，这隆胸广告旁边就是"马未都说收藏"。这我都能容忍，最不能容忍的就是，我还会跟色情在一起！网上有一些半色情的网站，只要你敲出来一看，旁边就有"马未都说收藏"，你说我搓火不搓火？我当然希望国家对知识产权的保护力度有大幅度的提升，怎么提升？一定要加强惩罚。惩戒是使社会进步的一个巨大保证，没有惩戒或者惩戒力度不够，社会是不可能进步的。

脱手秀

这东西就是一抄袭之作。乾隆抄宋徽宗，清朝抄宋朝。

宋朝最著名的瓷器，就是宋官窑，今天你只要有一件就价值连城。清朝人明白这个道理，就开始仿制。清代的很多仿制呢，君子坦荡荡，东西底下写着"大清乾隆年制"。这就是模仿和抄袭之间的差距。

宋代官窑瓷器，是官方的一个审美态度，它欣赏非常收敛的青瓷，这是包含哲学内容的一种审美，这个美学高度后代不可企及。元明清三代，都没有达到这个审美高度。到了清代康乾盛世，当生活变得非常好的时候，当景德镇窑工的能力大幅度提高之后，模仿之作大量出现，大名鼎鼎的宋代五大名窑汝、官、哥、钧、定，都有仿制。

底下这种支钉烧得非常小，满釉，烧的时候悬空，支着。

禁烟令

2015 年 6 月 1 日，北京实行最严厉的禁烟条令，凡是有盖的有顶的建筑里头都不许吸烟。您如果上餐馆里头去吸烟，罚你二百块是轻的，罚这餐厅一万块是重的。所有的餐厅都盯着客人，千万别在我这儿抽烟，您不来都没关系，您抽一根烟您折二百块，我折一万块，我这一天白干了。这被称为史上最严禁烟令。其实应该叫控烟，不要让它蔓延。

大话香烟

烟草进入中国，对中国的影响有两类。一类跟今天的香烟非常接近，抽烟袋，大烟袋，包括水烟。另一类就是鼻烟。

仔细想想，鼻烟比香烟还是有好多优点的，首先鼻烟不影响他人。不吸烟的人，屋子里一有人抽烟你顿时就烦。不许室内抽烟，是为了怕影响他人。屋子里有十个人，只有一个人抽烟，另外九个人心里都很烦，有时候不好意思说，所以政府帮了我们一个忙。我不吸烟，我觉得控烟令对我来说是一福音。

鼻烟它不点火。从某种意义上讲，不点火就不伤害他人。由于不点火，它对人的伤害远远低于香烟。我们都知道香烟易燃烧，会析出、释放出很多毒素，对身体没有好处。鼻烟是你自己吸，它不燃烧就没那么大毒性。

马背上抽烟的坏处是、会烧了整个草原

鼻烟有各种口味的，据说有五味。这五味叫什么呢？叫酸、膻、豆、糊、甜。酸，大家都明白。膻，这个不太容易理解，怪怪的。豆味，大家都知道。糊味，是鼻烟中一个很经典的味道，吸着多少有点糊味。糊味在餐饮中也算一个味道，比如炝锅就是糊味，有的爆炒就喜欢有那种火燎的味。全聚德有一道名菜叫火燎鸭心，就要有点儿糊味。再有就是甜味。

中国人什么都拿五来说。小时候说过一个顺口溜，说一个人坏，过去就说五毒俱全。什么叫五毒俱全呢？吃喝嫖赌抽，奸懒馋滑油，阴损怂奸坏，坑蒙拐骗偷。听着很有意思吧。第一个五是恶习。过去说人不染恶习，吃喝嫖赌抽都算恶习，只不过过去说这抽是抽大烟，吸毒。吃喝嫖赌抽，恶习！第二说的是品行。说这人品行不好叫什么呢？奸懒馋滑油。记得我到工厂去，有老师傅说那孩子奸懒馋滑油，这人就是品行不好，干什么都偷懒。再有，就说的是道德，说这人道德不好，就是德性不好，叫阴损怂奸坏。说某人"怂奸奸"，就是道德上有问题。最后就是行为了，叫坑蒙拐骗偷。今天说"天天上一当，当当不一样"，都属于坑蒙拐骗偷。你想想，一个人"吃喝嫖赌抽""奸懒馋滑油""阴损怂奸坏""坑蒙拐骗偷"，你说这人还能要吗？不能要！

鼻烟的好处是什么？跟抽烟比它能治病，因为鼻烟里可以掺药，掺麝香，掺冰片，掺了冰片以后它就通窍嘛。

"香"从何来

卷烟的出现使抽烟变得非常便利。烟卷什么时候产生的呢？不到二百年。英国和土耳其打仗的时候，由于没有带烟具，撕巴撕巴拿纸裹了烟叶就抽了，从此有了香烟。光绪十五年（1889年），美国"品海牌"香烟第一次在上海试销，次年纸烟进入中国。

这烟叫什么呢？第一叫卷烟，第二叫纸烟，第三叫什么呢？更多的人叫香烟。烟明明很臭，为什么叫香烟呢？进入中国得有名字，得符合中国人的习惯，中国人把多赖的事都能说出好来，所以这烟叫香烟不叫臭烟。举个例子，有个奢侈品品牌叫香奈儿，做包做鞋做衣服做香水，什么都做。"香奈儿"怎么念？准确翻译应该叫"傻奈儿"，傻子的傻。你想想要是翻成"傻奈儿"，品牌就瞎了，对吧？香烟进来的时候就这么一思路，明明是臭烟，叫香烟，跟香无关。据说，"香烟"一开始还加过一些香料，说抽的时候有点香味，那只是抽烟的人觉得它香，不抽烟的人什么时候闻着都是臭的。

推广香烟最快的时期是上个世纪三四十年代，那会儿工业化卷烟生产盛行。电影是当时最时髦的一种艺术表现形式，烟草商通过大演员叼着香烟，做出一个时髦生活示范，人们觉得上流社会的人都抽烟，于是群起而效仿之：有钱人抽贵烟，下层人就抽便宜烟，抽不起的捡烟蒂。我们小时候说抽烟屁，说"烟屁烧手，仅嘬三口"，就这意思。我在农村时，真见过人家捡烟头，捡一堆，剥开以后拿纸卷着抽。

奇怪的是，电影给予人一个暗示：吸烟的男人都是英雄，都是有身份的人，而吸烟的女人都是坏人。小时候看电影《英雄虎胆》，好人不抽烟，坏人都抽烟，抽烟的好人都是英雄。中国片里，女人一抽烟就不是好女人，或者由好女人变成坏女人。往往会有这样一个桥段，有一个好女人，突然冲进酒吧，说给我一支烟，就是表明从今天开始要变坏，很可怕。我四十来岁的时候，愿意在酒吧坐坐，看着苦闷的女人抽烟。女人抽烟很有意思，她们抽烟时会望着天。我还见过把烟夹在食指与中指之间，比较土。有的女的夹在中指与无名指之间，我不知道为什么，这么夹有冲天之势，冲天愁啊，不知道什么事，人家也不跟你说。你到酒吧去看，一个人孤独吸烟的，多半都不怎么幸福。

香烟可戒

戒烟比较难吧，我爹说不难。我爹烟瘾大，他烟瘾最大的时候，半夜醒了坐在那儿抽根烟，掐灭了继续睡，就这么大。他跟我说：戒烟有什么难的？我都戒过一百多回了，没什么难的。他到晚年了不抽烟，为什么不抽烟？惜命！李光耀也戒烟了，当时是为了给全国做出一个示范。

都知道戒烟困难，戒断期茶饭不思，百爪挠心。一个戒烟的人跟我说，痛苦啊痛苦啊，说头三天什么事都干不成，吃了一包糖也不管用，到第四天把烟往嘴上一捅，打火机一打着，啥事也没了。

现在，抽烟变得非常不方便。飞美国飞欧洲的航班，人一下来就急急忙忙往关口跑，过了后连行李都不取，直接就奔院子里去了，抽烟！先过足了烟瘾。你看那个半天没吸过烟、过了海关冲出去的人，一口能把半根烟都吸进肚子里。国外有的吸烟区很有意思，它画一个范围，你只能站在里头抽，站在里头没有任何遮挡，你觉得很尴尬，因为在公共场合你站在里头不怎么光荣，烟瘾小的人逐渐就想戒烟了。

我想，一个世纪之内香烟一定能够在全世界范围内戒掉。在未来的历史上会这样写到：人类曾经有一个恶习，叫吸食香烟，这种烟叶产生的毒素对人体产生巨大的伤害，曾经流行了五六百年，终于被戒掉了！

一般来说，鼻烟壶个儿越小，年龄就越久。从理论上讲，这三个鼻烟壶一个是乾隆时期的，一个大约是嘉庆到道光时期的，一个是道光以后的。

先看大的吧。黑玛瑙，上面俏色，白皮子，雕刻了两匹马，前有一人牵着马，这是典型的道光时期的鼻烟壶。壶盖是珊瑚的，壶堂比较空。这壶鼻烟，你烟瘾再大，一天也够了。

中间这个薄，估计能水上漂。什么叫水上漂？我开着盖往水里一扔，它就漂在水面上。为什么？因为壶口位置重，一进水，甭管你怎么扔进去，就形成一个气穴，它就浮在上头。这个鼻烟壶有意思，在灯光下看着还有点冰糖玛瑙的感觉。前面正面画的也是俏色，不是画的，是雕刻着一小孩一大蝙蝠，也叫擒蝠图，就是抓住福气。

最小的是翡翠的，碧玺的盖。这碧玺够纯的。这是全素，没有纹饰。翡翠这东西不是通绿的。我早年见过一个通绿的，就这么大小，大概在二十年前就要四百多万，搁今天绝对几千万。翡翠烟壶通绿的非常少，因为做烟壶不合算。过去好的材料一定不做烟壶，都做戒面，做耳环。这种小而圆润的，都是乾隆时期的作品。

这些烟壶都是玉石材料做成的。还有白玉的。常见的还有陶瓷的，陶瓷的最多。还有景泰蓝的，画珐琅的，竹黄的，各种树籽的。鼻烟壶是清代工艺大全，有什么材料就有什么样的鼻烟壶。

中国制造怎么了（上）

对中国科技史有所了解的人，都应该知道李约瑟。这个英国老头是中国科技史专家，他出版过一部非常重要的著作，在全世界都很有影响，叫《中国古代科学技术史》，全书十五卷。这部鸿篇巨著，把中国古代科技的所有发明，从头到尾梳理了一遍。

李约瑟难题

1900 年出生，1995 年去世，这老头活了九十五岁。李约瑟对西方科技史非常熟悉，晚年对中国科技史了解得非常多，他有一个大惑不解的问题，是向全世界发问的。许多学者都试图回答他这个问题，但到今天也没有一个圆满的答案。

李约瑟怎么向全世界发问的呢？他大致的意思是这样的："十六世纪以来的英国工业革命为什么不在人文荟萃、历史文化悠久的中国产生？"

按照人们常规的思路，资本主义革命以及工业革命，理应在人文荟萃、历史悠久的中国产生，因为中国当时具有产生的文化基础。可奇怪的是，十六世纪（明朝中叶偏后）的时候，资本主义在英伦三岛悄然诞生，然后以席卷之势，在短短两百年时间，占领了世界绝大部分地区。今天来看，说英语的国家和地区占地球面积最大，首先是美国，其次是加拿大，再其次是澳大利亚，这三大

中国早期的品牌发明、张小泉剪刀现在仍有实物可寻

块国土，都受英国殖民影响，都是英国人的子孙开拓的。

李约瑟最初是一个化学家，他是英国皇家学院院士，在英国也是赫赫有名。他在1936年偶然遇见了三个中国人，其中一个女子叫鲁桂珍，她父亲是药剂师，让女儿来英国学习药学。她对李约瑟的影响，就是让他喜欢上了中国古代科技。从那以后，李约瑟跟她认真学习中文，最后成为一个中国通，中国话也很流利。他开始悄悄地研究中国古代科技史。

这之间有一段插曲。李约瑟的妻子叫李大飞，大他四岁，夫妻俩人在婚姻存续期间遇上了鲁桂珍，鲁跟李发生了一段婚外恋。有意思的是，这段婚外恋得到了李大飞的原谅。在以后的日子里，鲁桂珍依然跟着李约瑟，一跟就是几十年。李大飞与李约瑟相伴一生，1987年去世。她去世的时候，已是九十一岁高龄了，那年李约瑟八十七岁，鲁桂珍八十三岁。两年以后，鲁桂珍跟李约瑟修成正果，结婚了。我觉得一个人的一生，极少会在这种复杂的关系中修成正果。两年之后的1991年，鲁桂珍也去世了，享年八十七岁。这样一个三角关系，维系了近半个世纪，常人听着都觉得很不可思议。

西方有学者认为，由于李约瑟对中国怀有特别的感情，他的这部巨著书写得有点拔高。李约瑟却不这么认为，他认为中国古代科技的发明是领先于世界的。有西方学者认为，中国古代的科技不叫科技，为什么呢？它没有现代科技的逻辑和系统的试验。中国过去的科技发明，都是个人偶然的一种经验的积累，而不像现代科技发明，是有系统、有逻辑的，要反复地试验，得出最终的结果。所以，中国古代很多科技发明自生自灭，有很多并没有得到应用。大家熟知的活字印刷，今天能找到活字印刷的最明确的证据，是明朝中叶才有的，来自宋人沈括的《梦溪笔谈》。自《梦溪笔谈》记载以来，一直到明代前叶，都没有发现实物存世。

明末品牌响当当

这儿有一组数据，以十六世纪为节点，把科技史做了一个划分。有学者统计过，在这之前，全世界范围内的科技发明，中国人占了百分之五十四，之后的四百年，中国人的科技发明只占全世界科技发明的百分之零点九，不足百分之一。这也就是为什么经历了康乾盛世以后，中国社会急剧滑坡。中国人为何在明朝末年走上了歧途？

来看看明朝末年的生活。明朝末年，中国人的日子过得还是很好的，并不像史书上说的民不聊生。明朝末年，江南富庶，生活非常滋润，有《金瓶梅》为证。《金瓶梅》描述的就是晚明江南地区的市井生活，《金瓶梅》一书的记载，甚至可以作为晚明江南地区的食货志看。什么叫食货志呢？食是吃，货是货币，食货志是指当时社会的物价、生活水平，它可以当作史书来读。有学者考证过，《金瓶梅》中的物价就是当时的物价，并不是宋朝的物价，《金瓶梅》是借宋朝西门庆的故事展开的。

这时候社会变得非常富足。从《金瓶梅》中可以看到使用的物品、吃的东西都有大进步。比如说西门庆跟潘金莲结婚的时候，顺手买了两个丫鬟，一个五两银子，一个六两。他还买了一张拔步床，这张床花了十六两银子，换句话说，床的价值是三个丫鬟价值的总和。过去，买丫鬟也只是买一段时间，买到你不能用了为止。后来，潘金莲抱怨床不够好，西门庆就专门跑到南京给她买了一个描金的欢门拔步床。这次花了多少两银子呢？五十两。又花七两银子买了一个可以上灶的丫鬟。什么叫上灶的丫鬟呢？就是能多少做点菜了，能在厨房帮点忙了，有点本事了。今天也是这样，人的价值，都是跟本事直接关联的。在明朝末年的时候，中国人的生活已经如此。西门庆不是一个孤立存在，而是有一个阶层存在，因为有这个阶层的存在，才有了这本小说的诞生。

明朝末年，上层社会和富裕阶层的生活质量大幅度提高，出现了很多带有品牌价值的工艺品。喜欢玉器的人一定知道陆子冈的制玉，喜欢紫砂壶的都知道时大彬的紫砂，还有江千里的螺钿、张鸣岐的手炉、周柱的百宝嵌、朱松邻的竹刻等等。你能说出工艺品制作人名的，百分之八十都是明末的人，这个人名是什么呢？就是品牌。

西方的品牌都是建立在个人名字的基础上，路易威登、古驰、爱马仕、范思哲、皮尔卡丹、伊夫圣洛朗、福特、奔驰、百达翡丽、卡地亚、波音等等，都是人名。谁来负责呢？是名字来负责。我们只习惯于西方品牌，但不习惯于西方品牌中的人名价值。

清朝阉割了中国品牌

明朝末年，资本主义萌芽的所有特征都同时呈现，比如雇佣关系，比如品牌意识。刚才罗列了那么多工艺品牌，那些人名都是当时的品牌。比如张鸣岐的手炉，今天存世至少还有四万到五万个带有他人名的。张鸣岐一个人是用手凿不出来这么多手炉的。如果按照一般存世量的估计，从明朝到现在四百来年，能留下的东西百不足一二的话，当年得有几百万个张鸣岐的手炉。

张鸣岐已经变成了一个手炉品牌，他跟西方所有品牌的形成没有二致。只不过入清以后，中国品牌就被一刀切了。它改叫什么呢？叫大清康熙年制、大清雍正年制、大清乾隆年制、大清光绪年制，到最后叫 Made in China。我们把品牌彻底地丢掉了，只知道物体本身。中国人在改革开放之前，对品牌几乎是漠视的，我们没有奢侈品的概念，只对这个东西的好坏直接产生判断，而不对它的品牌产生判断。中国有商品要到国际上去换钱、为国家创造外汇，外国人说你这东西我们不能卖，因为没有商标。中国人说这东西不写着 Made in China 吗？外国人说，这是产地，你必须得有一个品牌。在那个时候，我们突击注册了一些品牌，那些品牌是什么呢？叫蓝天牌、白云牌、东风牌、红旗牌、解放牌，全是虚的。

前些年，丰田汽车刹车设计发现缺陷，它被迫召回所有有缺陷的汽车。丰田章男这孙子，他确实是丰田家族的第三代人，这孙子跑到全世界各地，向消费者磕头道歉。中国的东风、解放和红旗不负这责，为什么？找不到一个具体的人。

改革开放以后，第一个出现人名的品牌是谁呢？是李宁。李宁在奥运会获得世界冠军以后，利用知名度创造出一个体育品牌，叫李宁。李宁服装第一次上市的时候，我正巧在北京利生体育用品商店买东西，售货员热情洋溢地向消费者推荐，说这是我们的品牌——李宁牌，上面写着李宁，Li，Ning。我记得很清楚，有个男孩子捏着那个品牌说：我小时候身上绣的都是自个儿的名字，我怎么能绣一别人的名字呢？这个事情一开始对李宁的品牌有重创。你们注意，李宁的牌子由一开始的拼音转成一个大 L，变成一个图案形的商标，这就是为了冲破中国人固有的文化心理。李宁品牌的出现，说明我们开始有了商标意识。

翻过头去说，在明朝末年已经有强烈的品牌意识了，当时的商业也非常发达，但没有抓住这个机会。英国在 1626 年，就是明朝天启年间颁布了英国第一部专利法。这部法律规定：我发明的东西你不能抄。让中国人看来，这是非常小气的法律，正是这个小气的法律，让英国迅速成为"日不落帝国"。而李约瑟当时并没有看到这一点。

脱手秀

　　这是一个五节盒，非常精美。每个里面都镶嵌有精美的螺钿。五彩螺钿在光线下闪着紫、红、黄、蓝、绿诸种颜色的光，这就是四百年前的奢侈品。

　　每一个里头都有不同的花绘，每一个花绘颜色都不一样。背面、底部写着两个字，镶嵌着螺钿的两个字，叫"千里"。江千里，明末做螺钿的第一人。

　　这种小盒，它的功能从某种意义上讲，是陈设功能大于实用功能。这种螺钿的盒子，保存下来非常难，为什么呢？空气的湿干变化，会让它开裂、变形，上面这个螺钿就会剥落。因而，保存得这么完好，是非常不容易的一件事情。漆器有很多种，螺钿是漆器中的一种。螺钿的历史很长了，在日本正仓院，可以看到在唐代送给他们的礼物就是嵌螺钿的，保存得跟新的一样。这个小盒距今已有四百年了。

　　面上是一个完整的图案。图案很有意思，在一棵柳树下，四个成年人围着一桌吃食，旁边还有一小童，一共五人。

　　螺和钿是两种东西，在中国古代，一般名词都是单字，凡是双字的都可以拆开去读。螺很容易理解，吃的田螺，打转的，这叫螺。钿呢，指的是大蛤蜊皮。这是一个点螺的。钿的颜色一般都比较单一，是白色的。钿一般情况下都会陷在里头，就是刻下去，镶嵌在上头。而螺呢，叫点螺。什么叫点螺呢？漆器未干之时，这漆器是黏的。螺片非常薄，它是用醋泡软了，用很小的镊子捏起来，切成所需要的图形粘在上面，这东西就叫点螺。这种工艺品从明朝末年一直到清朝乾隆年间，流行于社会上层和富裕人家。

中国制造怎么了（下）

漠视品牌的文化价值

要想解答李约瑟难题，就一定要对中国古代社会有个基本的了解。中国是自给自足的自然经济，是以农耕为主的社会。除了种地以外，还要发展手工业。一般人就是做做鞋做做衣服，过去农民都是自己做鞋。

记得刚改革开放的时候，我碰到过一个意大利鞋商，他到中国后特别高兴。他说这十亿人，一年得买多少双鞋啊！我说你不懂中国，中国有八亿人自个儿做鞋，不买你的鞋。他听完大惑不解。我们年轻的时候，在北京胡同里经常能看见老太太纳鞋底，自己做千层底的布鞋。

手工业发达以后，必然要出现手工艺，手工艺就是在生活必需品之上出现的一种类似的艺术品。

手工业及手工艺的发展，一个是非常大众的，一个是比较小资的。它们的发展会促进社会追求美好的东西，既有物质文明，也有精神文明。追求精神，它就会形成一种品牌。这一块是空的，是看不见的。一个有品牌的东西和一个无品牌的东西，是有差价的，大家都很明白，这是跟世界接轨的结果。三十多年前，我们刚看到外国东西的时候，只对它的质量感兴趣。比如拿到人家的奢侈品包，手一摸，说哎呀，这东西怎么不是牛皮的呀？这么贵的包，怎么也应该是个牛皮的呀！中国人怎么说自己的东西呢？一定说，我这个是小牛皮的，我这个是头道皮的，都是往好了说。西方人不是，西方人一定说我这是谁设计的，说的都是虚的。设计师设计出来的那个东西是看不见的，西方人特别强调设计师的价值。我们不管是谁设计的，只是说这东西的质地，所以中国人对纯粹的东西都特别感兴趣，纯麻、纯毛、纯丝、纯棉，一定要说纯粹的，一说混纺的就不高兴，就说这东西不行，质量不行。西方人没这个概念。

品牌价值有一个特征，叫无形大于有形，有形的东西不值钱。你去买一个奢侈品包，你花了一万多块钱，这包其实连一千块钱都不值，而是品牌值一万多。你花的全是品牌的钱，这就叫无形大于有形。事实上，我们慢慢开始接受无形大于有形这样一个事实。

今天的社会还有一个特征，叫文化大于科技。文化价值远远超于科技。大家都喜欢现代科技产品，如苹果、三星等品牌。这些品牌的产品拿到手里的时候，你会觉得很贵啊，但如果你仔细想它里头的科技发明，可能就觉得不贵了。这样一个平板电脑或者一个手机里，有几千个乃至上万个专利在里头。这么多科学家为此努力工作，你一指可以知天下，这东西就卖几千块钱，并不贵。你若去买一件有文化含义的东西，就更能感觉到无形的价值。这两年文玩市场炒核桃，所谓文玩核桃。俩稍微有点模样的核桃，大概就要一万块。核桃上面什么科技含量都没有，它有什么呢？有的是一个文化概念，这个概念还是炒出来的，不是它固有的。那固有的，就更无法用一般价值去评估了。大家都知道，去年拍卖的鸡缸杯，一个卖了两个多亿。想想看，8.2公分直径这么大一个小杯子卖了两个多亿！为什么呢？有文化，有历史。

西方的品牌也是文化大于科技。你到奢侈品店去看一下就知道了。我去卡地亚店，看到一副眼镜，就一个金丝框，俩镜片，卖十好几万。它上面什么科技内容都没有，只有一个东西，就叫文化，那是他们创造的品牌文化。这个品牌文化就是他们的无形资产，可以无限大。这就是今天社会的一个典型特征，叫无形大于有形，文化大于科技。如果你能理解这两点，不管是走向社会还是去创业，你都会有所收获。

物质化的民族思维

英国在 1626 年就颁布了第一部专利法，从那以后的一百多年，只是英国人自己坚守这部法律。十八世纪后期开始，在英国人颁布专利法大约二百年后，美国人颁布了自己的专利法，紧接着，法国人、意大利人、德国人、日本人依次颁布专利法，保证了社会的正常高速运转。

日本可能是资本主义国家里最后一个颁布专利法的，是在 1885 年。而中国是 1985 年，整整晚了一百年。从 1626 年英国人颁布第一部专利法到 1985 年，经过三百五十多年，我们才有了这个意识。

今天，我们的专利被别人欺负，被别人抄袭非常正常。这些年大家都多少建立起一些品牌意识了，也知道抄人家品牌不对，于是就开始耍小聪明。比如你的包叫 LV，我这包便叫 LU，把弯拐大点。朋友有一品牌叫奥普，过去家里洗澡有点冷，拧上俩大灯泡，一下子就暖和了，奥普浴霸。他跟我说，他最恨的是人家假冒他的品牌，他说他看到一个品牌叫奥晋——把"普"字两点给去了，然后在"晋"字上面趴俩鸟。

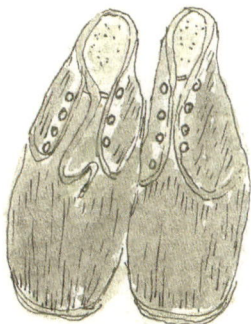

纳鞋底是中国著名的手工艺术

这种小聪明特别多。我们从小就是这个锻炼，说人家那品牌我为什么不能抄啊？我小时候作业都是抄的，也没怎么着，我最后也大学毕业了对不对？在我们的社会中，对抄袭的判罚，不管是专利的抄袭，还是影视剧本、小说的抄袭判罚，都是非常非常轻的。在英美等国，对专利的抄袭一定会让你倾家荡产。

翻过头去想李约瑟难题，我们试图去解答这个难题。我认为由于中国人不注重无形资产，由于长时期养成的农耕民族思维，我们一定是物质化的。全世界没有一个民族，像我们这样物质化，一说黄金就得24K，不纯都不高兴。过去到香港金店里，围着买24K的全是中国人，他们觉得18K、14K里头掺假。西方人不那么认为，人家的首饰，18K就到头了，没有人用24K黄金给你打首饰，因为24K黄金非常柔软。在这种情况下，中国人对无形资产就形不成有价值的概念。

入清以后，康熙一刀就把所有的品牌意识切掉了。清朝末年同光中兴，资本主义最后一次萌芽，品牌意识又出现了。我们似乎记住了前面被灭杀的教训，开始叫半个牌子，叫外号，比如"王麻子剪刀""狗不理包子"等等。然后呢，有"泥人张""葡萄常"，有"北京烤肉季""烤肉宛"，翻译过来就是"烤肉的姓季的""烤肉的姓宛的"。全叫一半，不叫全了，叫全了很容易被扼杀掉。我们看看，晚清到民国时期的很多品牌都不成形，都是半个，不那么光明磊落。

制度缺失扼杀创造力

由于在明朝末年没有把握住机会，我们把无形资产这份价值彻底地抛弃了。生活中，经常可以遇见一些现象，比如说你去一些大商场，你会发现有一个人很仔细地在看一件家具，趁人不注意的时候拍一些照片，然后拿出尺子量量尺寸。他干嘛呢？他回去一定要做同样的东西。

我碰见过一个女老板，她跟我说，设计人员最没用。我问：为什么没用？

她说花那么多钱雇他们根本不合适，她说自己每年设计一次。她是开商场的，每年带着孩子周游世界，到各国去专门逛商场，拿个照相机。她跟我说，她连尺寸都不量，她说欧美人的尺寸，未必适合中国人。她说她看见什么好，就拿照相机咔哒照一张照片，回来以后把照片扔给工厂，让工人按照中国人的尺寸随便改一下就行了。这就是她的设计，她大言不惭地告诉我，这是她每年的设计月。我听着都很悲哀。

为什么到今天，很难看到我们自己真正有创意的东西？老说创意文化，可我们今天看到身边很多很多心爱的商品都有别人的影子。一个本身有创造力的民族，为什么不愿意创造了呢？就是因为没有制度性的保护，你发明的东西谁都可以抄，抄了以后他可以迅速赶上你，你还会有发明的乐趣吗？西方很多人躺在发明上能吃一辈子，所以每个人都愿意发明。它的专利保护，不仅仅是有形的东西，不仅仅是品牌，包括一些外观，甚至一些商业模式，它都可以申请为专利，一旦是你的发明，你就会在这个专利上坐享其成。而我们靠抄袭坐享其成，那社会怎么进步？

李约瑟是看不到这一点的，他毕竟不是中国人，他跟我们还是有文化差异的。尽管他学了很多中文，但他未必能读懂中国，能读懂中国人的只有我们自己。

脱手秀

这是百宝嵌，白的是螺，螺是点上去粘上的，钿是镶嵌进去的，螺、钿就这么一点儿不同。

这人是谁呢？挂着一拐，铁拐李。发型很酷，拿着一个红红的葫芦，这红色的东西是什么呢？是朱砂。这个蓝色的是青金石，这是松石，里头嵌有银丝。底下这种白的都是寿山石，剩下就是螺钿了。

这块板底板是紫檀的，年代是康熙时期。背面写着七个字，第一个字是葫，第二个肯定是个芦，猜都猜出来了。看到没有，这是葫芦，"葫芦之内天地老。"这话说得玄妙。

底下这方印写的是"眉公"。这已经不是人名了，能看出来这是一个人的号，或是别人对他的尊称。清代康熙年间很少直接把个人名字署上去。明朝人写字，跟清朝人不一样。清朝乾隆以后写字都是馆阁体，中规中矩。明末，江南文学大家是董其昌、文徵明，他们的行书就是这个风格。尤其是董其昌，康熙皇帝非常喜欢其字，他临的董其昌的字几乎可以乱真，康熙年间董字最时髦。这个字完全是按照董其昌字的风格写出来的。

这是一个小桌屏，最早它是有功能的，搁在桌子上挡风，比如把砚台搁在这儿，使墨汁不易干。但是现在只是一个陈设。底座是紫檀的，利用小料做得很严谨。

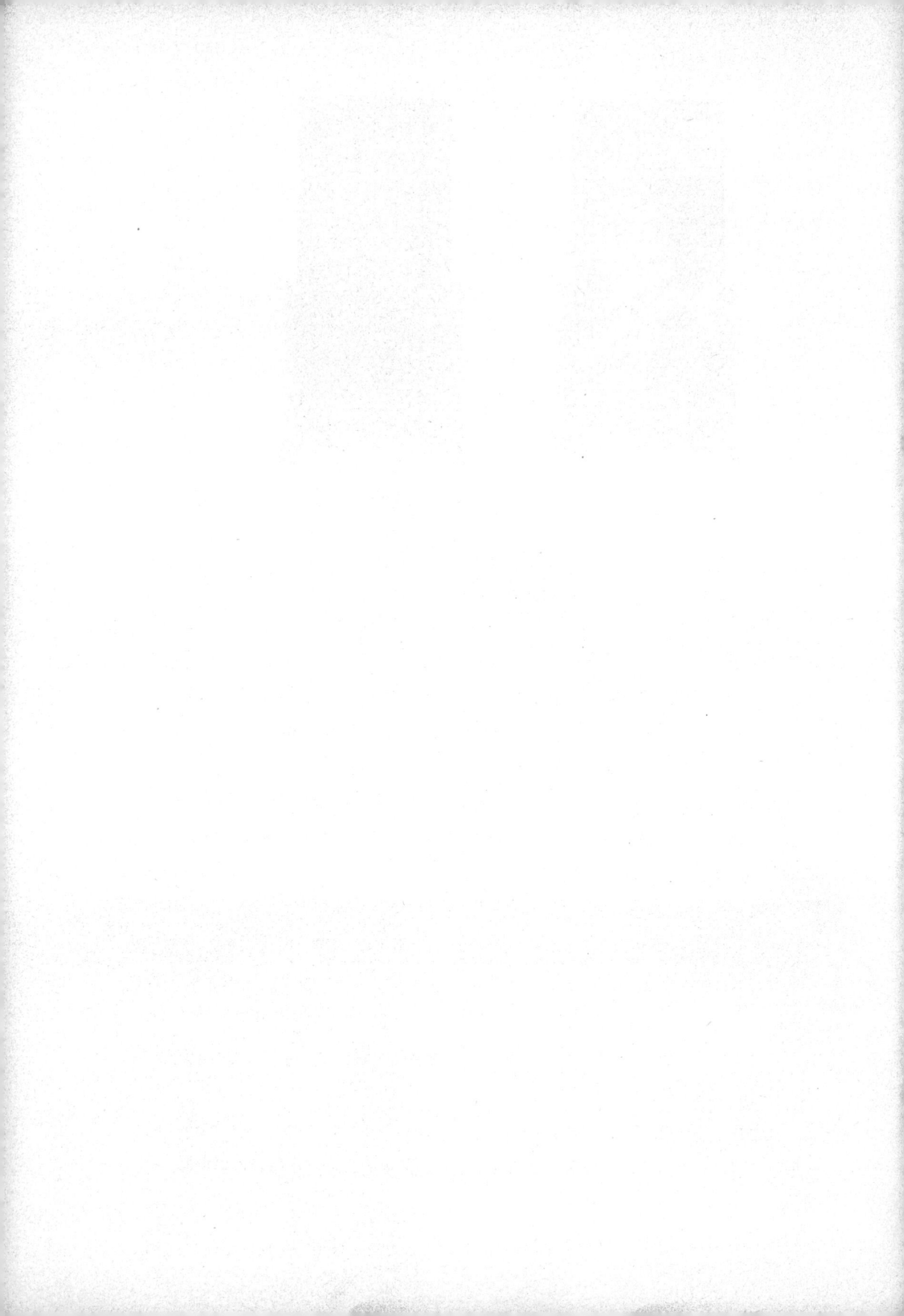

食色生活

野外的爱情

野合而生的历史名人

世界上最有钱的人是谁呢？比尔·盖茨，世界上最大的老板。中国最有钱的人是谁呢？马云。马云有没有老板？有老板。他的老板叫孙正义，日本人。孙正义在日本也是最有钱的人了。但他上面还有一人，叫柳井正。这人是干吗的呢？卖背心和裤衩的，那店叫优衣库。说到这里，你就知道了，因为世界上最有名的人叫"优衣库男女"。

古人认为，人是融化在天地万物之中的，所以天和地、日和月、昼和夜、寒和暑、阴和阳、正和负构成了宇宙。所以，男女之间的结合是宇宙二元的自然力相互作用的一种表现。而且，人本身就是与宇宙宏观世界功能十分相似的一个微观世界。

《周礼》记载：仲春之月，令会男女，于是时也，奔者不禁。意思是，春天来了，政府下令让男男女女们赶紧找机会会合。当时还有规定，无故不去的还得挨罚。阳春三月，猫要叫春，人也思春。为什么思春？是因为过去日子过得苦，冬天屋里比较寒冷，一到春天，春暖花开，万象更新，春心就动了嘛。当时祭祀设计的日子，就是让青年男女自由交往。

《吕氏春秋》也有这样的记载，说在过去，人们只知其母不知其父，就是无亲戚兄弟夫妇男女之别，无上下长幼之道。昔太古常无君，就是说过去山静

春暖花开环境好，
有助于恋爱成功

似太古、日长如小年，那时候的人就是凑在一起过日子，只知道谁是妈而不知谁是爹。只有他妈看见过他爹，但也因为爹多而记不住，也不知道到底是谁的，也就没什么亲戚了。所以，那时候的男女都处于一种状态，叫野合。

《列子·汤问》中也有这样的记载：男女杂游，不媒不聘。不找媒人，也不下聘礼。那意思就是说，男人女人根本不需要什么结婚仪式。那时候，只要你身体发育成熟了，只要你开始萌动了，到了春天你就找一自然的地儿，该干嘛干嘛，想干嘛干嘛。所以，那时候的人都是衣不遮体的。

古籍中有大量类似的记载。今天的人都很斯文，尽管在心里一上来就想跟人办那事儿，但要假装斯文，跟人先探讨唐诗宋词，其实最后都是为了那事儿。古人却是直奔主题，就说咱俩行不行，行咱就山上去，不行就拉倒了。《史记》中也有这样的记载，《滑稽列传》中说，男女之会，杂坐其间，又喝酒又干什么的，一会儿耳坠掉了，一会儿簪子丢了，日暮酒阑，杯盘狼藉，暗送秋波，打情骂俏，都微醺或者大醉，最后堂上烛灭，大家爱干嘛干嘛，想干嘛干嘛。你想想这事多热闹啊。《诗经》里也有很多关于野合的记载，说的就是"有女怀春，吉士诱之"。为什么诱你呢？就觉得你有诱成功的可能。历史上有名的人也有野合生下来的。《孔子世家》记载得清楚，叔梁纥七十二岁与颜氏女十六岁，差五十多岁的两人野合生了孔子。孔子三岁，他爹就走了。

今天说野合，就是俩人跑野地里捏一块儿去了。但有学者认为，古代文献中记载的野合，可能有另外一层意思。第一层意思是说迎娶礼数不到，跟婚礼不合，所以叫野合；另一种说法是，两人年纪相差太大，也叫野合。

人爱野合源于动物性

人喜欢野合，是源于人的动物性。有记载的人类历史就四千年，再往前倒也不过五千年，再往前最多推到七八千年，说一万年就到头了。一万年以前的人都是上古时期的人，其动物性大于现在的这种社会性。就是他跟动物没什么区别，首先就是没有羞耻心。小猫小狗当着人面什么都干，也没人去拍它，都知道那是它的动物性。上古时代的人就是动物性更多，而我们今天就是社会性的人了，社会性的人就会说"我爱你"。

那时候我们上农村去，人小，还不太懂人事。虽然我下乡的时候也已经十八岁了，但好多事都不懂，不像现在十几岁的孩子什么都懂了。到了农村，忽然发现农民有很多很有乐趣的事。比如，农民有时候就会去玉米地，经常说谁谁谁又被从玉米地里抓出来了。为什么去玉米地？百思不得一解。屋里多舒服啊，也不会被人抓着。玉米地其实特恐怖，玉米叶子跟小刀似的，光着膀子进去，拉得身上全是小口子，一出汗就疼。后来我才明白他们为什么愿意去玉米地里了。这玉米地一进去，哪儿也看不见，安全。电影《红高粱》里，没有玉米地，爷爷奶奶就奔高粱地去了。那时候的人，视自然环境为他们生命的一种向往。

我在出版社当编辑的时候，出差是特有意思的事儿。那时候出差全都是两人甚至三个人住一个房间。次一点的招待所都可能五六个人住一个房间。最好的时候也就是两人住一间。我认识一个朋友，大我几岁，人特实诚，特爱跟我聊天，就聊他当年在陕北的事。那时候我还年轻，都没想到人生还有这种事。他跟我讲，他在陕北，带着女朋友上塬上去，借了一个军用帐篷。塬上夏天没有蚊子，满天星斗，银河都看得清清楚楚。他就跟女朋友钻到自个儿支开的军用小帐篷里。有时赶上瓢泼大雨，雨水哗哗往下流，两人就躲在帐篷里头野合。后来成瘾了，两人隔一段时间就带着小帐篷专门跑到塬上去。他说夏天不下雨的日子，塬上的夜晚最舒服，天成幽蓝色，月朗风清，露天野合非常惬意。我那时二十几岁，半夜黑咕隆咚躺在床上，听另外一张床上的人吐露心声，说那种难忘的感受。

这事儿也说明，人确实有这样一种原始的动物性。三十年前，大部分中国年轻人谈恋爱，都想尽一切办法进屋，要找一间屋子。实在不成了，就趁爹妈出去买菜那工夫两人窜进屋，办完事了赶紧跑出来。今天的年轻人反倒是希望走出去，去郊游，去到野地里，车震什么的。电影《心花怒放》，一路车震就过去了。我不明白，小车里空间那么小，个儿大的进去，在里头也不会太舒服吧，但他喜欢。车震不够了，现在有词更新鲜了，叫马震。

早期春宫画美不胜收

古代有个画家叫马相舜，他画过一幅长卷，叫《山林鸳梦》，描绘的是一对夫妻，估计还有点钱，带着俩侍女进入山林，山泉沐浴后就在野外交合。"交合"是一个科学名词。完事喘喘气，换个地方，换个姿势，再干这事。画家也就一段一段地画过来。原来这画家是专门画春宫的。

清代春宫画在绘画当中算一个小小的门类。春宫画是一个门类，而不是一个派别。前两年，香港苏比士拍卖行展览过一部分春宫画和春宫瓷器，是一个荷兰人收藏的，有几百件。展览不公开，需要有人带领才能看，这种春宫画一般博物馆都是不允许公开展出的，仅可作为内部展览。中国春宫画明代后开始流行，到了清代康乾盛世的时候，春宫画风靡一时，对日本都产生了影响。当时的春宫画画得非常好，准确地描述了当时的家居环境。我爱看这东西，更多的是看当时的家具陈设，比如紫檀家具、黄花梨家具、漆家具，在春宫画里都有体现，画得非常细致准确，而且也体现了很多家具的功能。比如过去有些东西的功能现在已经不清楚了，后来看了春宫画里的描述，才明白那东西是干这事儿的。我们过去对这类东西都是批判的，大部分都已经被毁掉了，只有少部分流到国外以后，被国外藏家收藏起来了。

我看过十八世纪的春宫画，还出过画册，那时候其实有很多春宫画。春宫是有过程的，就是两人有一个交往过程，按我们现在说，就是调情的一个过程。然后再慢慢进入状态，而进入状态的画面就是唯美的。但十九世纪以后就不成了。十九世纪以后的春宫画比较色情，而且尽画一些病态的场面。到了现在，所谓的春宫直接就是单刀直入一刀见血，就没有情趣了。古人认为夫妻之间的交合，是需要环境衬托的，更需要文化的衬托。所以，十八世纪留下的那些春宫画，会让你觉得美不胜收。可惜，我们今天绝大部分人是看不到这些东西的。

我们在这里探讨的，是我们作为一个文明人的心路历程。人类早期并不文明，在远古的时候跟动物没有区别，只是一万年以来开始由狩猎采集时代慢慢过渡到农业革命，开始种植和养殖了，才逐渐知道生活可以改变我们，才让我们逐渐变得文明起来。文明是什么呢？文明就是把野蛮的东西去掉而已。野蛮又是什么呢？野蛮就是不顾别人的感受。所以，在今天，我们一旦成人了，一旦有了男欢女爱的愿望，按照李银河先生的话说，就应该遵守三大原则：成人、自愿、私密。首先必须是成年人，未成年人一定是不可以的；第二，一定是自愿的，当然最好是在法律框架之下；第三就是私密。

脱手秀

　"合"，就是男女扣在一起。这是个黄花梨盒子，很重。打开看，牙并不长，但就是能够死死地抓住。这是一个整木头旋出来的黄花梨盒子，中间搁一个脐，防止开裂。壁很厚，镶了个乾隆时期的羊脂白玉璧，一螭虎趴在上面。我也不清楚这盒子是干什么用的，只知道它是清代初年，可能是乾隆时期的镶制。白玉璧的镶制，使盒子显得非常厚重和高级。

　　黄花梨的木性最为稳定。一般木头车成圆后，抽胀后会变成略微的椭圆，就不可能轻易转起来。但这盒子能转起来，表明它的抽胀是很轻微的。这盒子有木纹，且都能完整地对齐了，包括大鬼脸的纹饰都对接得很清晰，表明它是一个木头的整挖。整挖特别费料，其价值就比拼接的大很多。

　　这盒子距今大概三百年。保持得这么完整，看着很新，却也有历史感，感觉非常温顺。用这样一个盒子来说明人与人之间的关系，那就是，盒子有盒身和盒盖，男人和女人则互为盒身和盒盖，如果合适的话，就能扣在一起——严丝合缝。

避孕

人类在寻求性生活时的目的是什么呢？有人说简单，不就是为了生育嘛。不是！人类一百次性行为中，只有一次是想生育，剩下九十九次是想快乐。动物都是寻求生育，所以动物只有很短的发情期。人类在文明的进程当中，摆脱了贫穷，摆脱了愚昧，和动物不一样，是追求享乐。但这之中也有一个问题，就是很容易怀孕。那怎么办呢？就得避孕，避风险，防止怀孕。

科学避孕的几个问题

二十世纪的时候，人类在避孕上有了巨大的发展。科技上所说的避孕，必须要有几个先决条件，第一个叫简便易行；第二要价格低廉，便宜；第三是要安全有效，至少效果要在九成以上；第四个，要能够被传统观念接受。

到二十世纪末，这些问题都没有得到最好的解决。比如说口服避孕药。口服避孕药分多种，一种是长效的。记得在工厂的时候，老师傅就说这个麻烦，天天服，一服服一年。每个月服三个礼拜停一个礼拜，连续服了半年，丈夫啥事都没干，你说这不全白服了吗！后来有种短期避孕药叫探亲避孕药，就是两地分居的，老婆来探亲，用这短期的。现在还有一种叫后悔避孕药，是俩人一时兴起，一着急没采取什么措施，完了以后赶紧买这个弥补一下，叫后悔避孕药。

避孕药有点儿不公平，全让女人吃，男人没啥事。

还有一种东西，叫节育环。节育，就是节制生育，也叫避孕环。最初觉得就是圆形的，环嘛，后来才知道，这东西五花八门，还有 T 形的、V 形的、Y 形的、锁链形的……有四五十种，很古怪。因为必须放入女性身体内，说这东西没有伤害那不可能。

还有一种手段，叫结扎，是针对生过孩子的人的。小时候还有口号："一个不少，两个正好。三个多了些，四个没想到。"后来，我们这代人要生孩子时候就变成了"只生一个好"。农村把这写猪圈上，上面写"猪是六畜之首"，下面写着"只生一个好"。

在那个年月里，当你生孩子生到了国家规定的标准，就要结扎。结扎也是以女的为主，虽然男的也可以，男的是把输精管结扎住，女的是输卵管。这也有问题是吧，对人有伤害。

在这些方法里，避孕套比较符合我刚才说的"简单易行，价格低廉，安全有效，能被传统观念接受"。只是传统观念有的还不怎么接受这个事，套一东西，就不行，不接受，不好意思。最早推广计划生育的时候，这东西是领的。在工厂，谁一结婚，管计划生育的人就来了，一般都是大妈，管这事的人细腻了不成，上来都是大大咧咧的："你这一个月要几个呀？"结婚的不好意思多说："那您就给我们二十个吧。"大妈当着满车间的人说："你用得了那么多吗？"我们那时候还教过，就是这玩意怎么能重复使用，就是用完了洗干净，再铺上滑石粉。那时候人脸皮薄，虽然是免费的，但不好意思进药店里去拿。一般情况下都去两人，一人去跟那售货员逗贫，一人过去赶紧抓一把塞兜里。

现在在全世界范围内，避孕套是一个最为普及、最为实用的避孕方式。有一种说法，避孕套最能反映一个国家橡胶工业的发展水平，谁能做得又薄又结实，才算最好。

女人有了自由意志，想怀就怀，想不怀就不怀

古代避孕的那些事

回过头看人类避孕的历史，早期是一点招都没有。西方人有这么一招，说把事办完以后蹦七下，就可以避孕。可能西方人认为七不好，所以蹦七下，难道蹦八下就不行吗？不知道。还有，就是出门推磨去，干完事，先生睡了，老婆在院子里推磨。

古人认为麝香可以使肌肉收缩，能够避孕。想怀孕的人是不能接触麝香的，接触了就不易怀孕。据说古代的人还把微量砒霜放入体内，不知是避孕呢还是要命呢。还有一种方法，就是安全期避孕。其实，安全期的避孕是最不靠谱的，古人经常把安全期和排卵期闹反了。

电视剧里说皇上临幸，甭管是妃子还是宫女们，被皇上临幸一回，只要怀了龙种，你的地位马上就会改变。后宫里争斗，就是不让谁怀孩子，办完事后，不是点穴就是下药，反正不让你怀上。

古人虽然不知道什么叫精子卵子结合，但他们知道要设置屏障，比如，往阴道里塞块木头塞块海绵，欧洲还有人把鳄鱼、大象的粪便一起塞进去。

避孕套的神奇用途

避孕套发明以后，它的一些功能却超出了避孕范围。比如落水了，如果你身上有若干个避孕套，马上把它吹起来扎上口，塞入裤腿，再把裤子两头一系，就是一个非常好的救生圈。再有就是做鞋套，下雨时用俩避孕套一套。据说，杜蕾斯做过这样一个广告，就是把避孕套当鞋套用，使它的销售增长了百分之十五。再有，你游泳的时候，带一避孕套，手机往里一搁，防水。紧急情况下避孕套也可以当止血带，弹性非常好，勒住了能止血。被蛇咬了腿和手，拿一套扎死，防止血液流通。它还能盛水。我年轻的时候试过，四五升水都能盛进去，拿着它晃晃悠悠不会坏。在很困难的情况下，急需用水却没有容器，这时候一个避孕套就能帮你解决大问题，四五升水可救人一命。日常生活中，需要密封口的，比如酒没喝完，怕它跑气，可以用避孕套密封。

避孕套不仅仅是避孕，它还有很多安全作用，所以也叫安全套。有一个避孕套的品牌，广告词这么写，说"尽享激情"，结果电视台不干了，后来改成"自有一套"。那么套上去为了什么？不是为了避孕，最重的一个目的是安全。性病艾滋病流行，避孕套就叫安全套，保证性行为安全。

近几十年来，避孕套演化成一个非常重要的社交工具，它的第一作用，就是保证每个人的人身安全。

脱手秀

我拿一花觚来。这东西跟避孕有什么关系呢？有直接关系。你别看它小，这上面能套一只避孕套。上面画了估计有百十个小孩。过去要求物富民丰，人民欢乐，就是人要增殖，因而生孩子在历史上都是人类一个主要任务。所以，百子图、舞龙灯图都是清代画家最爱画的图案之一。

这件粉彩百子图是乾隆时期的。孩子都是高高兴兴的，上面画的都是欢乐的小人，身着各种颜色的服装，绿的、红的、黄的、兰的、紫的都有……这是一幅过年的景色。底下无款，是一件民窑作品。这在乾隆时期不算什么，就是有钱人家里陈设的器物。那个时代的人追求的是生育，一个妇女一生生十几个孩子，能活一半就不错了。这个花觚是二百年前中国社会的一个写照，那时候是没有人口过剩问题的。中国的人口，由明朝末年的一亿，到清朝中期变成了四亿。等到变成十亿的时候，就开始担忧，开始搞计划生育，避孕及避孕套就提到生活日程中来了。

冷冻卵子

女明星为何冷冻卵子？

我认识的女演员徐静蕾，到美国去冷冻了卵子，这则新闻在社会上引起了一番评论与争议。其实，很多女明星也都冷冻过卵子，只不过没有公开罢了。徐静蕾选择把这个事情公开，一定有她自己的想法。我觉得，一个女人能把自己的隐私作为公共话题讨论，本身就是在提倡一种女权。如今，女权在全世界范围内急剧提升，其速度超出了所有男人的想象。比如，韩国是一个大男子主义的国家，就是三十年前，也难以想象国家未来的总统会是个女人，但朴槿惠现在就当上了韩国总统。

女明星冷冻卵子有什么目的呢？第一是延长生育期，将来不排卵了还能够有机会生一个健康的孩子；第二是一些人因为工作忙，就先把卵子冻上，等将来闲了，就回家养孩子；第三是身体不适，可能要做比较大的治疗，比如化疗之类的，就希望能在治疗之前把健康的卵子冻上，等病好了再去生育；第四是有人想得比较远，现在有一个孩子，但要防止万一以后天灾人祸，孩子夭折怎么办呢？再冻一个，心里踏实，等于找了一个小保险公司；第五就是很多人现在解决不了生孩子的问题，就寻求未来，对未来有所憧憬。

女人一辈子会产多少颗卵子呢？大概四百多颗。这是我在书上翻出来的。所以，男人那精子都瞎忙活，女人的卵子却个个有用。

卵子怎么冻呢？首先得有技术条件。必须在零下 196 摄氏度的液氮里。正常情况下，这卵子能冻多长时间呢？也就五年时间。临床认为五年以内是最好的，五年以后的最佳案例，是能成活十二年左右。这有点像药物的有效期。这药有效期三年，过了一年吃着也管用，过两年没准也管用，不是说一过期就不行了，到底最长能有多长时间，都不清楚。一般医生会告诉你，以目前的技术水平而言，五年期是最好的。卵子冷冻容易，难的是最后能够受精植入子宫，还能够生出孩子来。这方面最早一例是在 1986 年，到目前为止总共也就一百多例，中国仅有不足二十人。国内冷冻卵子的复苏率，大概是百分之七八十，应该说成功概率已经很高了，大概是一比九，也就是九颗卵子能活下六个胚胎，再能够有两个搁入子宫，最后能活一个。

冷冻卵子有没有意义？

什么时候冷冻卵子比较好呢？年轻时是最好的。可问题是，你年轻的时候，冻这个也没什么意义，比如你十八岁的时候冷冻，但到二十三岁的时候就没什么意义了，二十三岁的时候你也很健康。三十三岁是女人的节点，到这时候就有变化了。我身边凡是到这个岁数的女的，首先就开始变得厚重起来了。一个年轻女人，不用正面去判断她的年龄，从侧面看，薄的，就知道是年轻的；而从侧面看来显厚的，就都不年轻了。

医学上认为，二十五岁到三十五岁这十年是女人排卵的最佳时期。可我就想不明白：二十五岁的女人冷冻卵子意义不大，三十五岁则是有意义的。可是，到三十五岁的时候，理论上讲，卵子质量已经不如二十五岁的了。所以一般来说，三十岁左右的女人冻上十五个卵子，有百分之三十的概率能生下一个孩子。十五个卵子才有百分之三十的概率，那在理论上得冷冻五十个，才能保证生出一个健康的孩子。五十个卵子得多长时间呢？算一月就排一个，五十个至少得

女人的理想状态是年轻时好好赚钱，老了生孩子玩

四年时间。这四年时间啥事都甭干了？取卵子也很痛苦。

冷冻卵子的成功率还不是很大，还得看运气。

今天，最大年龄的成功案例，是四十三岁时冷冻卵子、四十七岁时生孩子。这是在科学上已经做成功的事。但我觉得，四十三岁还费劲巴拉的，又打针又吃药又受罪又冻结卵子，差这么三两年再生犯不上，还不如四十三岁时就自己生了呢。所以，我认为冷冻卵子的保质期如果不能大幅度延长，就确实有问题。试想，如果将来的冷冻卵子能搁个五十年、一百年都没问题，那十八岁二十岁的时候就先冷冻，到六十八岁的时候植进去再生。到那时候，满街七十岁的老太太，都挺着个大肚子，还都说这孩子就是自己的。这样，年轻时也不耽误什么，该干嘛干嘛去，退休了没事，才在家生孩子玩呗。这就有点意义了。

目前为止，冷冻卵子体外成功受精的最长记录是十二年。十二年对于人生来说，真的是一晃就过去了。但冷冻卵子的费用很高，在美国取一回卵子的费用大概是一万多美元，每年还要交几百美元的保管费。美国有两个公司，一个叫脸谱，一个叫苹果，大家都知道。它们出了个规定，就是所有女员工冷冻卵子的费用都给报销。好多人都嫉妒了，说您瞧瞧人家那公司啊，冷冻卵子都给报销。

单身女无权冷冻卵子？

目前，国内单身女性冷冻卵子是违法的。这事我多少有点想不通，为什么就违法了呢？现在要求冷冻卵子必须持有身份证、结婚证、准生证。但是，如果这些都有了，人家没事冷冻卵子干吗呀？很多人冷冻卵子的目的，就是现在找不到合适的男朋友，但岁数一天一天大了，想冷冻一卵子，将来有了意中人了，跟人结了婚，也好说别看现在人老珠黄，这还弄了一个新鲜的等着呢！但现在这个单身女性冷冻卵子违法的规定，不就把人逼上绝路了吗？如果单身女性使用冷冻卵子怀了孕，还违反了计划生育法。我们不能评价计划生育法，那是国家法律。但是现在确实就有一个事情说不通，就是单身女性要给自己的孩子报上户口，就需要交纳巨额抚养费。这事让我脑袋有点木了，有点搞不明白了。单亲妈妈，就是一个妈妈养一个孩子，有两种情况，一种是已婚又离了婚的，一个是未婚的。她俩有什么本质不同吗？我就实在闹不清楚这个，未婚的单亲妈妈和已婚的单亲妈妈，在人格上、在社会价值上到底有什么不同？不给人家办准生证，不给孩子上户口，这就说不通。我觉得，我们未来的社会，单亲家庭的数量会急剧增长。包括美国这样的国家，也包括西方各国，现在的单亲家庭也是越来越多，但他们就没有任何条款歧视单亲家庭。

西方国家不光有单亲妈妈，还有单亲爸爸呢。我看到西方社会有很多男的特别愿意抚养孩子。一男的自己抚养孩子还高兴着呢。前些天就有一男老外来我这儿，孩子就挂在自己胸前，两腿冲外，跟袋鼠一样。那男的就是个单亲爸爸。

所以，我觉得，爸爸妈妈没有区别，单亲不管是已婚还是离婚，也都应该没有区别。可是，我们今天的社会在这方面恰恰就有了区别，这就把很多人逼到了违法路上。有的单亲妈妈就选择了遗弃孩子，因为养不起，户口也报不上，将来这孩子上学干什么的都是问题。我们社会的单亲妈妈就这么倒霉。前些日子就有一单亲妈妈，因为要交巨额的生育罚款，没办法了，她就在网上众筹，闹成了新闻事件，很多人在讨论这事儿。但她天生的母性让她生了孩子就不想放弃。母性只有母亲能理解，父亲都很难去理解什么叫母性。

我记得，1976年那年我二十一岁，唐山大地震，我们在北京，当时那楼也晃得非常厉害。我们家在五楼，鱼缸里的水直接就晃出来了。一开门就看见对门那个女人，我当时还叫她阿姨，两个六岁的双胞胎儿子还在昏睡中，她就左手拎一个右手拎一个，双手拎着直接下楼了。一个女人哪里来的那么大力气？如果是平时，一个孩子她都弄不动，她怎么能够弄得动两个孩子！这就是母性，是一种说不清但深入骨髓的人性。所以，我们让一个单亲妈妈在没钱的情况下，还要遭受法律的制裁，让她没有办法养育自己的孩子了，这事是不合适的。直到今天，我们还认为只有婚姻内的生育才是合法的，婚姻外的生育不合法。但社会的复杂性，就在于男女之间的结合。男女关系是一种极其复杂的社会关系，很多人结婚的时候海誓山盟，结婚后立刻分崩离析。那么，即便一个女人曾经有过一个合法婚姻，一旦婚姻解体了，女人还得独自抚养孩子。而如果有女性能够预测到她婚姻的未来就是这么一个分崩离析的状况，那她为什么一定要去先寻求这种不快乐的婚姻呢？自己养育一个自己的孩子，就是她的权利。所以，我觉得未来的社会一定会为单亲女性和单亲男性网开一面。未来的男性也可能不结婚就养育孩子，而未来的女性独自养育孩子更加天经地义。

脱手秀

　　大盘子上面的图案，画的是康熙年间妇女带着孩子扑蝴蝶，就是单亲妈妈养孩子，叫教子图。因为孩子爸爸没有一起站在这儿，我就说她是单亲妈妈。教育孩子的责任，很大程度上都落在了母亲身上，不管是今天还是古代。这也可以叫扑蝶图，其实不是蝴蝶，算是一个蜻蜓。在春暖花开的日子里，母子二人在院子里玩耍。

　　这盘子是康熙时期的五彩盘子。过去有个说法，叫"三彩加红，价值连城"。这三彩，是绿、黄、蓝。此外还有一个红蜻蜓、一个金色的太阳。盘子上的画面反映了清代康熙年间的人口增殖愿望。为什么肯定是康熙时期的？人物画得顶天立地的，都是康熙时期的，而雍正时期人物画的比例就小很多。

说中医（上）

今天，从我个人的理解来谈中医。

中医是相对西医而言的，是中国的医术。也有人说这说法不对，中医是指中庸之道，致中和，这叫中医。现在的说法，中医就是中国传统的医学医术。这名字实际上是民国政府确立的，在这之前一般叫国医，日本叫汉医。大概是在一九三几年的时候，民国政府在正式文件中确立了中医这个称号，沿用至今。

今天，老百姓对中医的理解，跟过去不一样。过去是有病看医生，中医历史上都是由医生号脉，开个方子拿草药吃。

西医刚进入中国的时候，很长时间得不到中国人的信任。现在什么时候去找西医呢？有个急病急灾，肯定就去找西医了。比如哪儿疼了，医生拿着止疼针朝屁股扎下去，三分钟后不疼了，立竿见影。那么中医可不可以这样止痛呢？也可以，比如针灸。我的胃曾经有一阵剧烈疼痛，找不着原因。到中医那儿，他说你躺床上，拿了一个灸，点着了跟大烟卷似的，晃晃悠悠的，在肚皮上画圈，根本不挨着你，挨着你也受不了，上面点着火呢。这怎么能治病呢？当时疼得喘不上气来，躺在那儿艾灸治疗，连一分钟都不到，立刻就不疼了，疼痛感消失了，觉得非常神奇。原来我不相信，那次我是真的相信了。

今天我们去看病，如果西医宣布不治，出门立刻就奔中医院了；再有就是到西医那儿看病，西医说你这不是病，那你出门怎么办呢？依旧奔了中医医院。什么病在西医眼中不是病呢？比如多梦，晚上老做梦，噩梦缠身。到西医那儿

人们普遍认为\西医\临床立竿见影\中医\熬汤益寿延年

挂号，你都不知道挂哪个科，顶多挂一神经科。去了，医生说你这多梦，就是白天不够劳累，你看干重体力活的人都不做梦，倒头就睡，做梦也是美梦。想法太多的人，容易多梦，我们治不了。怎么办呢？出门奔中医院了。

比如说出汗。手脚出汗是一很麻烦的事，跟人握手，手湿乎乎的；脚出汗更麻烦了，臭呀。西医说，出汗没招，要不然您就光着脚。冬天光着脚行吗？冬天穿凉鞋踩雪去那儿可能没味，受不了啊。西医没招了就找中医，中医肯定说我给你开方子，帮你医治。

再比如尿床。小时候都尿过床吧。小孩尿床，西医治也很麻烦，找不到有效方法。但中医行，我就见过。孩子尿床，半夜家长把这孩子叫起来，吹口哨什么的都不尿，一放平了，立马尿床了。中医看完了说，这孩子糊涂，晚上不清楚，不用开药方，给你拿两副成药吃了就好。印象中开的是牛黄清心丸。孩子把药丸子吃下去，两天就起作用了。晚上孩子起来了，说妈妈我要尿尿，赶紧拿盆，脑子清醒了，从那以后，尿床的毛病就没了。

你说，多梦、多汗、尿床这都是小病，生活中赶上却也是大麻烦，西医解决不了，得找中医。

还有得了癌症，今天西医基本上是靠手术，靠放射性治疗，靠化疗，靠这些方法确实使很多人摆脱了癌症。朋友里也有人得了癌症，手术以后恢复得很好。但也有些人就治不了，医生明确告诉你手术也没用了，一般情况下就奔中医了。

有一同事他爸是老红军。1960年那会儿突然得病了，医院检查：癌症。医院跟家里说准备后事吧，还有半年时间。这时另一老红军说，我们单位里有一中医，路子不怎么正，但是有招，咱们去找找他，死马当活马医。开了药，病居然就好了。活到九十九，身体又不行了。大家都希望他活过一百岁，就又请来了一老中医。老中医说，把老人现在吃的所有药的药单给我看看，他看着药单去掉了很多药，老头就活过来了，活到一百零一岁。中医理论认为，他身体扛不住这么多药，去掉，让他自我调节，结果跨过了一百岁这个关口。

疾病实际上是人类最大的敌人，我们最恐惧的疾病是什么？是传染病。过去，人们一听传染病，心慌得不行。历史上有文字记载的传染病，欧洲一次死过几千万人。而中华文明史里，是靠中医来对抗传染病的。中医是一座非常丰富的宝库，可许多人未必能感受到。

我在农村的时候，有一阵特容易腹泻。拉得浑身没劲，就去找农村老大夫。老大夫说你见没见过马齿苋，去采点，熬成汤喝几天就好了。我后来才知道，马齿苋是一味中药，当时就知道它嫩的时候，拿水焯了可以拌着吃。我的腹泻，就是喝马齿苋汤喝好的，我当时就觉得很神奇，田间地头弄点东西就可以治病。

中国人寿命不短。按照世界卫生组织的报告，世界上最长寿的是日本人，中国人的寿命和美国人很接近。而今天，我们人均占有的医疗成本只是美国人的三十分之一，换句话说，我们三十个人的医疗成本是美国人一个人的医疗成本。美国人人均有这样高的医疗成本，又有极强的西医技术，中国的人均寿命能跟美国人持平，靠的是什么？就是因为有中医。中医理论有个说法：上医治未病，就是你没病的时候，我就要给你治病，防患于未然；中医治将病，就是感觉身体马上要病了，给你一服药把你病除了；下医治已病，就是你已经得病了，能给你治好。上医、中医、下医之间的差别就可以看出来了。

苹果公司创始人乔布斯，人多帅！后来得了胰腺癌，没活到六十。乔布斯有那么多财富，又聪明，我相信，如果乔布斯生在中国，他最后时刻一定会求治于中医。

脱手秀

　　知道这小人是干嘛的吗？很光洁的一个女子，象牙做的。按照你们的要求是要哪有哪，你看腿，修长，大腿小腿比例适中；你看这臀部，臀部丰满；胸部你们都看见了，我就不说了。这姿势还颇有点搔首弄姿呢。

　　这就是中医看病用的象牙人，有点神吧？身上星星点点的都是穴位，过去男女授受不亲，不能直接上手就摸，因而有悬丝诊脉。那么，女人身体不适，她怎么跟大夫说呢？她不能说我那儿不舒服，这会使大夫遐想万端。中医大夫随身带一个这样的人体图，他会指着探问：您哪儿不舒服？是这儿吗？这件看病用的物品，说起来还是中国传统文化的一个标记。今天就完全用不着这个宝贝了。

　　这具象牙人是民国的东西。你看她穿一洋鞋，脚也没那么小了。我见过明朝的，也见过清朝的，明朝的比例关系没这么西化。医学确实是发达了，你到医院去做体检，大夫通过仪器可以把你的五脏六腑看得清清楚楚。

说中医（下）

　　我从小在医院长大，小时候特别愿意跟医生聊天。我觉得医院这个地方能看出人性来，有的人小病大养，有的人多大的病都扛着，人生态度是不一样的。

　　我和那些医生聊，觉得西医的进步基本体现在外科中，外科手术有了极大的进步，比如微创，比如器官移植，这也是外科手术极大的突破，从自体到异体。记得上世纪七八十年代，经常有工人手指头断了，到医院去，医生大都能给接上，骨头接上、肌肉接上、神经接上、血管接上。还有什么进步呢？检查手段的进步，如果愿意花钱，到医院做全面的检查，你有什么毛病医生都告诉你，他都能看见。

　　但是内科进步不大。小时候知道的不治之症，今天还是不治之症。血压高，只要吃上药，你就得终身服药；胰岛素也是只要打上了，就得打一辈子。我碰到过一个极端的例子，三岁小孩患了依赖型糖尿病。医生说她注定这一辈子要打十万针，听着可怕吧，这么小，天天靠打胰岛素活着。

　　如果你是遗传性的，父母都有糖尿病或者高血压，遗传给你了，那注定你也得打针、吃药。所以我老说西医都是控制病，不治病，尤其西医对内科绝大部分疾病都只能控制，只能减少你的痛苦，无法根治。

　　我有胆结石，去看医生，问医生：胆里有石头会怎么样？他说那就是一犯病就疼呗。我又问最坏的结果是什么？医生瞟了我一眼就说，得胆囊癌。我一听脑袋嗡的一声，问他有什么好办法没有？他说那就摘了。我就做了一微创手术把胆摘了，觉得这是西医的好处。我得了胆结石，如果不摘除，一旦像医生说的那样恶化了，那就可能要付出生命的代价。摘了以后心里踏实了，这是西医的好处，立竿见影。

中医很难立竿见影，但不见得就不治大病。我在农村的时候，有个知青头上长疮，长了疮以后头上流黄汤子，味道很难闻。没人愿意跟他在一个屋里睡觉。他也讨厌自己老好不了，每天大量服用抗生素、四环素、土霉素之类的药物，还去医院打针，打青霉素，依然不好。

后来，他一老乡来了，连医生都不是，说他这病能治，让他到猪圈里抠勺大粪，焙干了糊脑袋上就好。人人都说这不是胡扯吗？但那知青有病乱投医，他就这么做了。我记得特清楚，他抠一勺子猪粪在大瓦片上焙，拿火焙干，自个儿在家里休病假焙猪粪。然后把焙干的猪粪拿水调了，"呼"的就糊脑袋上了。三天以后，脑袋好了，长新肉了。

很多年以后，偶然读《本草纲目》，我才知道，敢情这《本草纲目》上好多中药跟草无关，不是所有的药都是草药。这个猪屎呢，在《本草纲目》上有一名字，叫猪零。说它性甘，能解大毒。《本草纲目》上就有这一药方，说十年恶疮，且治不好的那种恶疮，母猪粪烧存性，敷之。我仔细想，可能确实是这么回事，猪都是在那个没膝的粪汤子里去讨食吃的动物呀，百毒不侵，它体内排出来的猪粪抗毒性可能就强，故可以解毒。

到今天，我也不知道这事科学不科学。历史上认为不科学的事，今天看可能很科学；今天看很科学的事，可能在未来看就不科学，这很难说。究竟母猪粪能不能把十年恶疮治了，古书《本草纲目》上提到过，我又曾经经历过治愈的一例，于是我对《本草纲目》肃然起敬。

我觉得，现代医学最伟大的发明就是麻醉。为什么呢？因为无论什么治病方法，无论是手术还是吃药，最终人还是得走向死亡，死亡是每个人的终点，只不过长短不一而已。但人在疾病和伤痛面前要保持尊严，那你就不能疼，疼起来人就没尊严。如果没有麻醉剂，根本就无法进行手术。不过，过去有针刺

每天坚持走路回家
治好了很多人的病

麻醉。上世纪七十年代全中国推广过，还有纪录片呢。当时推广针刺麻醉，是因为便宜，拿几根针扎上去你就不疼了。这个麻醉法要求医生具有高超的针法，而且不是每个人扎下去的效果都一样，机体有异。

有一位中医药学者叫屠呦呦。老太太八十多岁，先获了一个拉斯克医学大奖，2015 年又获得了诺贝尔医学奖。她发现了治疟疾的青蒿素。青蒿素是几十年前就发现了，是从青蒿里提炼，他们用西药的萃取法，把青蒿素萃取出来，提出来却无效果。中国中医药学院研究院成立了一个小组，想攻克这个难题。屠呦呦仔细读了东晋名医葛洪的《肘后备急方》，这本书就是随身带的备急方，也就是急救手册，是中国乃至世界上第一本急救手册。上面说"青蒿一握，水一升渍，绞取汁服"，说这可以治久疟。她琢磨了很久，药的萃取都是西化的，都是高温萃取，但书上说的是"水以升渍"，渍是冷水泡的意思，绞取就是拧它，绞取汁服，就是拿水泡足了绞出汁来喝。他们就用低温萃取法把青蒿素提炼出来了，救了几百万非洲人。

中医药确实是一个宝库，遗憾的是，今天还有很多人不理解它，甚至还有自诩为科学斗士的人，肆意诋毁它。

脱手秀

　　药钵，研药用的。外面是宝石蓝的蓝釉，里头无釉。这个药钵距今有将近三百年了，后面刻着四个大字："同仁堂制"。同仁堂是康熙年间在清宫中成立的，这件东西大概是雍正时期的，应该说是同仁堂早期的文物了。

　　有人说这上面也没有纹饰，你怎么就知道是雍正时期的呢？首先是颜色。在康雍乾三朝，同样一个颜色呈现的色泽是不一样的：颜色从康熙时期的宝石蓝，到雍正时期变成很正的蓝色，再到乾隆就有点发灰，这是一个特征。其次是造型。雍正时期的药钵造型，非常标准，非常一致。还有，上面这四个字写得方正饱满，典型馆阁体，这也是雍正款式的一个特点。

洗澡（上）

中国古代的沐浴

洗澡的历史，应该与人类共生。人还没进化成人的时候也洗澡，下河就算洗澡了。什么时候把洗澡当成大事呢？从文献记载来看，至少在西周，洗澡就形成了一个定制。比如上巳节，开春的时候洗一大澡，洗去身上污垢，洗去内心污秽，心里就高兴了，迎接新的一年的到来。

《礼记》上也有所记载，说："三日具沐，五日具浴。""沐"是指洗头发，"浴"是洗澡。古人说的"洗澡"是什么呢？"洗"是洗脚，"澡"是洗手，古人分得清清楚楚。沐浴洗澡，今天以为是一件事，实际上沐、浴、洗、澡，分别是指洗头、洗身、洗脚、洗手，古人分得非常清楚。

先秦时，人们在祭祀祖宗时一定要沐浴净身。现在，很多人写佛经的时候都沐手，就是把手洗干净了才能写佛经，意思完全相同。人在祭祀祖宗的时候，一定要把自己先洗干净。

古人还提倡浴德，你洗澡的时候，不仅要洗净身体，还要洗净思想。人的思想是不停被污化的，很容易脏。说瞎话从某个角度上说，就是品德有问题。但每个人都说过瞎话，所以儒家就说"儒有澡身而浴德"，就是你洗澡的时候，不仅在洗身体，还要好好想想，你自己是不是也把思想洗干净了。

到了秦汉，官府定了一个制度，就是五天休沐，等于五天放一天假。

所有人都要认真洗浴，因为伟人和凡人都说过瞎话

到了唐代，五日一休沐就改为了十天休浣。什么意思呢？第一，把身体洗了，还得把衣服洗了。今天去澡堂子洗澡，什么都不需要带，只要带着你肮脏的身体，把衣服脱光了进去，想用什么有什么。古代什么东西都不给准备，都得自己准备。准备什么呢？在先秦的时候，要带草木灰。许多人不知道，草木灰只要是被火烧过的，都非常干净。还有淘米水，用淘米水洗头发，头发又黑又亮。

还有胰子。这胰子很有意思，记得小时候是一毛钱一个，也可能是五分钱一个，乒乓球大小，圆圆的。使用香皂时，在手上都是来回搓，两只手来回搓；胰子太小，两只手搓很容易掉，因而只能一只手攥一攥，搁另一只手攥一攥。胰子是用猪的胰脏跟什么东西一块熬制的，去污能力非常强。

再有就是澡豆。这些天然植物，很早就被中国人用来洗澡。唐代孙思邈的《千金翼方》上面就有洗澡药方。

今天有药浴。我洗过一些药浴，跟中药汤似的。和一个朋友去洗，池子深不见底，因为水就跟酱油颜色一样。一下去，他就惊呼说他踩着一人，吓我一跳。原来是一个大中药包，长而圆，一脚踩上去，

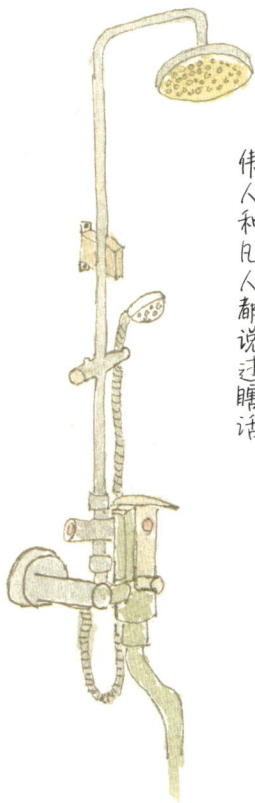

真像踩在一个人肚皮上。我就洗过那种药浴。现在还流行牛奶浴、蜂蜜浴等花样，过去吃的东西今天都拿来洗澡了。

宋代，东京、开封等地的药铺里就有洗面的药了。

元杂剧中，也有熬麸浆细香澡豆。麸是粮食的麸皮，浆细就是米汤，你可能奇怪，熬麸怎么能把身体洗干净呢？还真能洗干净。日本有一种很奇怪的吃饭方法，叫女体盛，在女子身上摆着各种生菜，可以直接吃。对女人的身体要求非常严格，就是用麸把身体全部擦一遍。麸是一种柔性的揉搓材料，可以把皮肤上的死皮全部搓揉掉。女体盛为什么不用香料不用浴液去洗呢？因为浴液都有化学香味，人家不允许身上带有这种香味，就只能用麸皮去洗。

清代，书上有这样的记载，说洗澡水叫枸杞煎汤。枸杞今儿都是补气的，宁夏出的枸杞，红红的，很漂亮。古人就拿来洗澡。古人的奢侈，更多的是在精神层面。

古人的洗澡用具

古人洗澡的时候，都使用什么样的器具呢？一般都会认为用大木桶，你看电视剧，甭管哪个朝代的，女人男人都装木桶里洗澡。古人都是在木桶里洗澡吗？不一定。

周代传下来一个虢季子白盘。此盘命运多舛，据说道光年间就出土了，躲过了所有战争，最后一个收藏者把它捐给了国家。盘子长一米三七，是可以很平稳地坐在里头的。说是盘，实际上是一个盆，中间有一百多字的铭文，周圈全是蟠螭纹，非常漂亮。这盘便是洗澡用具。

古代还有一种叫鉴的青铜器，也是一种浴盆，可以从中舀水，比如战国的双龙鉴——今天只找到了夫差鉴，另外一个找不到——它是一种大型水器。

古代洗澡，大部分是人工淋浴，就是人工把水舀出来淋在身上。人工淋浴没有什么新鲜的，当年在农村洗澡的时候都是人工淋，一个是自己淋，一个是相互淋。

古人洗澡就是这个状况。今天，城镇大部分人家里都有淋浴了，有相当一部分人家里都有盆浴了。最早的浴盆，大概是1993年扬州出土的那种灰陶浴盆。所谓盆，是指人可以坐进去；盘，一般情况下都是人站在上面淋浴，这种淋浴就是人工淋浴。

有什么文物能证明历史上有浴室呢？浴室是一种文雅的说法，俗称就是澡堂，古时候也称浴室门，或者叫混堂。扬州汉广陵王墓博物馆呈现了一个古老的洗澡间，这可能是我们现已知道的最早的澡堂子。这是私人专用的，这个墓葬是"黄肠题凑"等级。这个十平方米的洗澡间，是用金丝楠木铺的地，里面放着双耳铜壶、铜浴盆、搓澡用的浮石——就是软软的沙沙的那种石头，还有木屐、铜灯、浴凳等一整套沐浴用具。通过出土的实物可以知道，汉代洗澡已经非常完备了，比如搓澡的浮石。什么叫浮石呢？是一种泡沫状的石头，非常轻，搁在水上是漂着的。

唐代以后比较流行洗温泉。"温泉水滑洗凝脂"，杨贵妃就喜欢洗温泉。

宋以后开始——起码就这个是很明确的——公共澡堂子和浴室就出现了。当然有学者会认为，唐代就开始有公共澡堂子了，苏州就叫混堂，就是混在一起，搓背已变成了一种服务。元代就不用说了，公共澡堂非常成熟，《马可·波罗游记》对杭州人怎么洗澡记载得非常清晰，以至让西方人羡慕。

洗澡需要很多装置。什么叫装置？今天的淋浴头就是一个装置。什么时候出现淋浴的呢？拿证据说话。南宋李嵩有一个《水殿纳凉图》，图中表现了水闸开始控制人工服务的细节。那个淋浴装置跟现在的不一样，我洗过那个瀑布般的淋浴装置，特痛快，砸得人都快晕了。在瑞士时我去过一个温泉，温泉在大瀑布旁边，从瀑布流下来的全是热水。很多老外站在那儿让水砸。那水砸在人身上真疼。

帝王的另类情调

五代学者王仁裕写过一本《开元天宝遗事》。五代挨着唐代，他的记载可信度很高。中间有这样一段记载，说："奉御汤中，以文瑶密石，中央有玉莲，汤泉涌以成池。又缝锦绣为凫雁于水中。帝与贵妃，施镂小舟，戏玩于其间。"这话写得非常有意思。汤就是热水，御汤就是皇上自己洗的这汤。你到日本去看，澡堂子都写一个"汤"字。中间有文瑶密石，中间有玉莲，什么意思呢？是拿玉器雕的莲花搁在温泉中，因为温泉水热，不可能养活莲花。"汤泉涌以成池"，就是热水涌出来，热的温泉涌出来成了一个大池子。"又缝锦绣为凫雁于水中"，他希望这池子里游着各种水禽，有野鸭子、绿头鸭子，有鸳鸯，什么都游在里头，那多有意思啊。他命人缝制成五彩绿头鸭，漂在水中。"帝与贵妃，施镂小舟，"那小船都是镂空的，非常漂亮，戏玩其间。这事很有意思，完全是一个奢华的画面。

唐代的洗澡是非常奢华的。唐玄宗是一个伟大的帝王，古书上对他的评价非常矛盾，说他当年接班的时候，也希望成就一番伟业，可惜碰上了胖姐杨贵妃。古人评价他，说他是一个伟大与渺小、英明与昏聩集于一身的皇帝。他有英明的时候，但是一见这胖姐，脑袋就不转了。唐明皇宠着杨贵妃，天天跟她去洗澡，喜欢她这种肥美白的感觉。今天，男的叫高富帅，女的叫白富美，而人家叫肥美白，肥、美、白，说的都是体态，今天说的"白富美"，中间加着一个钱，多俗！

杨贵妃如日中天之际，安禄山就来巴结她，认她做了干妈。孩子出生以后要"洗三"，过了三天以后要洗一下，表明接纳了这个孩子。安禄山一个三百斤、满身长毛的胖子，他也要"洗三"，干妈杨贵妃比他还小呢，就一口一个"禄儿"地叫着。安禄山叫她"妈"，叫得那个肉麻！给他做了一个盛大的"洗三"仪式，最后还做了一个大褓褓，把安胖子裹起来，抬着在宫里乱转。这是历史上的一个记载。这个故事说明：人要恶，什么事都敢做；凡是生活中敢下作的人，都是恶人。

　　我们都说环肥燕瘦。燕，指赵飞燕。汉成帝娶了赵飞燕以后，还惦记着她妹妹赵合德，吃着碗里看着锅里。如果汉成帝娶赵合德，那一定还惦记着她姐姐赵飞燕。赵飞燕消瘦，可以做掌上舞。有一次赵合德洗澡的时候，偶然被成帝看见了，他隔着帘子窥视着，心里一下就受不了了。这事让赵飞燕知道了，赵飞燕一想，这皇帝不地道，竟然偷窥我妹妹洗澡，那我就洗给他看吧。她洗澡时极尽风骚，还往皇帝身上撩水。赵合德颇有心计，知道皇上偷看她洗澡，故意不戳穿这事，一到洗澡的时候就搔首弄姿。这是历史上非常著名的一段故事，没法考证真假，权且这么一听。

　　历史上能记载下来的洗澡故事大致都和皇帝有关。还有一个洗澡更牛的人是慈禧太后。老佛爷夏天一天一回，冬天两天一回，有专职用人伺候，分工明确。太监准备所有沐浴用品。四个宫女为其洗澡，两个澡盆，一个洗上身，一个洗下身。慈禧太后认为上身干净下身脏，所以一定要分开。慈禧太后洗澡的木盆包有银皮，防毒。过去有一种谣传，说银子防毒。

　　慈禧太后有自己专用的矮椅子，椅子高了不舒服嘛。毛巾一使就是一百条，这一百条毛巾沾水就算一回，打完香皂，用后就赏赐给底下或者扔了，反正是不用了。最后喷上香水熏香，小锤捶背。据说，到死她的皮肤都跟少女一般细嫩，这跟保养有直接关系。

　　帝王的一举一动，都会被人记录在案。而百姓的洗澡，生活过去了也就过去了。从古到今，洗澡都是生活中比较奢侈的行为。

脱
手
秀

　　这是个残件，历史上是贵族乃至皇宫使用的东西。把儿全部锈蚀掉了，应该是铁的。铁不易保存，埋在土里会锈蚀光，这就剩了一个残肢。这是一个匜，年份上限是宋，下限是元。

　　这个匜从尺度上讲过大，一定是洗澡用的。它有一个非常奢侈的把儿，如果有这么长的一个把儿，这件东西应该是替别人洗澡用的。匜，历史上称之为水器，跟舀水有直接关系。

　　出水的地方都叫流，流水嘛。但这个流有个专业术语，叫敞流，就是敞着的，在舀完水倒的时候极为方便，水量可控。

　　银匜不多见。我们见的比较多的匜都是瓷器，以元代为多。蒙古民族喜欢喝奶，尤其喜欢喝酸奶，酸奶黏稠，倒的时候不那么流畅，如果用一般细嘴的壶，不容易倒出来。这么大的匜，也很少见。

　　这是洗澡用具。金属边缘起的线非常清晰，可惜看不到完整的面貌了。它是用一个铁，成叉状，完整地卡住底下这道弧线，上面还有一个同样的铁，用三处铆钉铆住。银灿灿的表面和黝黑色的柄，形成了强烈的反差，有一种特殊的美感。今天，我们生活中的器皿，更多的是强调实用功能，跟美几乎绝缘，而古代的东西即便残成这样，依然有它的美丽在。

洗澡（下）

上一讲讲的是中国古人洗澡的事情。有人问，外国人怎么洗澡？

外国人洗澡是这样，分两个时期，第一个是古罗马时期。古罗马时期的洗澡，是一种重要的社交方式。英国有个地方叫巴斯，两千多年了，水还一直在流淌。只不过，巴斯这个古罗马浴室今天不能洗澡，只能参观。我参观的时候首先就看残迹，剩下的这点东西，已让人非常震撼了。

罗马浴室的尺度非常大。同时进去上千人参观都不觉得拥挤，可见当时能容纳几百人洗澡。有人曾经问罗马的皇帝：您怎么一天洗一次澡？他说，一天不能洗两回，没有时间洗两回。因为洗一次澡就要从早上洗到晚上。罗马人的洗澡，很大程度是一种社交方式。

我的国外洗澡囧事

小时候对外国人洗澡比较向往，因为可以看到一些外国绘画，比如夏塞里奥画的《古罗马的浴室》。我们比较熟悉的是安格尔画的《大浴女》，女的都是肥美白，非常肥。我们这一代人小时候都觉得，女人都该比较胖才好。

我去过土耳其几回。有一次去的时候，我提前跟人打招呼，问能不能安排我们洗一回澡？接待的说四百年以上的老土耳其浴室有好多呢，你想洗哪个？

我说洗最好最大的。我进去以后比较失望，它比我想象的小，空间也小，门口也小，换衣服的地方也小。导游告诉我，这澡堂子非常有名，是伊斯坦布尔最古老的一个浴室，尺度是最大的。

我入乡随俗，更衣进了主浴室。中国人在澡堂子脱完衣服，就赤条条一丝不挂，直接奔洗澡的地儿去了，没有什么遮挡的。过去的土话说，谁还不知道谁长了什么东西！土耳其不行，你得先把自己包裹一下。进去以后，先找一犄角旮旯。它有好多小屋，比较封闭，进去先把自己洗干净。土耳其人非常注重身体的清洁，因为伊斯兰教有规定，做礼拜的时候要净身。净身又分大净小净，大净是什么呢？就是洗澡。小净就是凡是露出来的地方，都要洗干净。大礼拜寺外头全是水管子，每人都得先把自己的手脚洗干净。洗脚用凉水，把大皮鞋脱了，袜子脱了，拿那凉水滋一遍，再穿上走进去。

起先，导游告诉我，不能上去就趴那大台子，先得把自己收拾干净。冲得差不多了，我就颤颤巍巍地进了大厅。大厅中间高起一台子，离地一米左右，上面是白色大理石。大理石非常热，底下是加温的设施。手按上去，觉得这东西真够热的，是这种感觉。当地人全都一丝不挂趴在那上边。我一想，入乡随俗，咱也别矜持了，也试着趴上去。问题来了，似乎是没有规则，人们想怎么趴怎么趴，反正有个缝你趴上去就行了。土耳其人都很壮硕，就我这体态，上去就不灵了。人家不仅壮硕，还一层毛，都是黑色的。我们身上都太白净了，上去以后有点儿自取其辱的感觉。就有点儿像什么呢？像一企鹅趴在海豹群里，就这么一个感觉。我趴在上面就特别不自信，就想我怎么能撤出去，我不能在上边受这罪了。

上面温度高，我也可能有点紧张，马上就出了一身大汗。只好下来去搓澡。我不是有一澡票吗？拿着去搓澡。我到那儿一看，没床，仅有一小板凳。搓澡师胳膊比我腿还粗呢，手一指，我就心里有点紧张，也不敢说什么，就坐那儿了。我心里说，你要到了扬州，师傅让你躺平了，先给你捏吧捏吧，铺上白毛巾，给你洗洗头，弄得你别提多舒服了。土耳其屠夫不管这事，我觉得他们就像屠夫一样。他趁我不注意，不知道从哪儿舀了一盆开水，轰地就倒我身上了。我平生没被人那么烫过，烫得我立刻就投降了，两手举着就投降了。我这一投降，他一把就揪住我左胳膊，一拧，我都听得清清楚楚，我的关节"咯嘣"一声，我心里就剩投降了。这老兄拿一块布，抡圆了就一下，连皮带泥全下来了。

我当时就说不搓了不搓了。其实人家就搓一下，人家搓澡就一下，讲究一遍净。等搓完了以后，他拿来一枕头套，我也不知道那叫什么，跟枕头套一样，白的，往里吹一口气，鼓起来了。不知打的肥皂还是什么，我也看不清楚。呼呼两下就全成螃蟹沫了，一大团螃蟹沫照我脸上呼啦一贴，我什么也看不见了，我就觉得自个儿是只吐沫的螃蟹。他趁我看不见，扛了一桶冰水，"哗——"就浇我身上了。哎哟，我这澡洗的。

你们都觉得我特可笑吧？我满脑子想着《大浴女》，土耳其浴室那肥美白全都没了。甭管怎么，了了我从小到大的一个心愿。我小时候就知道土耳其浴是从罗马浴演变过来的，它离我们的历史比较近。罗马浴两千年的历史，但中间欧洲人断了一大截，这一大截有上千年。中世纪欧洲人是不洗澡的，叫千年不洗的欧洲。罗马帝国崩溃以后，罗马那种风雅的生活全没了，不洗澡，随地大小便，成为欧洲的一个普遍现象。

罗马那种洗澡即社交的文化，我们国家也有

澡堂里的社交情结

我上幼儿园的时候，印象最深的就是跟女孩一块儿洗澡。大了以后，开始知道男女有别了，就跟着父亲一块到军人澡堂里洗澡。洗澡时一路过去，跟张三李四全打招呼，见男的就得叫叔叔，见女的就得叫阿姨。女人上女人那边，女人那边我没进去过，不知道啥样。男人这边我可以跟你说，男人的澡堂里头，一定有俩大方池子，水泥砌的，一池子水比较清，一池子水比较脏，比较脏的里头全泡着人。人为什么不去清水池子？清水池子太烫，一般都得五十度，下去得熟了，所以没人去，都在那浑水里洗澡。那水有多浑？有多脏？大院里澡堂子的水，手进入水十公分就看不见了，就这么脏。这水永远不换，甭管多少人洗，它永远有一个管子往里滋热气，把它给滋热了。为了节省，水不会倒掉。那也叫环保，因为所有人都认为你泡完了，搓完泥打完肥皂，最后还不得用清水冲吗？所以水干净与否一点儿也不重要。

我平生有一次下煤矿的经历。一洗澡把我吓着了。那是上世纪七十年代，煤矿工人上来除了眼白是白的，牙是白的，剩下的地方全是黑的。澡堂子的水，跟墨汁一样黑。我那么不在乎的人都下不去，跑淋浴那儿冲冲就拉倒了。工人都在黑水中洗澡，上去以后再打点儿肥皂，到清水那边一冲就出去了，每天如此。

公共浴室实际是一代人的记忆。还有单位浴室，出版社也有一个澡堂子，印象中好像一、三、五是男的洗，二、四、六是女的洗。每个单位都有，更多的是公共浴室。北京有很多公共浴室。我前些日子看报纸，好像丰台区铁路局的最后一间浴室给关掉了，很多人还跑到那儿去，做最后一次洗澡纪念呢。

过去，北京的澡堂子其实也是社交场所。澡堂子固定的都是周圈住户，那时候大家都住平房，没有机会在家里洗澡，隔一段时间都要到公共浴室去洗澡。由于洗澡是花钱的，又由于洗澡时间间隔比较长，每个人洗澡都非常认真。再加上那时候的人时间比较宽裕，一般进澡堂子就照着半天了。进澡堂子洗澡就是先泡后淋。电影《洗澡》就比较准确地反映了上世纪六七十年代的洗澡状况。

每个人进去以后有一个更衣柜，有一个铺，这个铺就是你的，你把衣服脱在更衣柜里，你洗完了，最后都干净了，躺在这上面可以要杯茶，聊聊天。北京有很多老先生特别愿意去公共浴池，不仅能满足生理上的需求，还能满足心理上的需求。在澡堂子里，可以跟朋友打招呼，闲聊。

衰落的公共洗澡业

改革开放以后，洗澡越来越奢侈。也不叫澡堂子了，叫洗浴中心。洗澡业一天比一天发达起来，大城市、中等城市，甚至县城都有不错的洗浴中心。凡事都有个度，有的洗浴中心无度，越盖越大，越来越奢侈。除了引进各种水上按摩设施，还养一池子鱼，那鱼据说是热带鱼，你下去以后，无数条小鱼在你身上乱嘬，我试过一回，其痒无比。一开始头皮发麻，好半天才适应那种刺激。

我到这岁数，也就觉得洗澡时能够彻底放松。有时候，我就愿意去澡堂里待会儿，洗个澡按摩一下。有朋友就招呼我，说哪儿开了一大澡堂子，哪天我带你洗澡去。我问有多大，他说特大，有四万平米。那么大一中心，咱脱了衣服还找得着吗？我们犯得着吗？朋友说，不，人就要奢侈。我进去一看，还真奢侈。不到土耳其洗全世界最闻名的土耳其浴，我都不知道中国的洗澡有多么奢侈。中国今天的洗浴中心，仅次于古罗马时期的浴室了。

脱完衣服，一进大澡堂子，看见有一人在上面划船呢，有点儿诡异。我不知道设计者是不是看了杨贵妃那段逸事。

大部分人都在家里洗澡了，有的人已不习惯去公共场合洗澡。我问很多年轻人去不去公共场合洗澡，都说不去，说赤身露体的，多别扭。

我们曾经有过那样一种共浴的时期。是男性和男性，女性和女性。小时候养成的习惯，是赤身裸体在澡堂子里，没有任何心理不适感。今天，从小没有去过澡堂子的，就会有心理不适感。

脱
手
秀

这东西奢侈吧？你看这个把儿，青金石的，现在都讲究青金珠子。两个龙头对应着的，衔着五个能转动的轮，中间都是，隔片都是白玉的。第一个轮是白玉的，第二个是温都里那石，也叫金沙石，金沙玉。中间是青金石，下面分别是玛瑙和碧玉。这东西叫按摩车，在乾隆时期的宫廷里就有了。

通过这样一个按摩器，我们可以想见古人的生活。这种生活不是百姓可以拥有的。起码是王爷一级才可能有的按摩工具。

筷子

外国人觉得中国字难学，
中国筷子难用

筷子，几乎每个中国人都用。今天也有人不使筷子，我也碰见过就不会使筷子的90后，天天用勺吃饭。不会使筷子，枉为中国人，我们一定要学会使筷子。

筷子历史溯源

筷子什么时候有的呢？说句实在话，我也不知道。从饮食进化史上可以推想，筷子一定是吃熟食以后才有的。

关于筷子的起源，有各种说法。

第一种说法与大禹有关。大禹把公事排在第一，三过家门而不入，吃饭着急，饭还没凉就想吃，下手太烫，怎么办呢？只好切俩树枝夹着吃，这么着，久而久之，筷子就产生了。

第二种说法与纣王有关。《史记》写"纣始为象箸"，就是纣王最开始使象牙筷子。

第三种说法与姜子牙有关。姜太公钓鱼直钩无饵。据说他老婆烦了，说你这叫什么路子？不好好过日子，天天没事到水边去钓鱼，老婆就在饭里下毒，想把他弄死，弄死以后另嫁他人。姜子牙回家吃饭时，有一神鸟飞来啄他的手。他不明白怎么回事，只要一吃饭就要啄他的手，他就跟着神鸟上山了。神鸟落到树上，暗示他折两根树枝带回去吃饭。树枝一插到饭里就化了，表明饭里有毒。

这三种说法都不可信。

商代就有"箸"这个字了。"箸"就是竹字头加一个"者"，"箸"就是筷子。当时还有一种说法叫"梜"，今天说梜起东西来。这个"梜"是木字边加一个"夹"，指的也是筷子。

筷子在历史上大都叫"箸"，什么时候叫成"筷子"了？大约在宋代。渔民有很多忌讳，第一忌讳翻，这船不能翻；第二忌讳沉，这船不能沉；第三忌讳箸。为什么忌讳箸呢？那时候的船没有动力，是凭风而行的。海上生活非常艰苦，给养是有限度的，如果你在海上耽误的时间过长，你的生活就不可测了，船民就非常忌讳船停在"这"，"箸""这"同音，就不说箸，而希望它快行，所以叫筷，把箸改成了筷。

"筷"什么时候叫成"筷子"呢？宋代。宋代是人生活非常舒适、非常惬意的时代，人在舒适惬意的时候，说话都会变得非常柔情，在"筷"字后面加个"子"，就变得非常柔情，所以宋代以后，大量的单字后面加"子"，比如说交子（钞票）、儿子、孩子、勺子等。加上"子"以后，词汇就变得非常口语化。

筷子的物证

　　我们老说历史要看文物，用文物来证实。最多的早期记载都在画像砖上面。汉代画像砖很多，有大有小，魏晋南北朝时期画像砖更多。画像砖记载了汉代人的生活场景，吃是很重要的一个方面，因而就能看到筷子的形象。

　　再有就是著名的汉墓马王堆，马王堆汉墓中出土有一组餐具，在漆盘上搁着，我们讲过有漆盒，有漆的羽觞，上面写着"君幸酒"，肯定是喝酒的耳杯。还有碗，里头写着"君幸食漆器"，那肯定是吃饭用的。这套完整的餐具中就有一副筷子。

　　《红楼梦》中刘姥姥进大观园以后，有一段关于吃饭的描写。王熙凤手里拿着一个西洋布手巾，里面裹着一把乌木三镶银箸。在乾隆时期，西洋布手巾是非常洋的。康雍乾三朝有大量西洋人来中国传教，传播知识，进行贸易。宫廷里有很多洋人，"上有所好，下必甚焉"，想必这些达官贵人家里，都把西洋的东西当事儿。所以凤姐手中拿着西洋布手巾，裹着一把乌木三镶银箸。什么是三镶银箸？这是乌木筷子，头镶着银，后部镶着银，中间有一圈银，这就是三镶银箸。凤姐跟鸳鸯商议，要戏弄一下刘姥姥，就单拿了一双四棱象牙镶金的筷子给了刘姥姥。刘姥姥一看，这东西拿着这么重，说这叉把子比俺家的那铁锹还沉呢，哪里犟得过它？这话写得非常生动。果不其然，刘姥姥拿这个比铁锹还沉的金筷子去夹鸽子蛋，鸽子蛋一下就滑到地上去了，刘姥姥自嘲道：你看你们家的这鸡，下的蛋都秀气。这是我们在文学作品中看到的关于筷子的非常生动的描写。

中外筷子有差异

　　尽管亚洲地区韩国和日本都使用筷子，但是筷子和筷子有所不同。

　　中国人使筷子是非常独特的。中国人的筷子长短，曾经代表着你生活的贫与富。过去有钱人的筷子都长，没钱人的筷子都短。为什么有钱人的筷子长呢？是因为过去吃饭没有转盘，有钱人菜多，你要夹到远处的菜，筷子就要长。

为什么日本人的筷子短呢？因为日本人自己吃自己的，自个儿吃自己跟前这一盘，长了没用，还碍事，所以日本的筷子短。而且日式筷子头尖。为什么日本是尖头筷子，中国是平头的呢？中国人认为，吃饭能夹起来就吃，绝对不允许你扎。在什么情况下可以扎呢？祭祀死人的时候可以扎，比如扎一馒头。小时候去食堂吃饭，拿筷子扎俩馒头举着就出来了。大人说不行，赶紧弄下来，你只得抹下来，因为大人说这不吉利。日本人的筷子为什么是尖的呢？是因为日本人吃生鱼，生鱼滑，尤其切薄了以后非常滑，允许扎，在日本你拿筷子扎东西不丢人，也不违规。但在中国吃饭，绝不许用筷子扎，这是规矩。

韩国人为什么使金属筷子呢？因为经常吃烧烤，竹筷木筷很容易碳化，所以韩国人很喜欢用金属筷子。韩国还受早期辽金文化影响，金属筷子呈扁方形。

我们跟西方的差异就更大，他们用刀叉，我们使筷子。我们用两根木头解决一切问题，西方人必须用刀叉，用两件东西来解决问题，右手执刀，左手执叉，把东西切开吃。蔡元培先生曾经说过，中国人从来都是尚文明而不尚武力的，从餐桌上就可以看出中国人和西方人的区别。我们的筷子温和，没有刀光血气，刀叉就有。叉也是一个凶器，古代兵器中，叉就是一种兵器。刀就不用说了，刀本身是一种武器。把武器拿到桌子上，是游牧民族的文化特征。

筷子的用法及禁忌

究竟怎么使用筷子呢？我觉得不是每个中国人都会的。我今天拿一副筷子到现场，是想跟大家简单地讲一下筷子的使用方法和禁忌。

第一，筷子切忌拿得偏下。切忌偏下没什么大道理，老人们认为这么拿是一副穷相，一辈子都发不了财——你们如果愿意一辈子安贫，那就这么拿着。

往下拿很难看，上面留的比下面部分大。筷子拿的位置应该过了中线。在中线也不舒服，一定要高过中线，拿到大约三分之二处，这是拿筷子的基本位置。

第二，筷子永远是平行的。这也是中国人的一个思维，筷子只允许一头相碰，其他任何地方都不许碰。不会拿筷子的人，一定是把两个筷子捏在一起去拿，这样拿会有很多危险。我告诉你有什么危险，如果两个筷子并在一起，你肯定是绞，而不是夹。我们一开始就说过，筷子有一个名字就叫"梜"。千万不能去绞。有一朋友吃西餐，人家都使刀叉，他使不惯那玩意儿，就拿一双筷子去夹牛柳。牛柳带着酱汁，被筷子一绞，肉就飞到对面西服上去了，场面非常尴尬。

筷子正确的使法，是手心要冲上，四十五度冲天，而不是四十五度冲地，不会使的人是手心冲下。手心冲下有一个问题，就是你夹远处的菜，到跟前要翻身，一翻身，菜就掉下来了。所以无论夹多远的东西，手心必须四十五度冲上地去夹。按照过去的规矩，盘子中间有一条无形的中线，无论你多么喜欢吃某个菜，你的筷子都不应该越过中线，这是一个规矩。

使用筷子也有很多禁忌。第一，筷子头不齐，严禁掇。大部分人上桌子就吧啦吧啦地掇，这很粗俗。如果不齐怎么办呢？可以用手来调整齐。第二，不允许还没吃饭的时候，把筷子搁到嘴里嗭着，一副穷酸样。过去，只有不懂事的孩子才嗭着一根筷子。再有，忌讳乱敲，尤其是敲碗。过去，只有要饭的才敲碗。

请注意，严禁把筷子插到馒头上或插到饭里。

这都是规矩。养成良好的餐桌礼仪，是一个修养。我曾经改变过一些人的用筷习惯，我告诉他拿筷子方法不对，一种是常见的绞，还有一种是攥着。强行改过来，一般来说需要几个月时间，这几个月吃饭非常别扭，但你就是要强行让自己正确地拿筷子。

改变自己的毛病，当时非常痛苦，但对你后来的生活非常有帮助。

筷子文化的影响

筷子对我们的思维有什么影响呢？中国人为什么愿意搞平衡？你想想这两根筷子是平衡的，缺一不可。游牧民族的生存理念跟农耕民族是有不同的，在使用餐具上也明显不同。契丹族、女真族、满族、包括蒙古族，都是游牧半游牧民族，主要使用的就是刀叉，身上带一把刀是正常的。一般刀有两种，比如契丹民族身上带的刀，一种是餐刀，就是吃饭用的，一种是工作用的。

到了明清以后，我们有时候能看到蒙古族、满族的餐具上，刀叉插在一个鞘上，另外别着一双筷子。这很有意思，说明汉文化对游牧文化的影响。我记得多年以前，在地摊上，北京的那种旅游商品店，大量出售这种文物，就是一个刀一个叉别着一双筷子，筷子还特别讲究。可见汉文化对游牧文化的影响，影响到吃饭都向汉人靠拢，尽管他吃的都是烤羊腿、烤全羊，筷子使不上劲，但是他可以削下来，再用筷子去夹。

我出国的时候发现，很多外国人开始学着使筷子，这很有意思。早年出国的时候，吃中餐外国人也是拿一副刀叉。今天到全世界各地重要的中餐馆去，大量的外国人坐下来就使一副筷子，很多外国人以会使中国筷子为荣。这说明什么问题呢？文化的强大有赖于经济的强大，当你经济强大、有能力输出文化的时候，文化才真正是全世界意义上的文化。

脱
手
秀

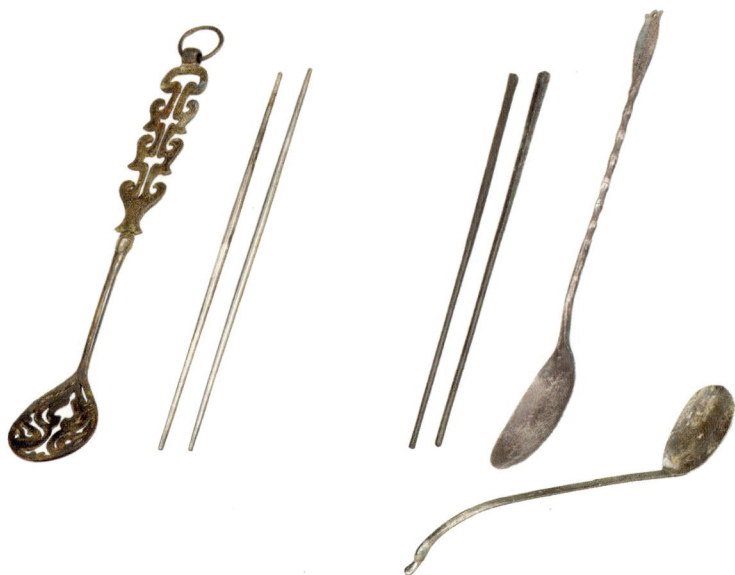

这不是简单意义的漏勺。这勺是战国的。湖北荆州八几年时出土了一个鎏金的，跟这个一样，年代是战国时期。那时候想必也有筷子了，但我没有找到那个时期筷子的实物。从这把勺上可以看到中国人当时对餐具的追求。

这把勺和这副银筷是一套。银筷中间粗两头细。两头细还有区别，有一头更显细一点。两头尖的筷子，从某种意义上讲，对日本文化有所影响。这东西应该是唐朝的。这勺很浅，不是用来喝汤的，是辅助筷子的。这套银餐具拿在手里，银筷子沉甸甸的，我想使用它不是很方便，但表明了一个身份。古人很强调人的身份，在尊严和舒适之间，尊严第一。

再看下一副。勺和筷子是辽代的铜筷。这个勺后面是鱼，两条鱼对着，很漂亮。渔猎民族对鱼有很深的感情，文物中大量呈现鱼的纹饰。这是一个更接近于今天勺的造型，它比较深了，不像唐勺那么平，另外勺和勺之间差距很大。唐代不是没有汤勺，汤勺就是汤勺，使用饭勺就是饭勺，功能不一样。

这副筷子为什么不是木质的呢？因为木质筷子没保留下来，并不是说辽代人都使用金属筷子。这副筷子是晚清、民国时期的，距今也一百多年了，采用的是乌木，前半部是纯圆的，后半部是六棱状或八棱状，使这筷子非常舒适，它的棱状保证在手中不打滑。前面的这种圆润呢，使它有一个变化。

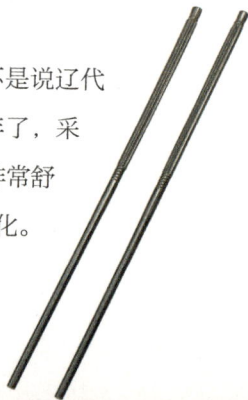

古往今来话作弊

　　作弊是考试中最常见的现象。为什么要作弊呢？因为作弊省事。答不上来的，如果作一个弊能答上来，那就白得这分，因而每个人都有原始的作弊动机。

　　这动机源自从小所受的教育。小时候要做作业，没做完先抄一份。什么能抄呢？数理化最容易抄，因为答案都一致，老师也没法判断你是自己做的还是抄袭别人的。但是作文不能抄，你跟邻座的作文一模一样，俩人必定有一抄。

　　中国的考试跟西方不大一样，西方考试比较松，还经常开卷，我们的考试基本上都是闭卷的。我跟人聊过，很多年轻人告诉我说，还不如闭卷呢，开卷更难，开卷你没地儿抄去，它经常把几个问题并在一起，你上哪儿抄去？

　　前些日子，在新闻中看到印度考场的作弊，很吓人的，整个四层楼上趴满了人，都从窗户往里打小抄，你从外面看，这墙上跟趴满了壁虎似的。

　　传统的作弊方法，最简单的，就是有人代考，俗称枪手。枪手中最难辨识的就是双胞胎。说句实在话，双胞胎还真没什么办法，但现在一般的双胞胎，不管是姐妹俩，还是兄弟俩，基本上都是同时考大学，所以你也没法代什么。

　　现在进考场没人认你，认指纹。我原来认为认指纹这事根本就过不去，有的护照直接印你的指纹，你做不了假。但现在新东西出来了，有了指纹套——把考生的指纹取下，然后做一个指纹套带上，枪手带着指纹套去，一按就过去了。有一人戴错指头了，人家让按食指，食指一按没过去，一想戴错了，直接再一按中指过去了。考场的人盯着，说这人怎么回事，结果一看上面带一套，就抓住了。后来有人说指纹不行用虹膜，用眼睛识别。虹膜识别也没用，现在有一个东西叫美瞳。你看那女孩眼睛挺漂亮吧，你给她点点眼药水就掉出来了，她眼睛那上面的东西是一层膜。

有学习好的，就有学习不好的。这事神了，不管哪个学校哪个班，学习最好的那几个都不是最用功的人，一般都是在第二梯队里。人有很多东西是天生的，一个班里几十个人，总有那么几个出奇的好，有几个出奇的笨。

有这么一人，学习好，爹妈从来没操过心，永远是全县第一。这儿子次次考第一，牛吧？牛人有牛人的事，这儿子替人当枪手去了，又不收钱，什么好处都没有，就是逞能，结果当场被抓了现行。教育部规定，你当了枪手，三年不能再考。一个应届考生，如果三年不考这孩子就快废了。家长快急疯了。这就是平时疏于教育，以为儿子太省心了，最后给你捅天大一篓子。

古代科举苦，要有工夫你去看看，南京现在还有过去那个考场，一个一个小格子。北京原来也有，贡院六号现在是房地产项目。过去那个贡院全拆光了，现在变成中国社会科学院。一个一个都是小阁楼，考试进去，三天吃喝拉撒全在里头。当时没有现在这种先进的作弊设备。现在都是高科技，有各种办法，能把信息通过现场传递出去，再把答案传回来。古代不成，没那么多事，在身上抄，叫夹带。我见过一份夹带，有人给我拿了一堆，特好，基本上都是明朝清朝的，东西真好，就是要价特贵。当时我心疼钱来着，就没买，要能买着呢，今儿也拎着给大家瞧瞧。

过去说蝇头小楷，蝇头小楷，苍蝇头那么大。我觉得那东西写得跟蚊子头似的，我看着都非常吃力，完全是用毛笔抄在白丝绸上头，密密麻麻。过去古人写在马甲上，能写四万字，就是马甲里头那个衬布。现在拣重点的抄，怎么抄呢？有的是本事。现在有的考试什么都不许带，就带一瓶矿泉水，绞尽脑汁把想写的内容抄在一张纸上，拿透明胶条粘一下，撕下来再粘到瓶子上。监考老师如果不趴上看就看不见，远看只觉得考生拿的这瓶水有点脏，有点脏就更不愿意凑前去了，结果这孩子能看得见，他能够连蒙带猜，尤其是自个儿写的，就知道上面大概是什么，这就是作弊。

作弊，各种漏洞都会被人家钻。出国要考英文，英国考雅思，美国考托福。这"托福"翻译得也好，托福，托您的福让我过了。托福考试是同年同月同时，世界各地开考，但他们忘了时差。日本和韩国比我们早一小时，九点钟开考，我们才八点。日本韩国一开卷这卷就看见了，一看见，一个微信就发中国来了，中国考生一看高兴了，肯定考一个好成绩。美国人恐怕就没往这上面想。

作弊与反作弊的较量

考试，对于想作弊的考生来说，他是在跟考官较量。在历史上，这种作弊往往是深层次的。什么意思呢？今天的判分都是非常科学的，对错一目了然。但过去科举是文科，一篇文章的好与坏之间差距很大，考官就是你可以买通的

自古以来，考场都是检验监考老师刑侦能力的地方

对象，考官作弊给你提高分数。

怎么对付作弊呢？第一招叫糊名，把考生名字给糊上，让你无从知道考生的情况。但上有政策下有对策。考官先熟悉你家孩子写的字，字体这东西很容易辨认，为什么清代后来老写馆阁体？写的都一模一样，跟印刷的似的，不太容易辨认。政府还有高招，举凡重要的考试一律采用誊抄手段，找专人把所有考卷抄一遍，这样你认笔迹就没有用了。从宋代就开始实施这些制度，以保证科举制度和考试制度的公平性。

明朝还有这样好的制度，今天就没有了。过去为官的，收入丰厚，对孩子的教育舍得投入，一般情况下，官员子女的学业学识都比较高。明朝规定，官员子女考试严加一等。官方会在试卷上做一记号，审卷时要比别人严。

中国的科举制度，后来被发现是个腐败的制度，因为他迫使所有官员都在应付考八股。我们小时候老批判八股文，其实八股文写好了也很不容易，它跟今天的官样文章还是不一样的，必须有文字功底，必须熟读四书五经。

过去的考试还有测题。乡试，会试，殿试。到了最后一关殿试的时候，能提早知道考题，对考生来说非常重要。影视剧中有人给和珅行贿，说能不能知道殿试皇上出什么题。你千万不要以为和珅知道题，他也不知道。题是皇上出的，用不着保密。早晨十点钟考试，九点钟皇上才出题呢。和珅心里有谱，他知道皇上怎么想，他也熟读四书五经，他就是因为一句四书五经中的话被皇上提上去的。

和珅长得非常俊秀，用流行词说，叫颜值高，颜值低了皇上也看不上你。乾隆想干吗和珅事先知道，他能摸清主子的心思，乾隆到了晚年，目力所及看不见和珅就慌神。这边收了钱，不能不跟人说题。和珅进不了皇上那屋，就得问书童，老爷子最近翻什么，书童说翻《尚书》，翻到第几章第几章，和珅就明白了。在跟皇上聊天的时候再随便探寻两句，皇上看什么书，说什么话，就知道皇上出什么题了，直接就把题卖给行贿者。他是这么来的，不像你想象的那样，皇上出了一个题写在纸上，和珅看一眼出去卖钱去了，没那事。今天的考试条件越来越好了，屋里也有空调了，不像古代，吃喝拉撒睡都在那么一间小屋。你到南京保存的贡院去看看，进去以后你会感慨万千：一个人为了自己的荣华富贵，要在小屋里待那么多天！可那时候，人要改变自己的生存状态，一定要通过科举考试。

最后说说鲁迅先生。鲁迅的祖父叫周福清，他跟一个叫殷如璋的官员是同榜进士。当时周福清也在北京做官，然后丁忧。所谓丁忧，就是父母死后回去守孝三年，期间什么事都不能干，吃喝拉撒都在家里。这是古人的规矩，古人认为，人生下来这头三年完全依赖于父母，父母去世以后，你必须用三年时间丁忧，为父母守孝。

守孝时不能为官。周福清回家以后，殷如璋到浙江作监考。科举到了清代末年，舞弊现象非常严重。周福清就想，我反正在家啥事没有，老同事监考，我得让他关照我一下。他就派了一个名叫陶阿顺的佣人，拿着一万两银票，夹在信里送给殷如璋，要他关照自家弟子。这弟子是谁呢？是他的长子——鲁迅他爹，还有他的侄子们。

一万两在清朝末年是个大数。这阿顺真是不开眼，他以为舞弊是件光宗耀祖的事，竟然把银票和信封直接扔给了殷如璋。殷如璋当时还在接待苏州官员，大家都很尴尬，但都睁一只眼闭一只眼。殷如璋光招待官员，就忘了理这人，也忘了回话。阿顺在外面不依不饶，在外头乱嚷嚷，这让所有人都下不来台了。殷如璋一拍桌子：把人抓了，你这是行贿！鲁迅他们家自此一蹶不振。鲁迅恨科举，我估计跟这事有关。鲁迅小说中写了一个人叫阿Q，估计可能叫阿顺吧，阿顺顺Q它就过来了，真备不住是这么一回事。

今天刺探试题，买通枪手，行贿买官，都是为了考试。

　　这种长方形的笔筒是寿山石笔筒，是生抠出来的。正面就画一仙鹤，站在水里，背面有一首五言诗，写得一般，中间好像有几个字被改变过，看着很怪异。为什么刻一个仙鹤呢？它有一个固定的名字，叫一品当朝。过去的文官和武官，是看这个补子就能看出来的，文官是禽，仙鹤是文官一品；武官是兽，一品是麒麟。

　　笔筒画面留白很多，这种布局，清朝雍正年间比较多。雍正比较雅，这就是雍正时期文人的笔筒。它到底是不是一品官员使的，我不敢说，也可能是个小官，希望将来做成一品大员，故而用这样的笔筒激励自己。

　　笔筒是文房用具中出现最晚的品种，明朝末年才出现。早期笔筒个儿大，主要是为了搁杂物。康熙后期开始出现小体量笔筒，到乾隆时期，还出现过更小的笔筒，一般都是放小楷的。古人真正写书的时候，是不能写今天这种大的书法的，每个人都能写一笔蝇头小楷，没有那么多纸张可供你挥霍。再说写书的时候，除了印本还有写本，完全是一个人誊抄的，誊抄对于文人来说是一个基本功。

古人都学啥（上）

这一集讲六艺。

六艺这个概念非常老，什么时候提出的呢？《周礼》就提出了。中国人今天老说讲礼貌啊讲礼啊，这都是从《周礼》来的。中国人过去规矩大，周天子八百年定了很多很多规矩，为什么春秋以后礼崩乐坏，孔子提出要克己复礼呢？就是社会秩序坏了。比如今天也是，我们现在确实有很多秩序大不如从前，所以我们就想恢复一些优良的传统。

礼——社会和谐的第一标准

六艺，简单地表述叫礼、乐、射、御、书、数，六种技能。

也不光是技能。"礼"是什么呢？第一，是指你这人的道德修养和举止。"礼"非常重要，国家有国礼，军队有军礼，人之间有礼貌，对不对？

古代为什么要把"礼"放在六艺之首呢？因为礼是道德约束和道德修养，社会需要这个。你在社会上遇到的所有不愉快，肯定都跟无礼有关。比如有人没约就到你家来，走路不让道，大声喧哗，等等。你到单位去也是，你是新加入的员工，那你就要对老员工表示尊重，慢慢才能混熟了。一个单位有上下级关系，理论上讲，下级一定要尊重上级。

我老说社会不是为一个人设计的，是为整体设计的。个人如果没有修养，没有道德约束，没有礼仪的话，大家都会觉得非常不舒服。有人说，他们单位没一个好人，那我觉得这人有问题，肯定是他自己有问题。

社会不是为你个人设计的。记住这句话，你心里会敞亮很多。

我们曾经讲过做人的标准，是做人、做事、相处、学习。做人是第一位的，六艺中做人也是第一位的，礼、乐、射、御、书、数，古人制定道德标准，是按人的最高标准制定的。而法律是按人的最低标准制定的，只要你触动法律，肯定要判刑。所以《礼记》就说"道德仁义，非礼不成"。一个人可以拥有非常高的道德，但你不必在人面前全部表现出来。

"教训正俗，非礼不备。""教训"是指教育驯化，"非礼不备"，"备"是准备。"正俗"是什么呢？就是校正人们生活中的行为，民风民俗太偏了不成，一定要在道德框架之内，就叫"非礼不备"。

"纷争辩讼，非礼不决。"生活中，每个人都会遇到各种纷争。最容易遇到的就叫诉讼，怎么去裁决这件事呢？就是按照"礼"的标准，前置就是道德的设置。那么，君臣上下、父子兄弟，在《礼记》中都有说法，叫"非礼不定"。在家里，理论上讲没有上下级，现在不是男尊女卑了。过去男的一定比女的大，今天有可能女的比男的大，或者说今天老婆多半都比丈夫大。有的家庭孩子说话为大，父母说话都不如孩子，孩子都是金口，说一句话爹妈都屁颠屁颠地去干，这都是不对的。

社会讲究价值等量交换，有多大技能赚多大的钱

一定要认清自己在社会中的位置。不是说一定要用一种谄媚的态度去看待你的上级，而是要知道尊重，父子之间、兄弟之间，都应该有这种标准。今天社会中父子之间的关系看着很好，好多父子之间看着跟兄弟似的，随便开玩笑。有部电视剧里，一女孩说他爹"这事还算你有良心"，我当时看到这儿，觉得中国这礼数算是彻底没了。

乐——素养都是一点一滴积累的

第二个是什么呢？乐。"乐"是修养。要想把生活过好，修养很重要。

首先是你要有阅读。今天的人阅读已经很少了，大部分人是要看图像的，其实文字阅读对一个人的修养是有极大好处的。

其次是各类艺术的学习。今天的孩子比过去好多了，有机会学习各种东西。有个朋友的孩子，学乐器，学画画，学书法，学游泳，学外语，什么都学，一天到晚都快累死了。孩子都快成世界通了，什么都会，什么都不精。不管他会与不会，只要他学了就比不学强，就会提高他的修养。比如音乐，我们为什么说"礼乐"？"乐"在古代的修养中是第一位的。今天有很多方法，比如书法，在周代的时候还没形成书法，没有这个概念，你就不会，对不对？那时候也不会有专业教练教你游泳，你就会狗刨，在里头刨着。那个都不能作为基础修养。音乐在古代社会中是一个极高的修养。过去老说四书五经，其实是四书六经。六经中《乐经》遗失了，就改成了四书五经。

我们小时候没那么好的条件，孩子如果有点艺术细胞，一般都被阉割了。比如孩子画两笔画，人说这孩子画画真好，家长说：好有什么用？又不顶吃不顶喝的，赶紧想办法上班挣钱去。你说这孩子有乐感，唱歌好，弹琴好，人说家里穷啊学不起啊，赶紧好好学完本事，赶紧走向工作岗位，好好挣钱养家。过去的孩子，大部分的艺术天分都会被阉割掉。而今天不是，孩子但凡有一点苗头，家长就兴奋得跟打了鸡血似的。我见过许多家长，都夸自家孩子的画跟达·芬奇似的。

我在出版社的那个楼里啊，就我住的这门，十八户，大概买了十架钢琴。让人最痛苦的就是钢琴声，不，钢琴声里还夹杂着家长的斥责声、叫骂声。孩子都上小学，趁着家长不在就说，我最恨我们家的钢琴了，早晚有一天要把它砸成碎末。楼里七十多户，往少了说有一半人都让孩子学钢琴。真正学出来的有吗？一个都没有。但不妨碍他们提高了一部分音乐素养。这个素养很重要。素养都是一点一滴积累的，每个人在正经学知识的同时，或者说利用课余时间，或者要挤出时间，一定要提高自己的修养，多去看看博物馆，看看过去伟大的发明，看看最伟大的艺术是什么样子的，看一次不会有太多的收获，但看多了，你一定跟别人不一样。

射——学习技能有多种方式

"礼"是指一个人的道德修养，"乐"是指一个人的艺术修养，光有这两点还不行，你一定要掌握一门技术。为什么古人把"射"提上来呢？是因为当时的社会状态。六艺是《周礼》就提出来了，当时的射箭（包括弩击），都包括在"射"的范围，是所有兵器中可以加长的。兵器有短兵器、长兵器之分。长兵器也不过是丈八长矛，但你丈八长矛顶不了弩击啊，顶不了这箭啊，一箭就把你射翻了。所以"射"是要求每个男子都必备的一个技能，这个技能使你在未来的社会中有立足之地。引申到今天，就是你走向社会一定要学到技能，这个技能不仅仅是知识，还要有动手能力。

我看现在大家最愿意学的，可能都是虚拟空间的东西，比如愿意学金融啊，学网络啊——网络也是技能。我见过网络高手，到一个网络公司去看，给我找了几个高手，我一看那男孩子，半边脸全被头发遮着，就看见一只眼盯着屏幕，一动不动。我说你给我演示一个什么东西让我看看，他上去随便敲几个键，说这个公司没有防火墙，随时可以倒塌。这些人都有独门绝技，收入非常好。

今天的社会，讲价值等量交换，就是你有多大本事，你挣多少钱。过去，技能是很简单的，过去开车，到单位应聘司机很容易，因为大部分人都不会开车。

学习技能有多种方式，比如上大学，上技校。有一个新东方烹饪学校，教你煎炒烹炸。还有美发美容。有时候去理发，我这头发不是自个儿理的，我得上理发馆去。理发馆现在都不叫理发馆，都叫美容什么的。年轻时头发长，人越到年龄大的时候，越不喜欢头发长，只要你剃过一次短头发，你就再也不想留长头发了，为什么？长头发着急。过去，短头发的好处就是洗脸的时候，连头都一块洗了，省钱，省肥皂。我去理发的时候，那师傅很有意思，上来就问我说您理什么寸？我当时就愣了，我说我理一个寸头就行了。他说您是要广东寸还是北京寸？当时就给我说蒙了。我说它们有什么不同吗？他说有大大的不同。他跟我讲了很多不同，我说那我这样的人呢，就老老实实留个北京地区这种土寸，你给我理了就成了。广东寸大概是比较支着，就那种感觉比较时髦，我这岁数已经不能时髦了。但我能看出他的自信。

现在，美发已经是一个特殊技能，很多人要花很多钱去做美发。还有什么呢？美甲。我这指甲没美过。美甲呢，我原来以为就是往上涂药水，涂颜色，后来发现不是，她往上粘东西，我就不知道粘上去以后，难受不难受，反正很多女孩花钱去美甲，美完了手还不行，还得美脚啊。人真是进化了，你知道我们进化中，舍弃了一个东西是什么呢？是尾巴，我们人没有尾巴。你想如果每个人有一大尾巴，今天肯定有一行业——美尾，把这尾巴都给你美了。

我自个儿把这事给说偏了，但是确实是在说每个人的技能。过去认为像理发这种都属于一种小小的技能。今天你看看，有美发美容比赛吧？有的明星还有自用美发师，可见地位之高。过去说技不压身，就是你学到的技术一定是伴随你一生的，你有一门手艺就可以走遍天下。今天很多手艺就丢了。我老是说我有一个愿望，将来如果还有精力，一定办一个手工艺学院，教所有人学手工艺，你喜欢做什么，这里都有人教你，让你掌握一门技术，将来养家糊口。

脱手秀

这是六艺碗，把汉字写在碗上，文物价值很大，表明六艺至少坚持了两千年以上。

碗是明朝末年的，底下有四个小字"上品 佳品"。礼、乐、射、御、书、数，留白写出这样的大字，表明了对这个字体的重视。瓷器中直接往上写字的装饰并不多，尤其是这种反白字，它比较麻烦，它应该用很细的线勾出这个字形来，然后填色。

碗足比较高。晚明的碗都是这个形态。清代的碗比较敦实，这碗很薄，透着光。

古人都学啥（下）

御——从马车到汽车的蜕变

"御"是什么？防御的御？今天这个御不是防御的御，御是驾驶、驾御。

"御"很有意思，古今相通。古代是驾什么呢？驾马车。驾马车这人在马车什么部位？我告诉你，如果车上一个人你不用问，他肯定是在中间；如果俩人，右边肯定有一人；如果仁人，左右各有一人。右边这人叫车右，左边那人叫车左。

驾车在古代为什么这么重要呢？是因为过去操控牲畜拉的车没那么容易。我在农村赶过车，那马欺负人。马是看人眼色的，它对熟人和生人的态度是不一样的。老说老马识途，老车把式赶马车往家走的时候，自个儿在车上可以睡一觉，马就能把车稳稳地拉回家，一点冤枉路都不走。但若是生人，它就不使劲，比如说上坡了，拉的物过重，马就不使劲了，你就得下车帮它推。驾御马是一种能力。

马在古代的地位都非常崇高。在古代绘画和古代文物当中，对马的塑造是很多的。战国以前主要是驾御车，马车嘛。你到淄博去看齐国的车马坑，阵势就非常强大——你能想象当时的那个历史状况——那仅是陪葬坑之一。在古代，马车是主要的早期战争工具，后来逐渐从战车变成了民用车。

魏晋时期开始出现大量的牛车，原因在于，人们认为汉代人日子过得不好。汉代的高速发展导致了严重的战争，人的生活状态很不理想。到了魏晋时期，文人开始坐牛车，就是放缓了生活的节奏。牛车就不用驾御了，牛车简单了。

独轮车是中国人一个很伟大的发明。那东西很有意思，你看着好推，但你要是没推过，你肯定推不了。就跟没骑过自行车的人一样，你上去绝对不会骑。独轮车推的时候要使腰劲。我在农村推独轮车，最多能推二百斤。二百斤什么概念呢？就是左边搁两袋面右边搁两袋面，一袋面五十斤嘛。但人家老乡可以推四百斤，非常自如。

民国时期，独轮车还坐人呢，上面可以坐六个人。我有点不敢想象，我觉得一边坐一个人我都推不了。我在农村推的时候，走羊肠小道。为什么推独轮车？因为没路可走。路就那么宽，你必须从上面走过去。现在，独轮车已退出了历史舞台。我倒是觉得，可以做两辆精致的独轮车，搞搞独轮车大赛，看看自以为是的城市人有多少人能推得了独轮车。

独轮车以后，还有一个东西跟生活相关，就是三轮车。三轮也得训练，不训练你骑不了三轮。你如果不会骑自行车，你上去就能骑三轮；如果会骑自行车，你上去就骑不了三轮。因为自行车主要是靠身体和重心来操控的，把是个辅助，但三轮车完全靠把来操控。我小时候学会了自行车以后去骑三轮，还撞过人。

汽车是最重要的一个发明。汽车至少分两种，一种是载货的，一种是载人的，载人的又叫轿车。好，这就涉及到我们前段时间说过的一个词：马路。马路这

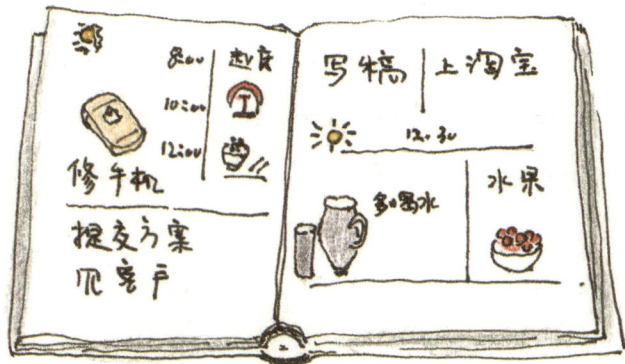

个词在《左传》里就有记载，"褚师子申，遇公于马路之衢，遂从。"褚师是一个姓，这人遇公于马路之衢，衢是宽敞的地方。这就是马路一词的由来。今天说的这个大马路啊，也就是西方人设计的马路概念，中间高两头低，水往两边散去，不影响使用。

所有名词的演变，最初创造时的状态往往不得改变。比如马路，过去叫柏油路，现在谁都不说马路，有时候说公路，为什么说公路呢？是谁都可以走的路叫公路对吧？私家路一定不叫公路。其实柏油路这个词比较科学，没有情感，但因大部分人不使用，就废除了。到今天，人们还说马路上站俩人，是吧。马路上站着人也是马路，最早却是因马而叫的名。

汽车也是。汽车最早是蒸汽机带动的。今天最好最先进的车是用电作动力的，也叫汽车，它也不会叫电车，道理都一样。现在油电混合的这种车，叫汽电车？肯定不能这么叫，还得叫汽车。过去有一段时间，特爱管载人的小汽车叫轿车。今天岁数大的人，还有的说那来了个小轿车。中国人过去有轿子，轿子坐人，汽车里坐人的就叫轿车，就这么来的。所以，名称在事物发展的过程中会有很多变化，如果你刨根问底，你可以倒到最前头找出它的本意；否则，你就随大流地去叫，适应它就好了。

人类发明的第一辆汽车是奔驰车。我看过老纪录片，车轱辘跟自行车一样细，上去一人开不了；开得可慢了，时速大概二十公里吧，比人走着快不了多少。仅仅一百多年过去，你看汽车成什么样子了？我们有很多新的，让过去人根本不可想象的车，比如跑车，油电混合车，纯电车。我坐过纯电车，很有意思，前面没发动机了，所有的传动系统全没了，那车里就显得非常空，有一个十七英寸的大屏幕。加速巨快，一加速你马上就有失重感，很害怕。它没声，开快了以后，你就觉得很可怕。你开车的时候，有声的时候你还挺踏实的，一没声，如果非常快，你会有种莫名其妙的恐惧。我坐了一会儿，说赶紧停赶紧停。我的感受不怎么好。但这是一个趋势，环保、便宜，这两点谁也没法跟它争。现在用电开车是用油开车费用的十分之一，油车一定是没有出路的。

1887 年，第一辆现代意义上的汽车诞生，到现在不过一百多年，这一百多年，汽车有很多很多的变化，不仅是速度的提高，还有质量的提高，包括操控系统的改变。现在车上有很多很新鲜的系统，你未必都能够搞明白。汽车发展到今天这个节点，它抛弃了发动机这个概念。全电汽车提速非常快，成本非常低，什么都不需要修不需要换，据说除了雨刷器，没什么可换的。

汽车发展到今天，下一步朝哪个方向发展呢？谷歌公司正在研究无人驾驶，据说每一个上到这个汽车上面的人，在无人驾驶的汽车上有二十分钟的适应时间。这二十分钟非常紧张，因为车上没有人驾驶，它要在一个现成的交通系统上自动驾驶的话，你需要二十分钟才可以信任它。我想，如果谷歌汽车开到中国的马路上，交通事故一定少不了，中国人开车实在是太不守规矩了。

无人驾驶车辆跟一开始就由人操控的马车之间，有多漫长的一段距离啊。未来的车会成什么样子，真的是不敢想象。如果未来的交通工具都是无人驾驶的话，驾驶的乐趣就丢掉了，那我们怎么再提六艺中的"御"呢？

书、数——人最基本的技能

"书"和"数"，这是人的最基本技能。

"书"是指书法，是指写字，是指信息沟通。今天对孩子的要求真是越来越松。过去，每个字要写得横平竖直，要知道笔画的顺序，要写一笔好字。今天没有这么多的要求了，除了喜欢书法的人能写一笔好字，大部分人被电脑弄得提笔忘字，能看不能写，一写吧，不是少胳膊就是少腿。

我们说的"书"，不是指书法展览，而是指你的沟通能力。当你写一篇文章的时候，第一要求是通顺，第二是有文采。我们今天为什么要读历史上的范文？就是要求提高你的欣赏文字的能力。好文字有美感，这种美感跟你掌握文字的能力相辅相成，你掌握文字的能力越强，你的欣赏能力就越强，你的感受能力就越强——你的感受力越强，你人生的状态就越好。古人说"腹有诗书气自华"，就是这个道理。你掌握的越多，你呈现的精神状态就跟人家不一样。尽管已经进入电脑时代，你也尽可能多写字，起码留一个笔记本吧。

记日记是一个非常好的习惯。可以不加感情地记日记，什么叫不加感情？就是今天早晨几点起，早饭吃了没有。你看鲁迅，鲁迅说今日无事洗脚上床。有时候鲁迅不是天天洗脚的，所以他把洗脚这事都记上去。这事好像看着很无意义，但在他一生当中，你就知道很有意思，起码他这一天洗了脚了。今天早起早饭未吃，你觉得是一个很没有意思的事情，但在你的未来，就是你老了以后，回过头说，哎哟，那一天我居然没吃早饭啊。

你可以非常冷静地记录你一生中所有的事情，你也可以夹杂你的情感，比如今天我很伤心，今天我很快乐，因为什么，你也可以不这么写。所以我觉得要养成一个记日记的好习惯。我看到很多年轻人用电脑记，这个很不好，为什么呢？你没有机会再写字了。我倒建议你用笔来记日记，防止丢失。在电脑里很容易丢失，比如说，你不要说你记了五年的日记，哪怕是记了五个月的日记，突然一下丢了，你就急得不行，也许因此再也不想记日记了。

六艺之尾是"数"，数学的数。我们从小要学习数学，学习计算能力。计算能力除了加减法，还有乘除法，还要开方，学到高等数学的时候，一般人就望尘莫及了。

学数学有什么好处呢？可以锻炼你的逻辑思维能力。数学应用，平时有一搭无一搭的，有时候你可以不去算这个账，但有时候你拿出单子心里算一遍，其实是锻炼你的思维能力。人呢，在思维上经常犯懒，如果不犯懒，脑子经常用，老年时脑子就比较好用。

我们用两讲时间讲中国古代六艺，其实是很想引申到今天每一个人的生活。礼乐射御书数，这六艺实际上是古人从道德、礼仪到技能对一个人的要求，是应该掌握的基本素质。每人都是生活在社会中的一分子，个人的素质决定了国家的整体素质。

脱
手
秀

　　这是战国时期的车饰，挂在车轴两边。给大家演示一下：这是把车辖辘套进车轴的时候固定车辖辘的，上面有一个销子，能拿下来。车轴插进去有一个方孔，把销子插进去。销子上有个饕餮纹饰，非常精美。这个东西叫什么呢？叫"軎"。一个繁写的"车"字，就是一个"車"，下象棋的车。下面有一个"口"，这个固定销子也有一个名字，叫"辖"，管辖的辖就来自于此。这件东西的学术名字就叫辖，这叫軎，插进去就把辖辘彻底管住了，所以叫管辖。

　　这样一个生活中常见的词汇，跟这么久远的一个车具有关，是许多人没有想到的。管辖的辖就是一个车字边，对吧。这种两千多年前中国战国时期的车具，今天能看到它，其实是一个侥幸，因为它毕竟是铜的，如果埋藏条件不好，很快就锈蚀光了。

　　它的饕餮纹很像一个猫脸，猫脸很清晰、细致。中间还隆起一道悬纹，成绞丝状，显得非常有力。

奇人安思远

从辍学生到"中国文物教父"

今天跟大家说一个牛人——安思远。为什么说安思远是个牛人呢？就是他跟很多牛人有共同之处。先把这些牛人都拎出来给大家说说。第一个是比尔·盖茨，世界首富，哈佛辍学；乔布斯，苹果公司创始人，也是辍学的；扎克伯格，脸谱公司创办人，哈佛辍学；埃里森，甲骨文公司首席执行官，芝加哥大学辍学。其他领域呢，泰格伍兹，斯坦福辍学；卡梅隆，《阿凡达》《泰坦尼克号》导演，加州大学辍学……你看，这些人都是辍学的。安思远也是辍学的，他在耶鲁学艺术学了两年，就去做生意了。

说起来我也是辍学的，但我是被迫辍学的。1966年全国都不上课了，我们就被迫辍学了。学习很重要，但学完了可能就有问题，我刚才说的这些成功人士，如果都把学上完了，我估计就没这么成功了。

安思远十七岁就去做生意。这人是犹太人，脑子极好使，他的教母是谁呢？是美国非常著名的一个艺术家，叫庞耐，艺术收藏家。有人评价这个老太太，说她把美国人认知中国艺术的时间提前了五十年。过去，美国人没文化，没文化还看不起中国这有文化的，一个世纪之前的美国人，根本就看不起中国。

安思远的老师庞耐，在一百年前开始向美国人灌输中国艺术成就，有"中国艺术教母"之称。安思远有幸当了庞耐的学生。安思远学的更多的是什么呢？

不是艺术的真谛，而是商业的真谛。

安思远去年去世了，活了八十五六岁吧。2014年秋天辞世，2015年春天就进行遗产拍卖，可见他的遗产无法律问题。安思远终身未娶，没有子女，他的遗产就全部卖空，一千四百件东西一件不剩，无底价全部上拍。

这场拍卖引起了世界收藏界的关注，中国商人和收藏家都趋之若鹜。因为安思远有"中国文物教父"之称。在上世纪后半叶，尤其是1970年以后这三十年，包括二十一世纪的前十五年，将近五十年的时间，安思远在美国及中国文物界是一个呼风唤雨的人物，所有的人都以认识他为荣。

在上世纪八十年代末九十年代初，我跟安思远见过一面。那次是我第一次到美国，接待我的是我一好友，也是一位非常有名的收藏家，他跟安思远非常熟。他说我带你去见个大佬，咱上他们家去。

安思远的家布置得非常好。他对布置十分讲究，比如铺什么地毯，摆什么家具，上面摆什么艺术品，包括卧室、书房、餐厅、走廊，所有的地方都布置得像艺术宫殿。这次拍卖，全部是他家里使用过的东西，总共一千四百件，非常多了，有时候我们去博物馆参观，几个大厅加起来，算算也就几百件东西。

由于语言不通，没有跟他很深地去聊天。我那时候还不到四十岁，对老头毕恭毕敬，因为他很有成就。安思远有很多著作，其中最重要的一部叫《中国古代家具》。我曾经深深地喜欢过家具。

第一个研究中国家具的人是谁呢？是德国人古斯塔夫·艾克。艾克在1944年就出了一本书，叫《花梨家具图考》，这是全世界有关中国家具的第一本书。沉寂二十多年后，安思远先生出版了《中国古代家具》。这是有关中国家具的第二本重要著作。十五年后（1986年）王世襄先生的《明式家具研究（珍赏）》才面世。这三本书是研究中国家具的圣经，其后所有研究家具的书，都没有逃出它们设立的框架。

老头是一个犹太美国人，他怎么能对中国家具如此了解呢？所以我到他家就很注意他的家具，发现大部分是黄花梨家具。很多家具在他的书中都有图录，所以这次拍卖的时候，中国家具界的全都抵达纽约了，超乎我们的预估。

安思远多次到过中国，中国所有的地方都留有他珍贵的照片，从长城脚下到安徽民居。有一年，他到中国就来找我，还是通过我那位朋友。我当时做了一个中国古代门窗展，就带着老头看，边看边跟他讲。老头很认真地听着。他本着西方人的态度，就是既然来看你的展览，就愿意尽可能地深入了解。而我们有时候看不懂的时候，都是敷衍。你只要敷衍，别人就能感受出来。我能深深地感受到老头那种内心的渴求，也就跟他讲得比较多。

看完展览以后，老头跟我说，说我想买你这批东西。我当时一愣，我说我不卖。老头说了一句意味深长的话，这句话我到今天都记得。老头说：你不卖，是因为我价钱开得不够高。我当时对这句话反应不过来。我们一般碰到一个矛盾，都不会说自己如何，都会说对方如何。他不，他找自个儿的毛病，他说是因为自己价钱开得不够高。

今天仔细想一想，这是一个商业道理，按道理来说商业社会的法则，就是以钱易物。这里的公平都是瞬间的。每个人都有这种经历，把东西买回家你会后悔，如果说这东西没买着你也会后悔，你说我当时怎么就没下决心买了呢？我老说，以钱易物的公平都是瞬间的，这一瞬间是公平的。在生活中经常出现同样一瓶饮料在位置不同的时候价钱不同，就是在那个瞬间是公平的，比如一杯可乐，你在普通餐馆喝那就是五块八块，到了高级饭店，那就是十块

交易的公平是瞬间内付的钱合不合适

二十块，最高级的地方，可能管你要八十块钱，你都得认，可你回家喝就两三块钱，这种公平跟环境跟时间是有绝对关系的。很重要的一点，就是钱给的是不是合适。老头给了我一个很深的道理，就是说，在商业社会中遵循商业法则，价钱是一个很重要的因素。这事过去了，门窗到今天也没有卖，这些门窗还在观复博物馆展出。老头给我说的这句话，让我知道了犹太人做生意的一种方式。

安思远除了对家具有所研究，还对什么有研究呢？书画。他对中国书画有很深的研究，他在1980年出版了《三卷集》。他也学过中国字，语言能力较弱，但听没什么问题。老头对中国所有艺术门类都钻研，都往深处去研究，这种研究就花费了很大工夫。他也上过很多当。买东西的人没有不上当的，谁都上当，尤其是一个外国人，他对中国文化的理解总是有一定差距。老头买过很多东西，这次拍卖的是他这辈子剩下的东西，其中也有赝品，世人公认的赝品。这东西不真，也有质量不高的，但不妨碍他对这些东西的喜欢，也不妨碍所有敬仰安思远的人去解囊争购。

眼力智力判断力成就生前身后名

老头为什么能成功呢？讲一个故事，这个故事对你理解他的成功非常有好处。

当年我的一个非常好的朋友去美国留学，在耶鲁学艺术。从某种意义上讲，他跟安思远是同学。三十多年前去美国的时候，他是屈指可数的留美中国人。他学艺术，知道苏富比、佳士得拍卖，就想去看。他当时就是去学习，也没什么钱。在美国待了几年以后，有个几千块钱，就想去拍卖场上挑一两件东西。拍卖场的东西都非常便宜，要是看八十年代的图录，你今天就剩下捶胸顿足了！东西便宜到你今天就觉得当时这东西怎么这个价钱，可对于那个时期的人，东西依然是贵的。我这朋友去挑最便宜的买，碑帖最便宜。

帖，过去俗称"黑老虎"，为什么称它"黑老虎"呢？就是很少有人懂得碑帖的奥秘。碑帖有版别之分，比如宋拓、元拓、明拓和清拓，同样一块碑，价钱差得非常远。过去喜欢碑帖的人，都是身份极高、学问极大的人，后来喜欢收藏的人，大部分人都没什么学问，或者学问有限，对碑帖都拒之门外，干脆就不买，所以早年流到海外的重要碑帖一旦上了拍卖，大部分人都没什么兴趣。

见碑帖便宜，有一次，他花两千美元买了一个。这时候安思远凑过来问他，说你在纽约干吗？他说上学呢。说那你买它干吗？他就想，我怎么能跟安思远来解释我买它的重要性呢？他就说了一句话：这是我们小时候临字的圣经。安思远听懂了，就说：那这样吧，把你买的东西给我，我给你三万美元。朋友一听就愣了，就卖给了安思远。安思远继而就提出了一个更高的要求，从此以后你就帮我买这类东西，我给你佣金。我这朋友就帮他盯着拍卖场，拍卖中凡是出现碑帖的时候，就悄没声儿地帮他买，三四次后就买齐了《淳化阁帖》，前前后后加起来花了二十多万美元。今天听着不算太多，可是在二十多年前，没有人有这个钱，安思远有钱，就把东西买了，付给我朋友一部分佣金。外国人遵守规矩，使用你的智慧一定要付你的钱，不像中国人使用你的智慧不付钱，因为智慧是算不出来值多少钱的，中国人只有使用你的东西才付钱。

安思远把《淳化阁帖》收集齐了以后，就开始做功课，把有关学者都请来观看。中国专家一看说，这么重要的宋拓，怎么就重见天日了呢？启功先生说：我这辈子能看到《淳化阁帖》，就死而瞑目了。安思远把它拿到中国来展出，引起了上海博物馆的注意，就特别希望《淳化阁帖》能够入藏上海博物馆。这中间有个很重要的人物叫王立梅，她做了大量的工作。安思远也表示，希望《淳化阁帖》能够魂归故里。在这种情况下，老头开价了。老头说，鉴于《淳化阁帖》是中国的，鉴于入藏上海博物馆，我不能要太高价，给四百五十万美元吧。上海博物馆上报财政部门，国家拨款四百五十万美元，当年便把《淳化阁帖》入藏了。今天，中国人如果想看《淳化阁帖》，就必须去上海博物馆。这就是安思远的一个故事。

我们首先知道，老头有眼力，拿眼力换钱；第二老头有智力，拿智力换钱；第三老头有判断力，用判断力换钱。他对"黑老虎"碑帖不了解不要紧，重要的是他看到一个没什么钱的学生对它有兴趣。为什么有兴趣呢？他跟我这个朋友一聊，发现我朋友是个明白人，他对人有一个判断，这是他的判断力。第二，我朋友随意间告诉他一句话，说这是我们临字的圣经，他由此就知道碑帖在中国人心目中的地位，这是他的智力判断。第三，他有知识，他的知识使得这个湮没在美国至少一个世纪以上的中国重要的东西重现光辉。所以我们今天想，说一件东西二十几万美元，然后在较短的时间内变成四百五十万美元，这中间大概有二十倍的差额，我们心里觉得按照常规的人认为说老头够黑的，其实不是，老头是用他的全部智慧和判断力做成这单生意的。这单生意今天再回过头去看，觉得上海博物馆买得还是非常值的。

安思远专场一共有六场，整个佳士得公司所有能展的地方，全部都作为展场，其中有很多地方按照了安思远生前家里的布置，就是家里怎么布置的，我就怎么布置，让你感受到老头的品味。一开始挑选了一些安思远的心爱之物，其中有一个鎏金的小熊，是过去搁在安思远床头柜上的。这是第一号拍品。

那天去了多少中国人呢？拍卖场上、楼道里、楼梯上全是，挤不进去，光办牌子的就有五百人，一共卖五十七件文物。第一场夜场，五十七件东西五百人登记，平均十人一件东西。因为有的人是这样，就是一个人办牌，几个人都使这个牌，所以买家是卖的东西的十倍，就是五十七件东西，至少有五百七十个可以举牌的买家，竞争就不可能不激烈。

第一件西汉鎏金铜席镇，最后成交价是二百八十五万三千美元，超出了所有人的预估。

那天，场内人声鼎沸，每个人都激动得不行，都知道一场恶战就要开始了。那一场创了很多记录，大家熟知的家具，有一堂四只，四只圈椅。过去说那椅子有一对，大家都很清楚就是两只，如果说那椅子有一堂，有时候你会问一句是几个，四个也是一堂，六个也是一堂，八个也是一堂。我见过十六个一堂的，一模一样叫一堂。这四只圈椅在安思远家至少使用了几十年，这次成交价是是九百六十八万五千美元，合人民币六千多万。六千多万人民币买四只黄花梨圈椅，所有人都觉得疯了疯了，整个场地都疯了。一件尼泊尔十三世纪的鎏金铜观音立像，身体婀娜，就是身体拧着的，卖了八百多万美元。

这些记录说明了什么呢？说明收藏界或者文物界对安思远品味的认可。

确实也有一些一般的东西。我碰到台湾的古董商，跟我说得很有意思，说这是他碰到的最有良心的古董商，说过去有的古董商身后留下的净是好东西，卖的全是中不溜的，而安思远倒是把好的全卖了。他说得对，安思远生前把很多好的东西，比如把《淳化阁帖》卖给了上海博物馆。他还捐了很多东西，他给大都会博物馆捐了一批画。按照古董界的行话，他剩下的这东西都叫库底子，比如他有一幅米芾的字，这个字被搞书画的人称为"潘货"。什么叫"潘货"呢？就是潘家园地摊的货。米芾的字是不得了的，你如果有米芾的真迹，价格之高是你不可想象的。但这张米芾的东西，所有人都认为是一地摊货，结果这张字卖了多少钱呢？五十五万美元。所有人都晕了，说潘家园的地摊货，也能卖如此高价！其实是由于人气和品牌。安思远的品牌效应，使这次拍的他的藏品价格至少升上去五倍。换句话说，你一份钱买的是东西，四份钱买的是名声。由于安思远的品牌效应，这次有四成买家是第一次登记的，可见品牌对不懂行的人的巨大影响。

我又碰到一个北京的古董商，生意做得很好，他跟我说的一句话也非常有意思：到安思远这场拍卖会来买东西的人，就别想再做生意了。什么意思呢？就是一定买得很贵，买回去一定不要想着卖，只想留着一份纪念。

回头想一想，安思远十七岁就辍学了，学艺术的辍学其实挺痛苦的。他在自己的一生中，首先获得了学术上的成功；其次，是他敏锐的判断力；最后是他的智力，他善于利用别人的智力来为自己做事，这就是安思远的成功之处。

安思远生前名声极佳，身后口碑也很好，这是非常难得的。

脱手秀

这头熊高十公分。它上面镶有松石、玛瑙，非常漂亮。年代西汉。汉武帝尚武，西汉文物中熊的单品形象非常多。

这是席镇，一定是四个。古人坐在席子上，席子角很容易卷起来，就用它压住四角。里头灌铅。

熊身上的这种镶嵌，在西汉时期非常流行。很多文物，从战国后期就开始有大量的镶嵌物，显得非常奢华。这头熊胸前凸出的这两个是奶头，俩奶头也镶红玛瑙。两个奶头，一个肚脐，两只眼睛，都镶有红玛瑙。下半身的红玛瑙，可能因为土浸，颜色比较暗淡。

跟战国时期的动物形象比起来，汉代动物更加趋于写实。熊这个坐姿表明它的力量，这非常像日本人相扑前的那个动作。从艺术角度上讲，它把熊的憨态表达出来了，也把熊的力量表达出来了。背部极为丰满，所以我们老说虎背熊腰。

人心与人性

开门大吉

今天我穿了一身红，为什么呢？羊年到了。摆的也是一只羊，银羊。本人属羊，今年是本命年，所以就必须穿红的。也因为正值新年期间，穿红的也是图个喜庆。生活中，我们特别希望自己有一个吉祥的兆头，所以要去测字，要去算命，有人还要算紫微斗数，还要看自己的属相、星座……不管测什么，大家都希望有一个吉祥的寓意。

在中国古代，从朝廷到民间，更讲究这种吉兆。

让自然的东西按照人为的意愿去长

我给大家举个例子。明朝末年，有一个人叫巢端明（也叫巢鸣盛），他辞官回家以后，突发奇想，开始种植葫芦。我们都知道葫芦有两种，一种是亚腰葫芦，一种是做瓢的，那种大肚子葫芦，过去农村一破为二，舀水用。巢端明种葫芦干什么呢？是种着玩，所以就要范制。范制葫芦今天特别流行，花鸟鱼虫市场上很多人都买这个东西。用它养鸣虫，就是能叫唤的虫子。

巢端明发明的这种养殖葫芦的技术，叫范制技术。我们老说模范模范，模范是什么呢？模是一个模子，范是一个范，也是一个模子，它有各种技术，比如捆扎是一个技术，用绳子捆来捆去，让这个东西长得奇形怪状。还有一种就是做一个模子，让葫芦随着这个模子去长，长出来很有意思。

巢端明发明这个技术以后，到了清朝，被康熙皇帝看见了。皇上觉得这个事有点意思啊，竟然能让自然的东西按照人为的意愿去长！康熙就下了谕旨，说咱得赶紧做这个。所以我们今天找到的最早的匏器文物，底下写着"康熙御制"。凡是写御制的，都是皇帝亲自用的。写年制的那就另说了，如果你买瓷器啊，你买带款的东西，上面写着"大清乾隆年制"，那就是宫廷里普遍使用的，或者是宫廷范围的，比如当年的官窑不一定都是在故宫里用，有可能在承德的避暑山庄也用，这也写着"大清乾隆年制"。但是如果写着"乾隆御制"，那肯定是皇帝本人用的，匏器上写着"康熙御制"，显然是康熙皇帝自己用的。

"冬怀鸣虫"是要倾听自然之声

范制葫芦其用途之一便是养虫，养鸣虫。鸣虫有很多种，大致可以分为两类：一类是绿色的，就是俗称的蝈蝈；另一类是黑色的，就是俗称的蛐蛐。蛐蛐里头，有"大油葫芦"，有所谓的"棺材板"，这都是养着玩斗蛐蛐呢。蝈蝈是夏天的鸣虫，夏天的时候到庄稼地里，到山上去，都可以听到那"蝈蝈蝈蝈"的响亮声音。这么点大的一个虫，发出的声音超出我们对它的判断。蝈蝈是夏虫，夏虫最多叫到秋天就不叫了。那怎么能让它在冬天也叫呢？就要人工去培育它。人们为什么冬天喜欢虫叫呢？今天的人不太能理解，我告诉你，是因为古代没有录音。你听到的都是当时发生的声音，比如今天晚上睡不着觉了，放一支悠闲的曲子，让你入眠。古代是没有这个待遇的，就算你是皇上，你也只能在身边弄一个乐队演奏。

"冬怀鸣虫"是要倾听自然之声。今天听到的很多声音都不是自然的声音，譬如你们听到我现在的声音是经过处理的，尽管跟真实的非常接近，但毕竟是处理过的声音。在科技高度发达的今天，看电影也好，看电视也好，听广播也好，

夏虫最多叫到秋天、
他们从没见过冬天

你很难听到自然的声音。但古人不一样，他们听到的所有声音，是自然的声音，没经过处理的声音。所以，在冬天听夏虫鸣叫，就有极大的乐趣。

你想想，大雪纷飞的日子，这怀里揣一个鸣虫——蝈蝈的叫声非常清脆，蛐蛐的叫声非常悠长——是多么惬意和好玩！我前些年还老养呢。

蝈蝈乐队演奏"万国来朝"的秘密

蝈蝈受热可以鸣叫。根据这个特性，乾隆年间利用它演了一出大戏。

每年大年初一，一万个人工饲养的蝈蝈，全都装在蝈蝈笼里，搁在太和殿及左右两侧。大年初一，一元复始，普天同庆，乾隆皇帝要隆重上朝庆贺新春。那时候，就算有乐队也都是简单的打击乐，比较冷清。虽然没有演奏，可是等皇上迈进大殿那一刻起，一万个蝈蝈却会同时鸣叫，如同一个庞大的乐团。

蝈蝈是虫子，它怎么能够不约而同地鸣叫呢？这是一个技术，养蝈蝈的人是知道的。为什么呢？蝈蝈叫与不叫之间，只有半度温差。负责饲养蝈蝈的人，控制着温度，在乾隆皇帝到了大殿门口刚要迈腿的时候，拿热气一烘，只要有一个蝈蝈开叫，所有的蝈蝈都会跟着叫。当时，这个仪式被命名为"万国来朝"。把生活中的小事变成一个颇具政治含义的大事，大清国拿一万个蝈蝈做文章，算是别出心裁，耐人寻味。

有人会说，蝈蝈真的是半度温差决定叫不叫吗？我再跟你说件事你就相信了。我年轻时喜欢匏器，都是清代的，我会买些蝈蝈冬天搁在里头养着玩。我爹在世的时候，我就送给他一个，冬天，老爷子拿着玩儿很有意思。它是他晚年生活的一个乐趣，天天揣在怀里，精心饲养。蝈蝈过去叫百日虫，但是人工喂得好，能长到来年五一。我一回家，老头在那打麻将，我一听蝈蝈叫就上去说：爹，输钱了吧？他就说，你怎么知道？我说，蝈蝈叫了。他说，蝈蝈叫跟输钱有什么关系呀？我回答，输钱你肯定燥热，身体燥热蝈蝈就开始叫。

你不信吗？有时候回家我爹在玩牌呢，听不见蝈蝈叫，我说今儿我爹赢钱了。果然我爹那天赢了好几毛钱。只要赢钱，心静自然凉，体温就差那半度。

只要多了半度体温，那蝈蝈就拼了命地叫。夏虫对温度的敏感不是我们所能理解的。人对温度的感觉，至少得有几度以后才能反应出来吧？比如一个人靠伸出手，来判定温度是二十二度还是二十三度，我想没有这个能力。我估计差上五到十度，基本上伸出手就能感受出来。但是，极为细微的温差，蝈蝈就可以感受到。"万国来朝"就被列为吉兆，背后含有一定的科学道理，只是乾隆皇帝不知而已。或许，乾隆皇帝也知道这是一个把戏，却不愿意戳穿。为什么呢？他很需要"万国来朝"的政治含义。

"老佛爷"迷信吉兆

慈禧太后对吉兆更为迷信，她身边的太监和宠臣，想的点子就更邪乎。

慈禧太后六十大寿的时候，照例要庆寿。为太后祝寿，只拿点蟠桃来自然是不够的，要有节目啊。相传，李莲英为老佛爷精心设计的第一个节目是放生。放什么呢？放鸟。把鸟笼全都拎到万寿山，在今天的颐和园里边。慈禧太后坐在那儿，懿旨一出，手下忙着把所有鸟笼都打开，鸟儿从笼子里纷纷出来，四散飞逃。逃出樊笼的鸟儿，见皇家园林里青山绿树的，没飞几下就全都落到了树上。李莲英就说，老佛爷仁慈啊，你看这鸟，你放了它，它都不愿意远去。慈禧太后绝非等闲之辈，她说，小李子你别拿这事儿蒙我，这里头一定有诈，只是我闹不清楚怎么回事儿。李莲英说不是有诈，就是因为老佛爷慈悲啊，这些鸟就是不愿意远去。您要不信啊，下面还有放生呢。

放什么呢？放鱼。放鱼的时候，老佛爷走在昆明湖边，仔细目睹着，想要见证还有什么奇迹。一百桶鱼同时下湖，直接就倒进去，这鱼就游到湖里面去了。五分钟后，所有的鱼都游回来了，在岸边冲着老佛爷叭嗒叭嗒嘴，吹泡泡。李莲英就说，自古以来有驯鸟的，它可以不飞落在那儿，但没有驯鱼的啊，如果不是老佛爷您慈悲，这些鱼能都游回来吗？慈禧太后就信了，高兴之下，重赏了李莲英。

其实，这里面包含着玄机。

这鸟是人工孵化的，从来没有飞过，它飞不远。你们注意看啊，每天在城市公园遛鸟的人，为什么拿着个鸟笼子甩来甩去呢？是让鸟锻炼胸大肌。鸟在飞行中，其肌肉释放力量的能力非常强，有的鸟能飞一万里地，不停地扇着翅膀飞。但人工孵化的鸟，肌肉没有什么力量，怎么办呢？又不能放出去，放出去万一回不来呢？他只好来回遛鸟。甩动笼子的时候呢，鸟就抓住笼子之间的木杠来回摆动，练习胸大肌。慈禧太后寿辰上放生的这批鸟，从来没有训练过，自孵养出来就关在一个小笼子里，肯定飞不远。刚放出来的时候，有点兴奋，有点惊慌失措，扇着飞两下，马上就必须落在树枝上，因为它没有力量飞远，这就是其中的玄机。

鱼为什么要游回来呢？跟温度有关。水是热的不良导体，一杯水中可以上半截热，下半截凉，不信你回去试试看。你拿半杯凉水，再慢慢把热水添进去，只有上半截是热的，温度不均匀。那么，在大面积的水中，往往是深处水凉，浅处水热，对吧？比如说昆明湖，中间的水是凉的，边上的水相对中间的水是热的，就差几度。养育的这些鱼，事先是测过温度的，换句话说，桶里的水温跟岸边的水温是一致的，把鱼倒进去的时候，它们拼了命地往远处游，但远处的水比较凉，鱼一感受到凉，马上折头往回游，所以，几分钟以后这些鱼全会游到岸边。这又是另外一个玄机。

这些道理就不是老佛爷能懂的。老佛爷看到的都是表面现象。今天老说，有图有真相，但你未必知道真相的玄机。

从某种意义上来讲，历史上的这些吉兆，都暗含了某些科学道理。有些道理未必是当事人能够知道的，也许后世才能分析出来。今天生活中也有很多吉兆，有人认为那是迷信，其实它是我们内心的一种渴求。在文化和科学之间，我们很愿意选择文化。

脱
手
秀

这羊是银子做的，很敦实。这是绵羊。中国本土原产的羊，就是我们常说的山羊。绵羊历史上叫胡羊，是从西域过来的。绵羊跟山羊有两点不同：第一是角，绵羊的角圈打得比较大，有的甚至有一圈半，山羊的角相对较细且弧度小；第二是尾巴，山羊是一个小尾巴翘着，绵羊是一个大尾巴。绵阳尾巴俗称羊扇扇，是说跟大扇子似的。

这只银羊为西藏文物，是佛教中的一种摆设，取吉祥之意。古代汉字总把"吉祥"两个字写成"吉羊"，"羊"和"祥"是通假的。这东西是清代的。

我刚发现，这还是一个公羊，它的性别象征物还是很壮观的。

洞房花烛夜

我们用两集时间谈谈红白喜事，先谈红事。

最有喜剧性的婚礼

这些年我没少参加婚礼，都是朋友或者朋友子女的婚礼。

婚礼大同小异，反正就是往死了热闹一下，吃一顿，吃得酒足饭饱，最后晃晃悠悠回了家。偶尔也会碰上比较特别的婚礼。

有朋友娶了个媳妇，媳妇比他小很多。他下了请帖，我们很多人就跟着去参加婚礼。他娶的是一个外国媳妇，屋子里净是外国人。

日子大概是十一月份吧。他让我们坐在院子里，院子里凳子冰凉，坐在上面肚子十分不舒服，我当时就觉得我扛不了多久。忽然有人招呼，说一会儿新娘来之前要撒糖，说一定要去，这是一种喜庆场面，不能让外国人小看了我们。我也就顺势出去了。出了院子，有个小空场，两边是小山坡，山坡上还有一些松树什么的。

我说怎么撒糖呢？他们说叫空中撒糖。他不知道从哪儿雇了一个飞行器，我只能说那东西是飞行器，就是超大的电扇在屁股后头吹着，这人就能飞起来，声响巨大。我一看那东西超低空飞行，很恐惧，迅速躲在一棵大树后头，心想，你万一掉下来也跟我没什么关系。空中撒糖开始，我估计事先经过飞翔操练，但一定没撒过糖，撒糖的时机把握得十分不好，空中哗啦一撒，糖在我们上空直接就飞山上去了，一块糖都没落下。所有人都很尴尬地站在那儿。主持人说大家请镇定，一会儿还撒。飞行器兜了一个大圈，声音由远及近，"呜——"又过来了，又撒下一拨糖。很有意思，绝大部分又飞山上去了，小广场中间掉了一粒糖，大家围着那糖瞧，没人好意思冲上去捡。撒糖仪式就这样结束了。

然后就是常规仪式。

古今媒人撮合有何不同

从古到今，婚礼有严格的礼仪程序。中国地域广阔，南北大不一样。北京人结婚，现在都要求在中午十二点以前开饭。上海结婚都是吃晚饭。北京人认为，吃晚饭的都是二婚。两个大城市之间的差异竟然有这么大。

明清两代皇上，有五个是在皇宫里完成大婚的。那都是幼主登基，比如明朝的正统、万历，清朝的康熙、同治和光绪，这几位皇帝都是在皇宫里完成大婚的。光绪皇帝的大婚，程序非常完整。前些年在故宫还搞过一个展览，把光绪皇帝大婚的程序完整地呈现给公众。参观过的人才知道，敢情皇上结婚这么复杂！但它提供了非常完整的一套礼仪，大概是六个程序：第一个叫纳采，第二个叫问名，第三个叫纳吉，第四个叫纳征，第五个叫请期，第六个叫亲迎。都听不懂，不知道什么意思。其实，它跟普通百姓的结婚程序没有多大差别。

先说第一个程序，纳采。按照百姓的话说，就是媒人撮合。今天大部分年轻人很少用媒人撮合了，在我们再上一代人，结婚这事大都是媒人撮合的。我爹打进上海好几年也没结婚，都算大龄青年了，有人就给我爹介绍，我爹跟我妈一见面就同意了。按我妈的话说，当时她还没来得及站起来，我爸就同意了。

今天，很少有媒人，如果说有，网络可能算一个。有什么"摇一摇"之类的，

结婚是人生里重要的一课，但很多人决定不上了

alone

就把自个儿老婆或者丈夫摇出来了，这可以算一媒人。网上还有很多相亲网站，你把自己的身高、体重、愿望、长处短处输进去，对应的人可能就找来了，这就算媒人撮合。

过去，是真正有一个人来撮合。

一般情况下，并不是真的说皇上看上谁了，找人去撮合，那都是事先已经定下来了，媒人要走这道程序。程序怎么走呢？媒人一定要抱着一只大雁，古人喜欢大雁，认为它有几个好品德：第一有信，秋天天冷了大雁就往南飞，春天天暖和了大雁就往北飞，这叫有信；第二有序，大雁飞的时候，不是一字就是人字；第三情感专一，大雁永远是傍飞的，如果有一只大雁被捕杀或者失去性命，另一只终身不娶不嫁。元好问在赴考路上，看到有猎人打大雁，另外一只大雁见同伴被打死了，就一头摔在地上自绝身亡。元好问把大雁买来埋了，写了《雁丘词》，叫"问世间情为何物，直叫生死相许。"后来看小说都说，"问世间情为何物，直叫人生死相许。"原词中没有"人"。

古人抱着一只大雁，就是因为大雁有信有序，情感专一。媒人传达的是这样一个象征性的含义。今天媒人一般情况下都是许诺，代表男方去就说，家里

发了财了，家庭条件很好，小伙子很精神，说的都是比较夸张的话。代表女方的媒婆就说，女方如何漂亮，如何有钱什么的，都说一些很夸张的话。皇上不一样，纳采时，媒人去了，一定是要给礼物的。光绪大婚时给了媒人四匹马。

聘礼的份量

第二道程序叫问名。民间问名注重两点，一是名字。起名得有含义，汉字单个是有含义的，有时候某人名字中的单个汉字，跟另外一人名字的单个汉字犯冲。再有就是生辰八字。小时候我老听大人说，这俩孩子属性不合，最好不要结婚。记得有个口头语，叫什么"鸡猴不到头，白马怕青牛，龙虎如刀挫，羊鼠一旦休"，说的都是属性不合。如今，年轻人不太注重属性，看重的倒是星座。星座之间合不合，我没有研究过。

下一个程序叫纳吉。纳吉就是俩人确定关系。今天的年轻人，婚姻随时都可能解体，还有的婚礼进行一半，两人就各奔东西了。他们不大在乎这种程序。

剩下的就是纳征。纳征就是送聘礼。光绪皇上送的聘礼有多少呢？黄金二百两，白银一万两，绸缎一千匹。还有金茶筒、银茶筒等等一大堆东西。光绪皇帝大婚的时候，纳吉纳征结为一体，叫大征，送出的聘礼数额巨大。

农村比城市更重视彩礼。很多年前，我在农村看过迎亲的队伍。他们把什么都捆到马车上，俩大柜子捆到马车上，把铺盖、被褥挡在上面，走起来晃晃悠悠，招摇过市。人家说就是炫耀，表示我们家闺女行，弄了这么多彩礼。

在民间，一般情况下给了聘礼，女方满意了，接着就是请期，俗称定日子。皇家大婚，这时候就要测命。皇后，理论上讲跟皇上算不得平起平坐，所以要有册命。册命是什么？就是对应的人得有一个权力。有金册，也有玉册；有金玺，也有玉玺，宝玺。故宫收藏的印中，有皇后宝玺，有贵妃玺，盖上章就不一样了。光绪大婚时送的金册是五百二十九两黄金，给的宝玺是五百两黄金。

结婚容易，经营婚姻难

今天，结婚就剩先前的最后一个程序，迎亲。过去叫亲迎，皇帝叫奉迎。光绪皇帝奉迎的时候，是把节交给使节，一个正使一个副使，俩人拿着节替皇帝去迎亲。皇后在头天夜里不能过子时（十一点五十五分，即二十三点五十五分），就得出门，迎亲大轿十六人抬着，忽悠忽悠一步一步走，得走好几个小时。

皇后住在今天南小街芳嘉园胡同，从那儿走出来一直走到长安街上，忽悠忽悠走好几个小时，才能从大清门走直线进入皇宫。入皇宫后，她不能从太和殿、保和殿、中和殿一路走过去，必须绕一个圈，从东侧绕到后面去。绕过三大殿，到乾清门，就到了后宫，到了后宫就可以下轿歇息。

皇后下轿以后一定要跨过火盆。跨火盆今天农村还在做，预示未来的日子红红火火。进入坤宁宫的时候要跨马鞍，马鞍底下搁俩苹果，什么意思呢？平安，平平安安。皇上结婚从本质上讲，除了排场外，跟百姓结婚差不多。

今天的婚礼，应该说是五花八门。现在更多的年轻人，不大愿意走婚礼的程序，因为每一个走过完整婚礼程序的年轻人都会抱怨，为什么呢？它跟过去不同，过去为什么不抱怨呢？就是在走完这个程序之前，跟女子都没见过，还抱有一丝幻想，总是有个新鲜劲儿。现在结婚前啥人事都干了，有的连孩子都养了，这个程序完全是做给大家看，因此就有了抱怨。

甭管怎么说，结婚都是人生的重要一课。但结婚这事没那么简单。一代人有一代人的烦恼，老一代人，就是比我们岁数再大一代的人，结婚后日子过得都紧巴巴的，都觉得日子很难过。我们这一代人算半老半新的婚姻，跟现在的新式婚姻有很大差距。如果你觉得结婚这个流程非常不容易，我可以告诉你，婚后经营婚姻比这个更难。

脱
手
秀

这是一根老蜡烛。蜡烛后面有一洞。蜡烛是清朝的，这种白蜡过去叫洋蜡，用一根绳作捻。这里头没有绳子，是一根芦苇。

今天的蜡是插不进去的，一插那蜡就碎了，因为中间没有留有空隙，而过去的蜡，中间这个空隙是足够你插进去的，能插进去一寸多。

这是红烛。因为搁了一百多年，颜色没那么红了，龙纹的红烛。烛台是乾隆时期的，奢华，铜鎏金，錾花，上面镶嵌珊瑚松石。应该是皇家烛台。

结婚进洞房时点上两个红烛，看着自己心爱的新娘，是人生非常重要的一种感受。

生死之间

白事，我们都明白，是人的死亡。为什么要谈死亡呢？因为每个人都要面对生死。每个人面对生死是要有态度的。听我说这段话的人，岁数大的可能感受就比年轻的要深。我今年六十，我来谈论生死，感受跟三十岁完全不一样。三十岁你跟我谈生死，我连听都不听，三十岁以下的想都没想过。

庄子的生死观：惜生安死

先贤庄子的生死观是什么？他说惜生安死。

什么叫"惜生安死"？我珍惜我的生命，但我死的时候可以安心去死。老说红白喜事，说死了算什么喜事？死本是很悲哀的事，怎么算喜事呢？就因为生与死从来都是连接在一起的，生死之间其实就隔着一条线，隔着一层纸。生活中碰到过很多这样的事情，年轻人可能感受不到，岁数大了一定能感受得到。

我小时候读到刘禹锡的诗，"世上空惊故人少，集中唯觉祭文多"，当时没感受，等岁数越来越大，突然有一天就感受到这句诗的含义了。"世上"是指他自己包括我们生存的世界，你突然就会听到一些消息，自己的朋友去世。我最近这些年写了很多悼文，这两年几乎每年都写几篇。"集中唯觉祭文多"，就是自己的悼文集中，觉得要写的祭文会越来越多。

庄子的态度是惜生安死，他自己也去践行。当妻子去世的时候，他鼓盆而歌。鼓盆而歌，表达了他对人生、对宇宙自然之道的一种认可。

活着的时候谈死，是非常痛苦的事。人随着年龄增长，可能开始怕死。年轻人都不怕死。我年轻的时候对死没有感受，但随着年龄增长，对死的感受就比较直接，为什么呢？有同辈人陆续去世。我有一个好朋友，原瀚海公司老总秦公，他是当着我的面去世的。那时候大家工作繁忙，经常加班。我也仗着年轻，加一宿加到天亮是常事。他比我整整大一轮，如果活到今年，该有七十二岁了。那天加了一宿的班，早上九点多钟起来，我们当时在做拍品的筛选，其中有一个象牙件，我记得非常清楚，有人问这东西为什么被筛出来不上拍呢？我说这是日本的，不是中国的。秦公说了一句"高手"，就突然歪到桌子上了。我一托他，感觉就非常不好。回天无术，从那天起我们阴阳两隔。这事对我打击很大，我写过两篇怀念他的文章。写悼文的时候，有很多细节都能想起来，但想不起什么大事来。我忽然想，人一生中能够想起来的一定是这些带有人情味的细节。

善终是最大的福气

古人说人有五福。第一寿，第二富，第三康宁，第四好德，第五善终。

首先要长寿。一个人活得好寿命很重要，活不够岁数那肯定不行。

富是指富贵，光有钱不行，是个土财主也没用。

康宁，指身体。康，指的是身体，宁指的是心灵。你不仅身体要好，心灵还要健康。

好德，这是修行来的。人的德行很重要，要不然你会被人骂。

最后一个叫善终。按照古代的说法是"考终命"。首先要活到一定的岁数。什么叫一定的岁数呢？有个人均寿命，都知道日本人的人均寿命是全球最高的，中国人的人均寿命跟美国人差不多，都是七十八到八十岁。人均寿命是你善终

人一旦要死了，就安心地去死吧

的第一条线，第一个标准。第二没有横祸。第三没有病痛，可以有病，但没有病痛，就是身上有点病，感受不那么强烈，不那么痛苦，离开世界的时候心里没有挂碍和烦恼。心无挂碍，佛经里经常提到这个词。这个社会到处都是挂碍，挂碍子女，挂碍父母，挂碍亲人，挂碍方方面面。涨工资，升职位，都是你心中的烦恼。人到离开这个世界的时候，如果能安详而自在地离开，这就是五福中的最后一福——你得到了，就是善终。

我生命中能看到的亲人，谁算善终呢？姥爷。他对我的影响比较大，因为我小时候在北京生活，经常能看到姥姥姥爷，但看不到爷爷奶奶，因为爷爷奶奶包括老太爷都在老家。我在他们活着的时候，去老家的时间非常有限，跟他们的情感也不那么深。不管是你多亲的人，一定是你常接触的人；不接触的亲人，一定不会特亲。

姥爷最后的日子是在我们家度过的。他在去世前一个月做了完整的体检，大夫说身体什么毛病都没有。老爷子七十多岁的时候，看不住还上房呢。年轻时学过武，腰杆倍儿直。老爷子在下午五点钟的时候，还要了根冰淇淋吃，到六点钟就躺在床上安然去世。我妈发现的时候，他已经没气了。

我有一个事到今天都不能释怀。就是医院一定要把老爷子拉到抢救室，一定要做一个象征意义的抢救，再开出一个死亡通知书。死亡通知书上必须有一个原因，此人因为什么去世。他们找不着我姥爷的毛病，就在死亡通知书上这样写道：营养不良，因此原因去世。

这个事把我给恨得呀！我说你们医生如果找不出原因，也可以写心力衰竭，最后就去世了，他就无疾而终。生活中不是每个人都能修到这种福气的，无疾而终，五点钟吃一冰淇淋，六点钟去世，你根本不知道你的生命就此结束，行动还自如呢。过去的死亡通知书一定要有一个莫名其妙的原因，找不着原因也得编一个，就因为我姥爷非常瘦，精瘦，他们就填了这么一个古怪的原因。

对待病症要头脑清醒

我们小时候很少能感到亲人的离去，为什么？因为都跟父母在一起，父母年轻力壮，你怎么可能感受到亲人的离去呢？我第一次感到亲人离去是我的曾祖父，我爸爸的爷爷。他去世的时候我爸爸老念叨，念叨的时候我就觉得很老远的一个人走了。这个人我曾经见过，四岁的时候隐隐约约有一点印象，老太爷来北京看过我。

老太爷在十二岁成为孤儿，他凭借自己的努力，把这个家族发扬光大。他本来想生五个儿子，叫仁义礼智信，可惜第五个没生出来。所以，我大爷爷叫马兆仁，二爷爷叫马兆义，三爷爷叫马兆礼，我四爷爷一定叫马兆智。马兆信没生出来，老太爷生了一个女儿，就是我的姑奶奶。在自己那一支差点灭绝的时候，他造成了人丁兴旺的局面，我的老太爷由此非常自豪。我四五岁的时候，他看见我心里的感受一定是我不知道的，可他去世的时候我并没有什么感受。

我祖父去世的时候，我也就听我爸说，也没有多少感受。但是，当我父亲去世的时候，我的感受就变得非常强烈。我是一个轻易不哭的人，很难流泪，我爹去世的时候我都没有大哭过，但我最后捧着他的骨灰盒时泣不成声。当时就想，我最亲的人就这么走了，就变成了一把骨灰，他就在这里头。所有想跟他再说的话，已经永远没有机会去说了。我常常想，古人说的话我们经常是当耳旁风的，不赶上就没有感受，赶上了感受非常强烈。我现在老跟我母亲说：妈，你得在我前面替我挡着。我妈特别愿意听这句话。最近，她腰伤了卧床休养，我去看她。我觉得她很难过，腰椎骨折。我就说：妈，你得替我扛着，你得好好活着。我妈点着头跟我说：我替你挡着。我在我们家里排第一个。我老说阴阳两隔，就隔着一扇门，所有的亲人都通过这道门走远。一想想你排在第一个，是不是感觉非常可怕？

经历过很多亲人的生死，你会有很多经验。一个朋友的母亲突然患了癌症，他就有点慌神，找我。我跟他说了这样的话，我说你从今天起记住我这句话：从今天起，你所有的决定都是错误的。两年后他来找我，他跟我说，她母亲去世以后，他调整了很长时间，现在调整过来了。他说他深深地记住了我那句话。我说不管怎么样，你一定没有找到正确的路，为什么？你母亲岁数太大，患这么重的疾病，几乎是回天无术，你所有的努力未必能帮助她延长一天寿命。我们对待病症，尤其是绝症，一定要有个清醒的头脑。

在医院里替我爹做决定

讲讲我爹吧。我爹身体特好，他身体有多好呢？他七十岁那年到我那儿去，看见一带土的大花盆，搬起来就走。那花盆我几次想搬都觉得特重，老爷子倍儿有劲，就给搬走了。

有一天在家里聊天。他自个儿揉着肚子，忽然说这肚子里好像有个东西。

从那天起，这个世界就全变了——他腹腔里长了一个瘤子，这瘤子你想想他都能摸到了，可见已经很大了。很快就联系了附近的医院做手术。我记得那天准备了很久，折腾了一宿，早晨八点多钟把他送进手术室，我就想回家休息一会儿。刚一进家，我妈打电话说：你爸出来了。我一听就不好，转身回到医院。那时候他在麻醉期，还没有醒过来，我问医生怎么样？医生说打开了不能动，一动有可能下不来手术台，所以就原封缝上了。我问那我怎么说？医生说你就跟他说摘掉了。我说行吗？他说行，你就跟他说摘了，没事了。我爹醒过来的时候，他问我怎么样，我说摘了，他就没再说别的。

手术第三天，他就从床上站起来了。都知道做大手术，尽可能要早一点站起来，防止粘连。大概二十天后，他把我叫到床边跟我说，我的瘤子没摘。我说你怎么知道没摘？医生说摘了。他说，我醒来的第一件事就是摸我的引流管，我没有引流管，这么大的手术没有引流管，肯定是没摘。我当时就愣在那儿，我只好说是医生让我这样说的。我爸跟我说，我想了二十天想通了。你想想，他一个人在病榻上想这件事，想他的生死，想通了。我就把病的实情告诉了他。

后来的治疗就比较痛苦了。到最后的日子里，有一天他把我叫去，那时候身上已经插了很多管子了，不能吃了，靠输送营养液生存。他说："我这么治下去会连累所有人，我自己也会非常难受，我不想治疗了。"我当时很难过，我都不知道说什么好，我就跟我爹说，是你的决定吗？他说是，他说真的这样下去以后，会连累所有人，最后瘦成皮包骨。他说自己在医院干了一辈子，很清楚这事，他说想结束治疗，换句话说他想结束生命。

我是长子，我就问我爹：是你的决定吗？他说是。我们就去找医生。我说，我爹这病，有没有奇迹发生？医生说没有可能。我说如果维持现状，他能活多久？医生说半年八个月不一定。我说如果拔去所有的管子呢？医生说一星期或者十天。我就替我爹做了决定，让医生拔去所有管子。四天以后我爹就走了。

他是一个经历过战争的人，看惯了生死。跟他一起出来当兵的人，几乎全都阵亡了。他能活到新中国已经是非常不易的事，因为碰见了我妈才有了我，才有了我们后面的人。他走的时候，我才真正觉得，我们什么事情都要面对，尤其是亲人的离去。

丧葬文化是一种习惯

今天跟过去有很多不一样。过去我在单位的时候经常要去开一些追悼会，1944年，毛泽东在延安为张思德追悼会致悼词，他说今后村上的人死了，开个追悼会，用这样的方法寄托我们的哀思，使整个人民团结起来。从那以后，大概开了半个世纪的追悼会，每个单位都会开。现在不怎么开追悼会了，亲戚朋友死了，常常会搞一个遗体告别仪式。

中国人一直比较注重葬礼。红事可以简化，甚至可以不做。但丧事一定不能太简化，丧事一定要去做。我有一个很好的朋友，多年的交情，他们家保姆去世的时候，他到农村去奔丧。你们不能想象，那时候保姆跟家里一口人一样，"文化大革命"中他父母都失去自由的时候，是保姆在维持着他们家里的运转。他把保姆叫大娘，老说我们家大娘如何如何。

很多哭嚎是礼仪性的，哭得惊天动地，城里人被文化拿住了，不会那种哭嚎，觉得那种哭嚎很丢人，其实不是。哭嚎是一种感情的宣泄。

有很多习俗都在改变。过去人出殡，要抛纸钱。抛纸钱有技巧，据说专业的抛纸钱，一抛出来三丈高，一个球上去跟礼花一样开散；不会抛的，一出手就全散了。今天不允许抛纸钱了，农村里可能还有。城市里时兴撒钢镚。这些想起来，有时候批判说这都是陋习，其实，文化从某种意义上讲，就是一种习惯。

脱
手
秀

　　压石跟丧葬没什么直接关系，跟孝道有关系。这个故事名为"卧冰求鲤"，二十四孝之一。冰面有裂纹，人脱光了趴在冰上，下面出来一条鲤鱼。

　　故事极不科学，一个人在冰面上脱光了，只能冻死，你不可能把冰融化。但它充满了理想，强调孝道。孝道跟寿命很有关系，人活得越长，越需要人去照顾。

　　这块石头是清代的，距今约二百年，是当时民间最流行的一种压石。

讲演

我们的公共表达能力明显比西方人弱

讲话的艺术，往大了说就叫讲演。

中国人一般不大爱在公众面前讲话，因为强调含蓄为美，别那么张扬，于是就不喜欢出风头。一说出风头，就是"出头的椽子先烂""枪打出头鸟""言多必失，祸从口出"之类的劝告鸡汤，这都是中国特有的文化现象。

跟西方人比起来，我们的公共表达能力明显偏弱。这源于我们的文化传统。"木秀于林，风必摧之；堆出于岸，流必湍之；行高于人，众必非之。"这是我们经常挂在嘴边上的话。河岸上的土堆，突然滑落到水中，流水立刻就会把它冲没了，一个人在社会上如果本事或地位高于别人，大家一定会在背后说他的坏话。这就是我们的文化。中国人不愿意在公众面前表达自己的想法，也跟从小缺乏训练有关。比如语文课，"语文"本来是"语"在前、"文"在后，可今天却天天考孩子们写作文。甭管孩子写多少作文，他也不能在公众面前好好说话，顶多能朗诵他那篇作文。

不用稿子能否在公众面前讲话，可以检验一个人的表达能力。看看领导讲话，只要发言，就要从兜里掏出稿子来念，干巴得要死。我在单位时就怕听报告会，拿一大摞纸，念完拉倒，一点都不生动，一点都没有意思。为什么不能脱稿讲话呢？就是因为怕犯错误。说话确实很容易说错。我在这里录节目也经常打磕巴，脑子突然短路，都是很正常的。如果再有责任压着，就更容易出错。与其出错，不如干脆不说。于是，越不说就越没有在公众面前表达的能力。因而，很多人都非常怵上台发言。我曾去参加一个很大场面的会，单位有一个副总从来没上台讲过话，那天也不知道怎么了，非逼着他上台讲两句，结果他上台以后就剩下嘴唇哆嗦了。我坐得近，看得很清楚，他的下嘴唇一直在哆嗦，半天一句话都说不出来，脸色煞白。

其实，在公众面前讲话，大场面人多的时候，每个人都会紧张。按理说我应该不紧张了吧？我有时候也紧张。有一次我跟濮存昕参加 CCTV 一个类似讲演的节目，我跟他都没上台，就聊天。我跟他说，我也不该紧张了吧，为什么上台前还是有些紧张呢？濮存昕就说，这好啊。他说演员就不紧张，因为他是职业，但适度的紧张对临场发挥特别有好处。后来，我发现自己就属于那种"适度紧张"的人，上台之前一定是紧张的，上去就不紧张了。他那天给了我一个很大的启发，就是说，紧张并不可怕，有那么一点点反而是好事。

"创业之神"们的讲演水平都不错。马云最近好像在一个什么会上有个讲演，他手里攥着稿子，但他没念稿子，稿子只起提示作用。俞敏洪是一个天生幽默的人，他的讲演，尤其是谈起情感问题来口若悬河，特别有意思。我没怎么听过雷军的讲演，他是一个不惧怕把缺点暴露给别人的人，比如说话有口音、不清晰、不是标准讲演态势等等，但他都不在乎，他就专心讲自己熟悉的那点事，也很自如。这种自如来自于什么呢？就来自于自信。

好的讲演都是靠细节支撑起来的

中国的小学教育跟西方的完全不同。西方的小学教育经常是这样，上一堂课，说今天上课没别的事，这不刚放完假吗？每个同学都上去把放假这两天的事情自个儿讲一遍，讲完就下课。讲完以后，老师就会告诉你，谁讲的有意思，

岁数大时／就别强调
自己的收入了

谁讲的有重点。于是，我也就要想一想，说我昨天出去了什么事儿也没有，就跟着爹妈出去玩了一圈，看见什么也想不起来了。但你肯定不能这么讲吧？你肯定得讲，我出去的时候，有个细节就是我们的车开出去了，才忽然想起照相机落家里了，于是又掉头回来取照相机。这就叫细节。细节的表达是最真实感人的，一个好的讲演都是靠细节来支撑的。网上流行的乔布斯在斯坦福的讲演，非常有意思。他说，我这里就讲三件事，讲我自己的三件事。第一个是我的来历。我怎么来的？我并不是我爹妈亲生的，我是抱养的。第二就是，我在人生中栽了一个什么样的跟头，我怎么创造"苹果"的，我又怎么被苹果开了，正是在被苹果开了以后，我才对生活有了另外一个认知，我怎么最后达到了今天的成就。第三就是我得了病。得病在西方人心中是非常隐私的事，尤其是得了绝症。乔布斯说，我得了这种罕见的胰腺癌，但现在已经治好了。讲得从容感人，所有人都静静地聆听他的讲演。

　　我觉得，讲演若遇到两种情况就不大容易发挥好。一是人少，屋子里没多少人，讲演起来就很难有那种精神，很难把自己提升到最佳状态；一是人太多，有一次我在河南讲演，一两万人总是有的，一眼望不到头，场面巨大，高音喇叭都有回声，觉得很怪异。那时候我就忽然有了一种感受，就是人多、人少和听众适中的场合，讲出来的东西可能不一样，择词都有可能各不相同。换句话说就是，作为讲演人，你得知道自己即将处在一个什么样的状态下，才能做好相应的心理准备。

我曾听过一个厨师的讲演，非常受感动。那次活动是一个国际品牌公司做的，很讲究，晚宴非常奢华。上甜点的时候，总厨师长出来讲了一段话。我当时觉得，这人就是一个天生的讲演家。他说，我为什么要学厨师，没别的原因，也不是什么理想，就是因为吃不饱，觉得要找一个工作，能让自己吃饱，想吃多少就吃多少，就去学厨师了。我们都知道，在中国，在任何一个工作单位，厨师都是免费吃的。他那天讲的事情我记住了一些，比如他说，自打学了厨师以后，两头没见过太阳。早晨出门的时候太阳还没出来，马路特别干净，除了扫马路的见不着人，然后就奔厨房了，做各种准备，学各种技巧。晚上等把一切都收拾妥当了，拖着疲惫的步伐回到宿舍的时候已是满天星斗，除了路灯基本见不着人。这样的日子过了很多年，一进宿舍没有任何欲望，倒头就睡。每天都感觉太累了，但从内心里非常喜欢厨艺，不管是红案白案，小菜大菜，都愿意去钻研、去学习，熬了三十年，终于成为一个超五星饭店的总厨师长。在超五星饭店里，总厨师长的薪水是非常高的。这时候他的岁数也挺大了，也不再强调收入了，他就讲我今天晚上为什么给你这样配菜。当时我就想，这顿饭对我来说已经不重要了，而厨师的这段话对我非常重要。我觉得一个厨师，他没受过讲演训练，从小也没有受过很好的教育，但他为什么就这么会说呢？想想，第一是他脑子清楚，第二是他说的完全是自己的内心感受。

中小学阶段就应锻炼学生的说话能力

讲课也是讲演的一种方式。我讲课从不备课，我上去就能讲，为什么呢？首先，就是我的储备比较多。我碰到过一个人，这人说自己特能讲，有一次给了他一个机会，现在想起来感觉特逗。他上去的时候，主办方跟他说，您上去悠着点，只能讲十五分钟。他说：哎呦，怎么给我这么点时间！上去了，把自个儿准备好的呱呱讲了五分钟，就没词了，一看表才过了五分钟，还差十分钟呢，脑袋嗡的一下就大了。上台说话真的跟平时说话是不一样的。我见过很多人，私底下夸夸其谈，说话都没缝儿，你想扎都扎不进去。但一上台就前言不搭后语，没有任何逻辑可言。所以，在公众面前讲话是一个基础训练。我倒是觉得从小学、中学阶段就要锻炼孩子的说话能力，至少每个月每个孩子都应该在全班同学面前讲讲话，就讲自己生活中发生的事情。

那时候我在东北五七干校，第一次上台讲演才十四岁，台下至少百人以上，我说的也多。上台之前，腿肚子就转筋，紧张得不行。上去说什么呢？基本上还是照稿念的，就是一些大而空泛的话，诸如"誓死保卫祖国"之类。尽管第一次讲演算不得成功，但毕竟是一次锻炼。后来我到农村去的时候都十八岁了，算是知识青年了。我还替农民叔叔包括村长什么的写讲话稿。那时候的文章都是一个套路，一开始引用语录或者诗词，我们都特别愿意引用毛泽东的诗词，比如"四海翻腾云水怒，五洲震荡风雷激"什么的。有一回村书记上去要念一个什么东西，当时给他写稿，我就写了"四海翻腾点点点，五洲震荡点点点"，我的意思是后面的你知道，我就别写了。结果，这哥们上去这么念的："四海翻腾腾腾腾，五洲震荡荡荡荡。"这就是上台紧张了，一紧张就没有了辨识力，只好照着稿子念了。我在十几二十岁的时候，经常有机会上台说话，现在回想起来，这些都是对我在公共场合表达能力的一个锻炼。

脱手秀

乔布斯在讲演中说，他年轻的时候，风靡美国的杂志《全球目录》停刊了，停刊这一期上写了一段这样的话："求知若饥，虚心若愚。"一般都说求贤若渴，或者求知若渴，但人家说"若饥"，是饿了的感觉；"虚心若愚"就是你有天大的学问也一定要把自己弄得傻一点，要虚心向别人学习。

今天我拿了一个竹笔筒。竹子有节，中间有隔，又是空芯，所以虚心。竹笔筒搁在文人案头，提示自己要虚心。古人就用竹笔筒这样一个具体的东西来提示自己。

竹笔筒在明朝末年非常流行。最著名的是竹刻。朱松林、朱三松、朱小松祖孙三代的竹刻最有名。竹笔筒很多，但雕得如此好的并不多见。大部分都是素笔筒，或者简单刻几个字。这个竹笔筒上面有座建筑，在中国建筑里等级最低，叫卷棚式，没有房脊，圆弧着就过来了。里头有夫妻俩，外面还有个小书童或者佣人。在家里读书写字，这是古人最向往的一种生活状态。竹笔筒背面环布风景，有洞石、梧桐、竹子、小桥流水，透出一种田园情调。

读书有什么用

大家都知道，读书最大的用处就是从书中汲取营养。人生的幸福感跟你读书的多少是成正比的。有人说那不一定，我就不怎么读书我依然幸福。那我可以告诉你，你的幸福是浅层次的幸福，满足也是浅层次的满足，如果你想得到深层次的满足和幸福，那就必须读书。

养成读书习惯

问题是我们怎么养成读书的习惯。

为什么我们没养成读书的习惯呢？可能跟家长有直接关系。现在家长都要替幼童去挑书。比如孩子自个儿抱了一堆书，家长就要拿过来审查一遍，这个不行，这个太浅了；这个不行，这个知识对你没有用；这个也不成，这个你都读过了你怎么又买……然后家长替他挑一部分书，这是个很坏的习惯。

西方人认为习惯的形成比你读到的内容要重要得多，那孩子怎么形成习惯呢？就是他喜欢读书。你到国外的书店去看，如果有家长领着孩子，基本上是孩子在挑书，家长只管付钱，回家让孩子慢慢看。

人一生中最难改的就是习惯，比如，我现在尽管已经有大量的时间在看IPAD，但很多东西我还是愿意看纸上的，这就是习惯的养成。所以当一个人的

切西瓜

很多人闲暇时就低头

读书习惯养成了以后，你就不用管他了，内容取舍由他自己去决定，做家长的不要代替。

现在的问题是我们的小孩都是假成熟，这个事很怪，很小的孩子经常说大人话。我看到一回采访，记者采访一个小学生，小学生说了一套很程式化的大人话来回答。孩子假成熟非常可怕，这是家长代替的一种结果。

读书的三个阶段

这三个阶段不是我定下来的，而是古人定下来的。古人认为人生有三个阶段。

第一个阶段是诵读。五岁到十五岁这十年是读书的第一个阶段。这个阶段最大的优点是记忆力好，所以这个阶段叫诵读，背诵，不要求懂。今天老让你弄明白是什么意思。比如小学生写作文，第一个就是中心思想，第二就是段落大意。古人认为四书五经这些著作都是高山仰止，怎么可能让一个孩子弄懂它呢？把它背下来就过关了。仔细想想，你能够背诵的东西，大都是你在十五岁以前的记忆。只要你能把经典背诵下来，对你终生都有好处。

第二个阶段叫学贯。学贯很容易理解，学会贯通。时间段定为十五到二十五岁，相当于今天的高中到大学毕业包括硕士什么的。这段时间读书，一定要学会贯通。

第三个阶段是涉猎。一般情况下，二十五到三十五岁是走向社会的第一个十年。这时候要不停地学习，因为你从学校学来的知识到单位往往都用不上。

诵读，学贯，涉猎，构成你一生的读书工程。

读书有没有方法呢？当然有了。简单地说，有两个方法。第一个方法叫精读，就是你的专业或者你喜欢的领域，你必须认真地读，最好的方法是做笔记。好记性不如烂笔头，就是这个意思。如果你想在一个领域有所建树，精读这一关你肯定是逃不过去的。另外就是粗读，这也可以分为两类：一类粗读就是涉猎式的，这本书我翻一遍，很快地读完，大概知道是什么就可以了；一类就是快速阅读法，是一个工作性的读书，就是你读这本书，每个自然段读第一句话，无论你多么想看也不看了，直接跳到第二个自然段，加快阅读速度，不用钻到里头去。比如第二天你要跟书的作者见面说我读了您的书了，然后跟他探讨他书中的什么事都能说得头头是道，这就是工作的读书。

学以致用

读书的目的是什么呢？学以致用。

我是主张读杂书，多涉猎的。我喜欢陶瓷，出过几本关于陶瓷的书，那么，有人或许要问：读科学的书对研究陶瓷有什么影响呢？陶瓷的各种颜色都是金属在高温下呈现的颜色，比如高温红和高温绿都是铜在高温下呈现的颜色，你读化学就可以了解这些。文学对陶瓷又有什么影响呢？它可以加深你对陶瓷的理解，陶瓷中有很多名词带有极强的文学色彩，比如白釉，文学描述叫"甜白"；黄釉，文学上叫"娇黄"。我在书中这样描写："同样是白釉，康熙前三朝的白釉有不同之处，康熙的白釉硬，雍正的白釉腻，乾隆的白釉薄。"都是一种文学的感受。还有，都知道"甜白"是永乐的名品，我当时描写它是不硬而酥，跟雍正的白瓷比较起来，它是不腻而甜，跟乾隆的白瓷比较起来它是不薄而醇，这些描述也全都是文学的。要有一定的文学修养，才能体会里面的味道。

读美学书对研究陶瓷也有助益。比如青花是波斯文化、蒙古文化和汉文化的结晶，青花出现后七百年来没有任何瓷器品种能与其抗衡，一直到清代中叶，粉彩才逐渐可以跟它并驾齐驱。粉彩恰恰也是外来的，是欧洲珐琅彩对中华文化的影响。再有就是青釉，瓷器中很多颜色都是客观颜色，如红黄蓝绿，唯独青釉是自然界中没有的颜色，是一种主观颜色。这种颜色是中国人创造的，在中国美学的框架中创造出来的，古人说"自古陶重青品"，青瓷在陶瓷中为最大的一支。

哲学跟瓷器有关系吗？听着貌似没有直接关系，但恰恰也有关系。比如有一种瓷器酱釉，颜色不好看，文人就赋予它一个漂亮的名称，叫紫金釉。它是一种收敛的颜色，既无青瓷的悦目，也没有黑瓷白瓷那么强烈，就在一个犄角旮旯待着。可从清朝开始算，顺治、康熙、雍正、乾隆、嘉庆、道光、咸丰、同治、光绪、宣统十朝全都有紫金釉；很多瓷器品种最多就几朝，唯独这种瓷器从头到尾都有官釉。你想想，这是不是哲学问题？我有时候开玩笑说，葛优就有点像紫金釉，葛优在男星里年轻时一副老相，演的都是小角色，但人家最终熬成了中国男一号，这就是一种生存哲学。

说了这么多，读书究竟有什么用也说不太清楚。但有一点，不管你是读专业书，还是读闲杂书，只要书读的多，对提高你的生活品质肯定有助益——一个读书多的人，生活一定是快乐的。

脱
手
秀

　　玉器头是一虾米，前面都是一个一个金钱。这是书拨子。做得
这么薄，这么细长，中间镂空，从某种意义上讲它是一个工艺品。

　　古人认为，虾不伤害同族，虾和虾之间和平共处，虾有壳、有
盔甲，通体透明。透明有什么好处呢？能看见身心。金钱是"书中
自有黄金屋"的意思吧。古人雅，看书看到某一页，用的时候用手
拨它。玉拨子极容易损坏，稍微用力就断了。更多的书拨子都是竹
子做的。

销售

买卖就是这么回事——买的人都愿意便宜，多便宜都不嫌便宜，最好白给，最好再搭点；卖的人是多贵都不嫌贵，只要能卖得出去。买卖就是这么一层关系。我们在生活中，大量的时间就处在这种买卖关系之中。你既然知道怎么砍价，就应该知道怎么销售。

销售要讲技巧

销售是有技巧的，有时候这技巧还没法教。天生会销售的人首先有一点，就是话跟得上，一定知道在恰当的时候说出恰当的话。

买东西，这东西有常用的，所谓常用是什么呢？比如菜就是最常用的商品。过去没有冰箱，都是每天去菜市场买菜，肯定有个砍价过程。最初的砍价就是抹零头，买完了说这零头抹了，要不然就是什么呢？等。早上菜贵，鲜亮，快到中午了就便宜了，到傍晚就扒堆了，懂吗？过去说这人日子过得不好，天天买扒堆的菜，到了晚上看见人家剩一堆，多少钱，给一毛钱拿走了。

对于销售来说，最讨厌的就是你来跟我砍价，但又没办法。我告诉你，褒贬是买卖。这人来了以后说你东西不好，跟你砍价的人都是真心要买的。过去不是有这么一句话吗？叫"褒贬是买主，喝彩是闲人"。一说你这东西不行，这东西颜色差点，古玩行，你这颜色差点，跟我想象的有差距；要不然来了说，这东西还真不错，这个不行，小了小了，不够尺寸——这都是买主。只要他挑你毛病这就是买主，你心里要知道：买主来了。说喝彩是闲人，来了一看说这东西好别少卖了，这人肯定不买你东西。

经商是个很有意思的事，你可以观察人生百态。人动钱的时候，特别能显示本性，有人大方，一出手要摆阔，说得了，别找钱了。别找钱了，这都是买主。

有人天生就会卖东西，会观察客人。过去，我经常在老古玩店一待待一天，在那跟人聊天，学本事。聊天就是个学本事的过程，但有的售货员很有意思，他跟你聊天，聊着聊着突然就蹿起来了，过去赶紧招呼客人，一会儿那买卖做成了，回来挺高兴，接着跟你聊。有时候他跟你聊天的时候，一看客人进来了，抬头瞥人一眼根本不理他，我就纳闷，我说你为什么这人还分三六九等？他说那人不买。我说为什么不买？说那人是闲逛的。他说这人的眼神都不一样。他还说，你看他那皮鞋，我说看皮鞋干吗？他那皮鞋是名牌，有钱！所以他就注意观察细节，看这人的眼神，基本上就能把这人搞定。

售货人员都有自己的一套办法。最早，我们商店里有墙上挂的艺术品，非常漂亮。比如有一种裙子叫马面裙，裙子前后各有一片带绣工的，非常漂亮。拿剪子把绣片绞下来，绷上，装到镜框里面，什么颜色都有，挂一墙。进来一女子，看了一会儿，看了有十来分钟。有本事的销售员就过去了，我在旁边看着，看她怎么说话。第一句话把客人搞定，你们想想用什么话？想不出来吧？她慢慢腾腾地走到客人面前说：拿不定主意了吧？你看这话有多狠，什么叫拿不定主意了吧？她认定你要买这个东西，你只是在犹豫，她站在你的角度替你着想，你拿不定主意了，你看着满墙的艺术品非常喜欢，想买，然后她来帮你拿主意。客人就说：对对对，拿不定主意了，拿不定主意了。你们想想第二句应该说什么？人家第二句话这么说：你们家的墙是什么色的？她假定你要往墙上挂。客人就愣在那儿，想了想说，我们家那墙是粉色的。她说好，粉色的，你看这件东西，底色是粉色的，跟你们家的墙般配。客人高高兴兴就买走了。

我也见过那不会卖的。他上去就说：您想要哪个？客人马上就警觉了，你非强迫要卖给我吗？客人说我再看看，我想想，你别打搅我。不是每个人都会有一个角度，都会注意到角度，而且是发自内心的角度，站在客人的侧面。你知道，卖东西不能站在客人的正面，一定要站在他的侧面。你当然不能站在他背面。我说站在他的对面、侧面和背面，是指思想上。你如果站在他的正面，你跟他是一个对等的关系；你站在他后面，他立刻就心里不安，想你是不是想宰我；你站在他侧面，他会非常舒服。无论你的艺术品或者说商品有多么贵，无论你的地位有多么高，你一定要比客人矮半头，记住了，矮半头，不能矮一头，矮一头是卖不出去东西的，你巴结着人家不行。一定要适度地比客人矮半头，让客人感受到自己是有地位的。

原来我有时会跑到售楼处去看，我特别爱看售楼处那张销售表。第一名卖一溜，第二名三五套，第三名两三套，第四名以后全是一人卖一套。我当时很纳闷，去过几个售楼处都是这种情况，总有一个人销售能力极强。如果你到她那个销售团队去打听呢，别人就会嫉妒说她那人不好，跟客人睡觉。我一想，这人跟客人还真睡不了这么多，哪有那么多客人靠睡觉去买楼的？她就是会销售技巧，知道怎么跟客人去说话，在最恰当的时机用最短的距离，把事情搞定。

巧用占便宜心理

客人不论买什么东西，他买的不是便宜。你千万不要以为他是买便宜来了，他是买占便宜来了，他一定要占你这便宜。

过去，古玩行成心把东西标出高价，雇一个呆呆的伙计，跟伙计说客人问东西多少钱，你一定要报一个什么价。比如花瓶上面标着十万块，客人只要一问就跟他说六万。客人一看瓶子上面写着十万，有的就多问一句：小伙子，这东西卖多少钱？小伙子说六万，老板让卖六万。客人一想真便宜，把小条一撕，

买方的心理其实就是：自送才好呢

悄悄扔了。再砍砍价吧，我给五万。说五万不行，五万得打电话问老板。一问老板，老板说什么六万，哪件东西？说那东西十万呢，不可能六万卖。这样，客人赶紧掏钱买走了，以为占了四万块钱便宜。其实这东西就想卖四万。

中国人买东西最爱占便宜，所以销售中一定要给他这便宜。出国后人们大量买奢侈品，说国外便宜。那么国外是不是便宜？是便宜。比如到日本去，国内买一双鞋的钱，到日本买三双，他就买回来三双鞋。我说，便宜你也不穿啊，你买三双，你买了不是白买吗？他说感觉是占了便宜，说我买多点，不是占的便宜更大吗？所以说，中国人出去一定是死在占便宜上。

我有一年去希腊，空客380首飞，坐了小六百人，到了迪拜全部下飞机，在那儿等六个钟头。迪拜机场世界顶级奢侈品云集，我们去看呗。中国人每个人都低着头，看那柜台里的东西，众口一词都说便宜啊便宜。我一看那东西都挺贵的，为什么说便宜呢？他们的意思是指比国内便宜，便宜不占白不占，很快就席卷一空。所以，在销售当中让客人占便宜，是过去很长一段时间的销售策略。今天幸亏有淘宝，谁便宜也没有淘宝便宜，淘宝算是把商场给毁了。

学会销售自己

今天有很多销售是服务类型的销售，比如说导游就是服务类型的销售，不是直接把商品给你，他是在销售自己的一个能力。

有一年去日本，我们跟当地导游说，六个人小团，你给走最高档的路线，不怕花钱。我们给说了个数，导游回去算了好几天，回话说：你们说的那数花不掉。那怎么办呢？他说要不增加日子，要不减钱，我们顿时就对这导游十分信任。你要赶上国内旅行社，你给他报一数，他肯定说：马先生，我们经过反复计算，很紧张，您再添两万就够了。我们肯定又被人家诓去两万。我们到了日本，去最好的那种传统餐厅吃饭，贵是有道理的。餐具一上来，我就愣了。第一个盘子就是康熙年的，我都认得，所有的餐具，一般都是乾隆雍正年间的，最早的是康熙年间的餐具，全是老的。我一想，这餐品要搁中国，那旁边还得站人看着，要不然吃完饭菜没了，盘子也跟着就没了。

日本那位导游留给我很深的印象。很重要的一件事，是我离开日本时感受到的。我们在日本大小总得吃了有十多顿饭吧，每次从餐厅出来的时候，导游准在左边门口站着。我当时心里就是哎哟一声，接着就会感动。后来发现，你到餐厅去吃饭，导游迅速扒拉两口，完了之后就在那里等着。我们出来有时候快，有时候慢，有时候那一顿餐就要吃两三个钟头，导游就在门口站着，不离开，我觉得这就是专业素质。做导游的，说起来就是一个销售，销售自己。我记得很清楚，我们出来就说这导游真好，还给了他一点儿小费，最后说，我们将来如果再旅游一定请他。以后再没有机会去，但我给他介绍了很多客户，一有朋友想去日本，去走最好的路线，不怕花钱的，我马上就介绍给他。

销售自己是一种能力

对销售来说，餐厅是一个很难发挥的地方。来吃饭的人都是大爷。人有三六九等，人的素质在餐厅最能体现出来。服务员体现餐厅的素质，记住了，客人吃饭，是体现自己的素质，但服务员一定是体现餐厅的素质。好多年前，有一次我去吃饭，上了条鱼，一筷子送进嘴里，鱼太咸。小姐小姐，我告诉你，鱼咸了。我没别的意思，就告诉她鱼咸了，咸了我们就少吃两口完了。那小姐可能怕我们退菜还是怎么着，偏说不咸。我一愣，就纠正了她一句，我说真的很咸。小姐看着我说，真的不咸。我就有点急，我说我都五十多岁的人了，难道连咸淡都吃不出来吗？

餐厅好坏有一个标准，我们说的好坏不在高档低档中档，餐厅好坏在于你能否退菜，过去这是一个标准。比如你说这菜不好，她不问你为什么不好；你说这菜咸了，她不问你咸不咸，她问：您是重来一个还是退掉？这就是好餐厅，这就是会销售的餐厅。因为今天她把这个菜扔掉的话，成本微乎其微，但一旦她跟客人发生冲突，就得不偿失。

我记得朱家溍先生写过他去餐馆的故事。老先生学问大，过去的老先生对小事特别计较。他喜欢吃传统菜，比如有一道北京菜，叫糟溜鱼片，白白的，有一种糟味。上去点了一糟溜鱼片，一吃，叫服务员，说您这鱼片里没糟。服务员说，你有什么证据证明它里头没糟？老头一下就愣了，说我确实没有证据证明里头没糟，但我这嘴巴证明它里头没糟，它没这味。好的餐厅会销售自己，绝不在细节上跟客人掰扯，客人说咸就是咸了，客人说淡就是淡了，客人说这菜给的量不大就是不大，不要跟客人说我们这给得够多的了。

要知道，生活中所有的销售，包括我们销售自己，体现的都是一个能力。举个例子，你去应聘，人家说签个试用合同吧，先试工一个月，一个月以后签正式的。这一个月就特努力，你要销售你自己。我知道这么一个事，一小伙子到一个单位上班，单位领导看这孩子还算机灵，说来上班吧。试工期，领导说这么着吧，有一单位还欠咱点儿钱，钱不多，你给要去吧。清欠！那清欠公司横眉立目的，都清不来欠，让一刚上班的孩子去要钱？其实是检验你的能力。这孩子还真不怎么怕难，拿着欠条就走了，第二天快下班时把钱拿回来了。领导说这孩子还真行，咱那单位欠的账算是有指望了。就跟孩子说你这么着吧，你马上就是正式员工，你就负责清欠。这孩子愣在那儿就哭了。为什么哭了呢？这孩子去清欠，连人家门都没敢进，在院子里转了半天，最后奔银行，是从自个儿卡里取的钱。

脱手秀

我们老说梅瓶是酒瓶子，今儿拿来一证据。这瓶子上面写着："武陵城里崔家酒，天上应无地下有。""崔"字窑工写错了，写了一催命的催，后来把单立人给刮了去，所以这字看着小。这字写得很漂亮，宋味十足。你如果觉得这个字写得漂亮，你就算是对书法有所了解。

这大致是金代或者西夏时期的一个梅瓶。当年就是装酒的，上面是广告。过去看到这个梅瓶的时候，还真不知道这两句诗是有出处的，原来是唐朝诗人张白写的。原诗是："武陵城里崔家酒，地上应无天上有。南游道士饮一斗，卧向白云深洞口。"这上面写的是"天上应无地下有"，反着来。诗写得很超脱。

这个酒，按最保守的估计，也得有个千八百年了。"武陵城"指的是湖南常德地区。据说，常德酒厂就是崔家酒的继承人。也不清楚这个酒是什么味道。

梅瓶很粗，这个花卉画得很粗率，粗枝大叶。粗枝大叶有时候也是表达美的一种方式。这种酒瓶子当时是大批量生产的。

看不懂的聂隐娘

聂隐娘这个名字有点怪。这是唐朝人起的，唐朝人起名跟现在不一样。

说起来，聂隐娘是个刺客，所以最近拍的一部电影叫《刺客聂隐娘》。如果不被侯孝贤导演拍成电影的话，可能大部分人都不知道有这么一个故事。

这故事比较久远，是唐代的传奇。对中国文学史有点了解的人都知道，唐代传奇是中国小说的鼻祖，开始有了故事情节。那时候的小说真叫"小说"，都比较短。

这个电影看不懂

唐代传奇中的聂隐娘实际上是女性传奇的鼻祖。在《太平广记》里，我们第一次看到聂隐娘这个故事。唐中期"安史之乱"后，中国社会极不稳定，大家互相不信任，刺客蜂起。

故事本身非常荒诞。聂隐娘十岁时就被道姑给弄走了，一走就是五年。五年后，聂隐娘练就了一身绝技，白日可以杀人不见其影，能够隐藏起来，所以叫"隐娘"。

关于聂隐娘练功有这样的记载，她天天要蹿房越脊，爬山上树，要练习刺猴，刺猿猴。你想，那猴的动作多灵敏啊，人要能刺上猴，尤其能上树刺猴，那你得比猴跑得还快，所以这一段描写是比较荒诞的。随后又刺虎狼，刺大野兽，手中拿的剑越来越短，最后短至三寸。这样功就练成了，有点铁杵磨成针的意思。但不幸的是，我在电影里看聂隐娘老拿着一个羊犄角，拿一羚羊犄角当作兵器，老觉得她是从非洲来的。一开始又是黑白片，再加上舒淇不知道怎么越来越黑的皮肤，让我老进入不了状态。我觉得她就该拿短匕首，可她老拿着羚羊犄角，显得好像很有绝技，感觉不是唐代传奇写的那个样子。

我看的是招待场，自个儿去看没意思，我就带了仨人。仨人里有一文学女青年，有一个半文学男青年，还有司机。电影开始，我第一反应就是司机千万别睡，睡了给我丢人。但看到最后，司机还是说了一句，说电影院睡觉不如车里睡着舒服，可见还是睡着了。文学女青年怎么说呢？说这电影不行，首先是文言不行。她文言文非常好，她说这叫什么文言文啊，文不文白不白的。

古代是这样，文字和语言是两套系统，为什么叫语文呢？就是语是一种状态，文是一种状态。比如我写书的时候，如果觉得是文学性的书，语言的表述相对就比较书面；如果觉得是大众教育的书，表述就比较口语。这也算是有文和语的区别。文言是一种系统，语言说起来就不是这样。语言如果按照文言那种说法，估计古人也未必能懂。

《三国》和《水浒》，相对来说就是元明时期人说话的特征。比如"哥哥休怪"，今天说你别怪我，哥哥是指男性。比如说"你这个鸟人"，今天的话说就是你这屌丝，就这意思。《刺客聂隐娘》当中台词非常少，据说剧本中比较多，侯孝贤希望尽量不用台词来推动故事前进，就一点一点地删掉了。我觉得删多了以后，情节有很多地方就不连贯，大部分人的感受是看不懂。其实，故事没那么复杂，就是聂隐娘小时候有个青梅竹马的表哥，后来她被道姑弄到山上学武功，回来要当刺客，要刺杀的是谁呢？就是这表哥。表哥已经结婚，还纳了妾，这些她全看在眼里。因为她是来无影去无踪的，你做的一切，她可以看到，你察觉不到。电影中这点表现是足够的，她一会儿蹿到房顶上，一会儿站在树上，悄无声息的。今天要真有这么一人，太适合当狗仔队了。

刺客蜂起意味着一个动荡不宁的时代

这部电影的台词有间离感，可能是导演追求的效果，但我认为不够精炼，即便使用文言作为台词，前提也一定要让观众能够听懂。观众不都是中文系毕业的，大多听不懂，觉得电影看着没意思。

这电影有没有好呢？当然有好。首先是风光好，风光确实好，有很多景色漂亮到像美国《国家地理》杂志拍出来的风光片。从中能看到导演对每一个镜头美感的追求。但这个追求，我想剪辑时会有困难。以我观影的经验，电影素材拍得过多，剪辑起来就很难连贯。我觉得他拍的素材完全够再剪出一部电影来。

侯孝贤导演较真是出名的，据说这部电影在他心中存了几十年，拍了七八年，道具非常非常讲究。但我却看到很多问题：时代不对，比如汉代的香薰、灯都移到唐代使用。由汉到唐间隔四百年多年，很多器物根本就不用了。还有家具，电影里的家具，我认为就是从北京市场买的，擦着黑漆，露着白筋，筋就是木头那个筋儿，一看就是作旧卖给外国人充样子的那种。我这种考据派的人，一看见不伦不类的器物马上就走神，出戏。

侯孝贤是非常讲究电影语言的，他有大量远景、中景，尤其中景固定在那儿长时间不动，好像是有一个很客观的镜头，记录眼前发生的一切。还把大量的纱帐置于前景，整个荧幕都模模糊糊的。所以，你真得把自己弄成小资才能去欣赏这种表达。

服饰也有问题。电影是中晚唐以后的事，但服装看着像初唐，不够解放。再就是妆容和唐代关系不大，是现代人的妆容。我想了半天，导演应该不是不知道，而是觉得如果彻底地化唐妆，演员可能受不了。

电影导演还要不要有追求

今天，老派导演拍电影拍不过新派的，我说的不是技术，是票房。很多导演第一次拍电影票房就不错，比如韩寒、郭敬明、徐峥、邓超、何炅等，他们的片子全都大卖，尽管有的片子口碑极烂，但不影响赚钱。

以前，导演是个很高级的职业，一听说是导演，大家就肃然起敬。现在有的人不怎么了解电影，尤其对电影技术不了解，但他只要了解观众就够了。对技术知道点，再有一堆专业副导演帮帮忙，电影就拍出来了。今天的观众对电影也特别宽容，尤其对解一时之乐的电影非常宽容，电影穿帮、不连贯也没关系，甚至可以把一个电影当五个小品看就够了。可老一代导演不行，他们在这些新导演面前，从票房上讲都是打不过后者的。今天的观众不买账，为什么？他的欣赏习惯已经变了。像许鞍华的《黄金时代》、吴宇森的《太平轮》，这样的电影，现在的观众根本没有耐心看。

从上世纪四十年代开始，电影形成了一个完整的审美体系。它要有讲故事的能力，要有一个理想，当然包括它全部的审美。可今天呢，不需要审美，很多人喜欢审丑。可能是由于生活压力太大，大部分年轻观众觉得审丑比审美快乐。十年前，电影低迷，电影工作者希望把新的观众引进电影院。新的观众是谁呢？

就是 80 后、90 后。他们是看电视剧长大的。看电视剧的人去看电影是有问题的，因为电视剧的容量大，把电视剧的内容写成电影非常困难。电影是一种极特殊的产品，它必须要在一百到一百五十分钟内把故事讲完。而今天的电影又不允许你讲一百五十分钟，电影院一天要放七八场，片子长了电影院不多卖钱，他们就不喜欢卖长片。

老观众去电影院少了，他们跟那个氛围格格不入。我有时候进去，眼睛扫过去全是小年轻，都搂着脖子看电影，规规矩矩看电影并不好，觉得自个儿很另类。新一代养成了自己的观影习惯，他们不在乎有没有完整的故事，喜欢的是桥段，一个桥段一个桥段地看，如果这个桥段能给他们带来快乐，他们就认可这个电影。只要让他们有可笑的场景，就够了，他们拿着爆米花进电影院，就是看这些东西。

老导演们的思维依然处在过去的状态中。老导演们拍的商品，根本不适应今天的年轻人。我觉得，电影本身的文学性在降低，技术性在提高，这是全球的一个趋势，尤其是好莱坞大片。但中国电影跟印度电影属于另类，印度电影主要就是歌舞，载歌载舞；中国电影技术性也不强，现在就是往死了闹——《小时代》是把奢侈、把生活中的虚无往死了闹，往死了给你展现；《泰囧》就差去胳肢你了。

这一代的压力跟我们的压力大不一样，电影可能是他们释放的一个空间。电影院把他们吸进去的商业成功，我不做评判。但是现在电影的文学性一直在下降，很难再有经典的台词出来，也很难有经典的电影影响一代人，照这样下去，未来还想通过电影影响一代人，基本上就是妄想了。

脱手秀

一个唐代香薰，是用一整块石头旋出来的。这种石头在唐代特别流行，叫孔雀石，上面有斑点，也有人也把它叫豹石。这种技术在战国就已很纯熟，石头很软，要先把它从石头里旋出来，然后在上面挖孔。孔很有意思，这些孔就是唐代的符号。底下是覆莲，顶上也是一个莲花扣着。莲花表明的是当时宗教的盛兴。唐代对香文化还是非常重视的，不管是薰衣还是供奉。这个器物每一个气孔都往外散发着香味，它底下为什么要有孔呢？是因为气会从底下进，上面出。当里头搁上香点燃了，烟一定是从这儿一点一点冒出来，显得非常神秘。

历史没有真相（上）

司马光时代其实无缸可砸

我们用两集的量，讲一下《都嘟》节目的广告词：历史没有真相，只残存一个道理。

一般的学者都自称会告诉你历史的真相，也老说历史有真相或者趋于真相。我倒认为，历史老师应该更多地告诉学生一个道理而不是真相，因为历史的真相我们已经很难知道。

这么多的历史学家和教授教育你，还不如《三国演义》开头的十二个字："天下大势，分久必合，合久必分。"分久必合，合久必分，就是中国的历史。这就是个道理，十二个字就把道理说得很清楚了。

史学老师却拼命地想告诉学生历史的真相，所谓的真相是怎么来的呢？那就是读书。他认为自己读的书比你多，他就能告诉你历史的真相。不管是历史事件，还是历史人物，一定都有记载不真实的地方。就说"司马光砸缸"这事。这个故事妇孺皆知，说司马光太聪明了，在紧急情况下能砸缸救人。赵冬梅老师说她研究司马光很多年了，在《百家讲坛》里也讲过司马光，我就问她司马光砸缸是不是真事。她说是真事，因为史籍上有记载。《宋史·司马光传》记载："光生七岁凛然如成人，群儿戏于庭，一儿登瓮，足跌没水中，众皆弃之，光持石击瓮破之，水迸，儿得救。"这记载就有好多问题。首先，它记载的是瓮不是缸。我问赵老师，司马光时期有缸吗？那时候能烧造缸吗？她一愣，说她不是搞器物学的，不清楚。我就说，宋代还烧不了这么大的缸。缸不是瓮，瓮比缸好烧，所以从战国到汉代的大瓮比比皆是。为什么缸不好烧瓮却好烧呢？这跟陶瓷的应力有直接关系。因为瓮是收口的，烧造的时候应力不得释放，所以能保持造型；缸是敞口的，用陶土烧造的时候，应力一释放，就会开裂或者变形，就烧不成了。这是器物学上的道理。因此，常见的水缸既不是陶器也不是瓷器，而是一种叫做石器的特殊瓷器。烧造这种瓷器需要极高的温度，宋代那会儿是做不到的。瓷缸是明以后才开始有的。

到了明朝中期，比如正统、景泰、天顺年间，烧造的龙缸全都打碎了。今天在景德镇出土的大缸全是拼接的，但容量也不足以淹死一个七岁的孩子。今天，七岁的孩子大概在一米二左右，古代营养不好的话，可以减十厘米，也有一米一。但现在能看到的早期制造的缸，深度超过九十厘米的几乎没有。所以，我们只能想象"司马光砸缸"这个故事的真实性。首先应该考虑的是，当时的缸有没有可能淹死一个孩子？瓮肯定是有可能的，比如倒栽葱进去，"一儿登瓮"，肯定是脚踩在瓮的边缘，脚一滑掉进去了。理论上讲，是不可能倒栽葱进去的。这些东西都不重要，重要的是残存的这个道理。

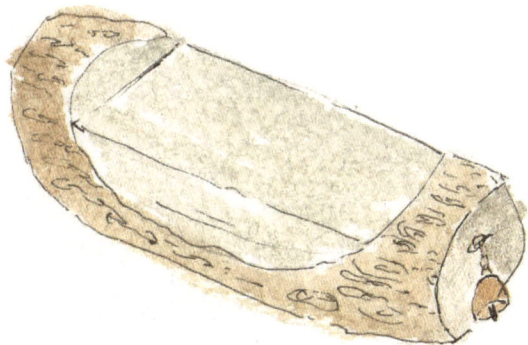

古代文人困馨枕来
打击瞌睡

　　史书都是后修的，尤其是唐以后都是官修。《宋史》就是元朝修的。一开始修史，元朝皇帝老不满意，所以就拖拖拉拉的，一直到元末，《宋史》才算问世。这时候已是至正年间，公元 1345 年。司马光出生于北宋，他七岁时，距 1345 年已过去三百多年了。三百多年前的事如果都是真实的，那就相当于我们今天说的清代所有的事情也都是真实的。实际上，这个时间距离是非常长的。史书上的记载不一定是准确的，这个事情也不一定真的发生过；或者确实有这么个事情，但也不一定是发生在司马光身上的。因为在历史上对司马光的正面评价非常高，史书对他多有溢美之词，"七岁凛然如成人"就是溢美之词。今天看到七岁的孩子，说这孩子跟小大人似的，说话净说大人话。但那也只是一个短暂的感觉，如果跟这孩子按照成年人那样的方式聊天，他肯定就不能应付了。古代也应该是这样。

　　司马光还有很多故事。我很早以前就写过文，说司马光由于编《资治通鉴》，极为珍惜时间，睡警枕。警枕就是截一块圆木，两头坠铃铛，头枕在上面，如果沉睡过去，稍一动弹铃铛就响了，人就醒了，于是又赶紧看书、编书。这故事到底有没有？我们也不清楚，但它说明司马光珍惜时间。

　　那么，司马光砸缸这个故事要说明的是什么道理呢？说明司马光从小就有着逆向思维。一般人都是顺向思维，人掉到缸里就要想办法把他捞出来，但司马光一看捞不出来，立马就把缸打破。他用逆向思维，在生命和财产之间选择了生命。

　　中国人把历史上的人物都归了类，这种归类一定要脸谱化。史籍上的司马光都是正传，就是好人，就要把优良品质堆上去。还有奸臣传，被归为奸臣的，就不是好人，就要把坏事堆上去，证明这个人是坏的。

　　比如唐朝酷吏来俊臣，他的故事最早的文字记载应该是在笔记小说《朝野金载》里。"朝野金载"的意思，就是把朝廷和民间的事全都记录下来。这本小说绝大部分都是鬼狐故事，但这本书并没有留存下来。第一次把它记录下来的是宋初的《太平广记》。今天也看不到宋代的版本，我们能看到的最早的是明嘉靖版本。这时候距离来俊臣生活的时代，已经有八百多年以上历史了。古代版本在增补修订的时候，每个执笔者都可以任意添加、删改，也没人管着你。今天的情况也是这样，我在出版社的时候，一本书也经常改，不好或者错误的地方，再版的时候也有加有减。如果时局有所改变，就可能还要修改某些内容。所以，八百多年前的一个版本到底经过了多少次增补修订，根本弄不清楚，里头记载的事情可能是真实的吗？更何况那是当朝的一个笔记小说，这就有点像今天的电视剧，怎么能用它来证史？

历史只有大真实可言

所以，我们在读史的时候，并不一定要纠结于这事是不是真的。比如成语"囊萤映雪""凿壁偷光"，这些故事都出自古籍。究竟有没有这些事呢？"凿壁偷光"我觉得有点悬，因为古代的灯火本来就很暗，再隔墙凿一个窟窿来看书，估计是比较累的。但最不成立的还是"囊萤映雪"。在雪地里看书是可能的，我早年在东北的时候，月光好的时候雪地里确实能看见字。"囊萤"就是把萤火虫装在一个包里，透着光看书，这绝不可能。萤火虫我见过，我小时候特爱逮那玩意儿，它就隐隐约约一点光，用它来看书是不可能的。但"囊萤映雪""凿壁偷光"说的都是古人的苦读，要说的是这个道理，我们没必要去纠结这事是否真实。

喜欢读历史的人越来越多，这是个好现象。正史二十四史，现在也有二十五史，加上清史就是二十六史，再加上民国史，通过正史了解历史是很不错的。但如果要真正了解历史，野史也要看，其他的如笔记小说也要看。我们从中捕捉的就是它存在的一个道理。过去的学者都是考据派，都是靠书和书之间的关系来证明某个历史的存在。乾嘉学派以后，西方观念逐渐引入中国，那就是考古。宋代就有"考古"这个词了。当然，宋代的考古更多的仍是考据。

而今天的考古则是西方考古学的观念，就是要以物证史，就是说某事就必须得有某物存在，要不然就没法证实。证物不言，但它不可改变。

历史会重复，前人走过的路，如果不注意的话，我们就可能在古人摔跟头的地方继续摔跟头，所以，具有史观的人眼界是宽的。我们一直说，我们应该具有史观。历史就是使你看得更远，你回过头去能看多远，你正面的路就能看多远。

每个人对历史的看法与认知都是不一样的。有人穷其一生的精力就想知道历史的真相。但我觉得这是一个歧途。因为任何人都没有能力来告诉你一个真实的历史，无论他多么用功。这是由历史和文化存在的现象决定的，而不是个人的努力就能够决定的。有人认为我多读一点书，多找一些旁证，就有从各个角度去证明历史真实的可能性。但是，历史的大真实是有的，小真实却很难存在。因为历代写史书的人一定都有自己的观念，官方修史书还一定要得到官方的认可。比如《辽史》，宋人想修，但修了两回都没修好，就是觉得我们被辽国欺负得太厉害了，不能把它说得太好了，最后就没修成。最后《辽史》还是被元人修的，是跟《宋史》一块儿修出来的。从元朝到辽朝中间隔了好几百年，再加上还有偏见，《辽史》是公认讹误最多的正史。

今天对中古史应该做一个什么样的判断呢？一个总体的把握应该是，中国历史的总体走向是真实的，但是具体到个人身上就不一定了。比如对武则天的判断，她究竟是一个什么样的人物？每个历史时期对她的判断都是不一样的，这就是因为史观的不同。我们在对社会学分层时，把文学和史学归为一类，司马迁的《史记》、司马光的《资治通鉴》也都有大量的文学描写，所以说文史不分家。作为一般人，如果你具备了史观，即便是看历史小说等文学作品或者电视剧，也会有新的感受。

脱手秀

今天看到的描述司马光砸缸的大量绘画，画的都是一个大青花缸。但在宋代是绝对烧造不了这么大的。甭说青花，就是瓷缸也都烧造不了这么大。即使到了今天，烧造一个直径超过一米的瓷缸也非常困难。这缸是个敞口造型，是明崇祯年间的缸，用的是反青花方法，青花做地画了海八怪。从晚明到清初都流行画这种海八怪题材。瓷器拉胚，这种小的可以一次成形。但是今天即便这么小都需要两接，就是要消除它的应力。陶器可以烧造得很大，秦兵马俑都一米八几甚至一米九。但不见得说历史上有大的，就每个朝代都有大的。比如兵马俑这样的陶人，汉代以后就再也看不到了，因为烧不出来了。从汉开始，后面唐宋元明清，没有一个朝代能烧这么大的釉陶。所以不能说秦朝人能烧，后面人就全都能烧。瓮也是这样。战国到汉的瓮烧得非常大，但到目前我也没有看到有直径超过一米的，一般都是七八十厘米。瓮是圆形的，它的应力就是朝里的，释放不出来，就能保证它不变形。陶器在烧造之前拉胚的时候是软的，阴干以后则貌似是个硬的，实际上一碰它就碎，只有烧结以后才变得非常坚硬。

历史没有真相（下）

项羽火烧阿房宫出自杜牧

赵匡胤黄袍加身一夜就做了皇上。做了皇上以后，事情就没那么好办了。要平定江山，就得让人家都服气。做了皇上，舒服了，闲着没事，赵匡胤就到后院打鸟。这鸟打得正高兴呢，群臣要求相见，说有急事，皇上赶紧就回来了。回来一看，奏上来的都是平常事，也没什么大不了的。皇上就说，你这事有那么急吗？大臣却说，起码比你打鸟急！这宋代文人治天下，还真不怵皇上，敢跟皇上顶嘴。皇上急了，拿柱斧随手一挥，把大臣的牙就打落了。大臣不干，低下身子去捡牙，揣在怀里收着。皇上看着就怪了，说你想干吗呀？难道你还想告我不成？大臣回答说，我怎么能告皇上呢？自有史官记录此事。皇上一下子就慌了。过去的人，不管是王公大臣还是平民百姓，都有一怕，都知道有个因果报应，自我都有极强的道德约束。皇上就说，这么着吧，你也甭生气了，我也是一时生气，我赔你东西吧。于是，又赔黄金又赔丝绸，赔了一大堆东西，这事就算了了。但此事还是记录在野史之中了。这事到底有没有呢？不知道。但它说明了一个事实，宋代是以文人治天下，宋代文人的地位非常高。

宋代对文人非常宽容。修文偃武更是宋代的国策，这也使得宋在中国历史大朝代中成为唯一一个跨过三百年的朝代。大汉王朝中间被王莽一刀切得干干净净的，西汉二百二十年，东汉一百九十多年，两个朝代加起来四百多年。唐朝二百八十九年，明朝二百七十六年，清朝二百六十八年，都没有跨过三百年。这就叫寿数，跟人一样。过去人的寿数大约是七八十岁，一般人到这岁数就都没了，走了。也有人长寿，但活过一百岁的寥寥无几。

三百年对中国历史来讲就是一个大限。比如周朝将近八百年，分成了西周、东周，而东周又分春秋、战国，各二百多年，都没到三百年。一个王朝就跟人一样，也是有一定寿数的，唯一跨过三百年的只有宋朝，两宋加起来长达三百一十九年，就因为它是以文人治天下的。而上面这个故事讲的就是文人的作用。

南宋有一本书叫《谈苑》，跟现在的小说差不多，就是一本小说集子。书中说，开宝中王师围京陵，就是把李煜围了。赵匡胤想，你李后主成了一个手下败将，那你就应该到我这儿来拜谒，来给我磕头啊。但李煜没来，有大臣就给赵匡胤解释，说他不是拒绝来，而是不敢来。宋太祖正色道：你也别多说，没有用，江南也没有罪，他们也没什么罪，但天下是一家，卧榻之侧岂容他人酣睡！这是赵匡胤最有名的一句话，载入了史册。这事是不是真的我们也不敢说，但这说明了赵匡胤的一个治国理念。这个故事记载在南宋一本叫《类说》的书上，它引用的正是《谈苑》。对于读者来说，真伪不重要，其中的道理才重要。

再比如，项羽烧阿房宫是不是历史真相呢？一般人都认为是。我有时候也说这就是真相，阿房宫就是一把火给烧掉的。这最早还是诗人杜牧说的。阿房宫到底烧没烧？其实谁都不清楚。为了找到答案，中国社科院考古所和西安文物保护单位用了好几年时间，也没有找到大规模火烧的痕迹，就怀疑阿房宫根本就没有建成过。但阿房宫在《史记·秦始皇本纪》里都是有记载的，说它确乎存在。其实，阿房宫根本就没有建完，只是建了一部分。那么，项羽烧的是阿房宫吗？不一定。据《秦始皇本记》记载，项羽烧的是秦宫室，就是正宫，而不是行宫。《史记·项羽本纪》中记载说：火烧秦宫室，三月不灭。这事准不准呢？有可能是准的。因为司马迁写作的时代距离秦代非常近。

之所以说项羽一把火烧了阿房宫，是因为杜牧的《阿房宫赋》："六王毕，四海一。蜀山兀，阿房出……楚人一炬，可怜焦土！"但杜牧生活在唐代晚期，离秦朝有一千年时间，一千年以后的一个诗人写的一句话，就这样变成了所有人的史实？在阿房宫遗址的考古勘察中，并没有发现一处被大火烧过的痕迹。与此同时，在秦都咸阳第一、第二、第三宫殿处，却都有火烧的痕迹。因此，《史记》记载项羽当时烧的应为秦都咸阳宫，而不是阿房宫。这就是拿证据来说话，但这事的真假其实也不重要。

和氏璧改制为传国玺的故事缺乏实证

秦朝发生的很多事情，我们都已经不清楚了。最不清楚的事情，是和氏璧是否变成了传国玺。一个帝制王朝建立以后得有一个证据，就是谁说的为正史，或者谁是正宗，所以要做一个国玺。秦始皇要把国玺做好，好代代相传。国玺上刻有八个大字，据说是李斯写的，叫"受命于天，既寿永昌"。这话说得多好，意思就是说我这寿命，都不是自个儿白来的，而是上天告诉我的、给我的，因此我既要活得久又要兴旺。

后来，这传国玺哪儿去了呢？不知道。传国玺是用什么材料做的呢？据说是用和氏璧做的。和氏璧后来变成了天下宝玉，一个是和氏璧，一个是随侯珠，都是两件国宝。皇帝用和氏璧改制了玺。玺是皇帝用的大印，代表国家权力，天子所配曰玺，臣下所配曰印。后来，皇帝的玺改为了宝，清代皇帝印章都是什么什么宝。史书记载，称传国玺四寸见方。问题是，和氏璧怎么才能做成玉玺呢？我们都知道，璧再厚也不过一厘米，出土的从战国到汉代的玉璧，最大的也就三十多厘米长，厚度也就一厘米，怎么才能做成玺呢？我死活想不通这事。

关于传国玺的下落，说法五花八门。这东西到底什么时候丢失的？不知道。

中国人历来认章不认签名，就是因为有印章文化。至少从战国开始，印章就比较流行，印章文化长期伴随着中国人。到今天，中国人在合同最后一句都愿意写上"盖章有效"，签字都不重要，一定要盖个章。早期战国到汉的印章

人只能无限接近历史的真相

都比较小，一般人的甚至不到一厘米见方。当时最大的印章就是皇帝的了。现在能看到的实物，就是南越王出土的印章，其中有两方比较说明问题。第一方是金印，三厘米见方，高一点八厘米，上面写着"文帝行玺"。它自称是帝，其规制应该跟帝制是一样的。还有一方玉印略小，就是两点三厘米见方，而高度也是一点八厘米，也写着"帝印"。

我十三岁那年（1968 年），陕西咸阳有个大我一岁的孩子，下学回家，远远看见地上有一东西，拿脚一踢，出来了，上头雕得挺好玩，下面还有字，但一个都不认识，他就攥着这玩意儿回家了，拿回去给他爹看。他爹也不认得，拿着东西就去了西安。到了西安，他想：我得找一明白人看看。就去了博物馆。他本来想干吗呢？他想自个儿磨一个章，就是把印纹磨下去，刻上自己的名字。大部分民间使用的印章都是用石头刻的，印材都是寿山石、八林石、青田石，这些石头都非常软，拿刻刀就能刻动。但玉刻不动，也没那么好磨，就没刻成。

他拿到博物馆找人看，发现原来是皇后之玺。原来，孩子路过的地儿是个墓葬区，他捡到这印的一千米外就是刘邦和李后的墓葬。人家就开始推算，皇后之玺，这东西有可能就是吕后的印。这印边长二点八厘米，高两厘米，跟"文帝行玺"的规制差两毫米。"文帝行玺"是汉代的东西，皇后之玺也是，这就证明，当时最大的印章也就三厘米见方。《汉宫旧仪》还有记载，说皇后的玉玺文与帝同。这玉玺全国仅见一只，肯定是西汉遗物，在学术上也没有争议。在 1968 年那会儿，文物根本不值钱，也就没人造假。如果这东西被这农民攥到今天，他拿出来给谁看谁都不信，人会说，您捡的？那我怎么没捡着啊？如果这玉玺在民间存到今天，肯定争议巨大，很多人会认为不是真的。这就是鉴定上的一个难点。

印章后来是越做越大了，尤其是皇帝的玺。汉代的玺大约三厘米见方，到清代就十厘米见方了，一路走下来，越来越大。如果有人说有个帝制的印章，大概多大，就能推算这东西大概是什么时期的。这就是一个规律性的东西。规律从某种角度上讲也是一种道理。知道了这个道理，就可以进行合理的推算。所以，关于和氏璧国玺的记载，从证物角度讲，一定是有误的。

为什么要用玉来做印？因为中国人认为玉有信。玉器一旦雕成印章，就不得更改了。金属就不成，金属还可以熔化后重新还原，故没有信誉。所以，明清两代国玺和皇上用玺都是玉制的。还有一个词叫"天降祥瑞"，瑞就是玉。

还可以以此反推。比如随侯珠的故事，随侯救了大蛇，放生了。有一天，随侯遇到风浪，大蛇就从水里冒出来，托着一个夜明珠。这故事听着就不真，因此和氏璧的故事也可能失真。但故事失真不重要，重要的是它传递的信息。这个信息是故事所要讲明的道理。这个道理就是，像卞和这样的人发现了金山这块宝玉，最终一定要献给楚王，将其价值体现出来。

所谓历史的真相，实际上我们是没有能力还原历史真相的。我知道的历史就是从书上看来的，我把书背下来给你讲一遍，但不一定就是真相。但是，我们又很怕历史虚无主义，因为大的脉络是清楚的，每个朝代的兴衰也是清楚的。要不然，唐太宗也不会说"以史为鉴可以知兴替"。沈括的《梦溪笔谈》记载有这样一件事：太祖赵匡胤问赵普天下何物为大？赵普说这事你得让我想想，我现在没法回答你。赵普回去想了一宿，回来告诉皇上，说我觉得天下道理最大。赵匡胤听了频频称赞，说你说的真是这样。按一般人理解，赵普要巴结皇上，就会说天下肯定是天子最大啊！但赵普说是道理最大。所以，我也强调：历史没有真相，只残存一个道理。摸出这个道理，或者理解这个道理，或者懂得这个道理，或者传播这个道理，就是我们今天读史的真谛。

脱
手
秀

　　这块璧是西汉的，尺寸在玉璧中算大号的，有纪录可查的大于这块璧的实物，全国不会超过十块。这块玉璧的尺寸不到三十厘米，三层纹饰，外面是饕餮纹，中间是蒲纹，里头又是饕餮纹。

　　这是西汉的玉璧，卞和的和氏璧也就是这么个东西，再大也大不到哪儿去了。今天看到的从战国到西汉的璧，最大就三十五厘米左右，厚度也就是这么个厚度，裁不成四寸见方的玉玺。从战国到汉代之间的玺印，一般都是覆斗状，有的上面带一个桥型钮，有的是一个钻孔，形制上没有太大区别。其厚度与体量是有一定比例关系的，不可能做得这么薄。如果传国玺做这么薄一片，上面还刻着字，拿都拿不住，没法盖。从这个角度上讲，传国玺一定不是和氏璧改制的。

　　传国玺究竟是个什么样子？史书上有不同记载，我们也说不明白。璧在中华文化中是礼天的，从这个角度上想，把和氏璧改制为传国玺是说得通的。苍璧礼天，《礼记》中就有记载。

龙的演化

龙图腾集纳九种动物之长

电影《大圣归来》中间有一段场景出现龙的形象，满场沸腾，因为那龙太漂亮了。龙的出现，实际上是源于我们民族的一个情感寄托。祖先对自然世界认知有限的时候，就总希望有神出现。但如果这个神灵看不清楚，我们就没法膜拜它。所以，就要攒这么一个图腾。

中国人的图腾跟西方人不一样，我们的图腾不那么具像，西方很多民族的图腾都很具象，具体到了某个动物身上，但我们的图腾却是一个总结。龙就是取各家动物之长，组成一个能上天入水、翻云覆雨，能幽能明、能大能小、无所不能的神，它在精神层面对后世影响巨大。

龙攒各种动物于一身，所以说龙有九似，像九个动物。鹿角，角似鹿。驼头，脑袋像骆驼头。蛇颈，龙身一到颈部就变得比较细，所以是蛇颈。蜃腹，就是大蛤蜊皮，一圈一圈、一道一道的。虾眼，往外突。鱼鳞，也有人说是鲤鱼鳞，一片一片的大鱼鳞。虎掌，龙爪中间的肉垫跟老虎掌心一样。牛耳，牛耳朵立着。最后是鹰爪。这就是龙的九似，即角似鹿、头似驼、颈似蛇、腹似蜃、眼似虾、鳞似鱼、掌似虎、耳似牛、爪似鹰。九似说法不一，但是中国人认"九"为阳数之尊，就是最大的一个数，所以要用九种动物之长。把飞禽走兽游鱼结合为一体，使龙的形象几千年来深入人心，跟它很亲。但也有点生疏，有个成语叫

"叶公好龙"，就是这东西真来了，你又有点儿害怕。

民间有一种说法，叫龙生九子，都不能成龙，各有所好。

九子中的老大叫囚牛，喜欢音乐，修养很好，一般蹲于琴头。一把好二胡，比较讲究的二胡，头上都有个类似龙头的东西，这就是囚牛。

老二是睚眦，主要镂刻于刀剑，在护手那里有个龙头似的东西吞着刀，就是吞口，叫睚眦。睚眦喜斗，成语"睚眦必报"，说的就是这人记仇，因为睚眦本身就嗜杀喜斗。

老三叫嘲风，形似兽，平生好显，好站到高处往远处看。在宫殿的房脊上守着龙脉。

四子叫蒲牢，受打击后会大声吼叫，一般都在钟上面，作为钟的兽钮。有的大铜钟大铁钟上面就是蒲牢，雄壮有力，助钟鸣远播。

五子叫狻猊，形似狮子，喜欢烟，一般情况下它都出现在香炉顶上。唐宋以来的很多香炉上面都坐着一狻猊，张着嘴吞云吐雾。

六子叫赑屃，似龟有齿，俗称王八，喜欢负重。所以我们常见王八驮石碑。

七子狴犴，形似老虎，喜欢诉讼。在官衙正堂两侧的，一定都是这狴犴。

第八个儿子叫饕餮，虎齿，人爪，还有一个大脑袋和一张大嘴，贪吃，见到什么吃什么，最后撑死了。今天有时候会说饕餮大餐，也就是这意思。它在青铜器上出现得比较多。

九子叫螭吻，口润嗓粗，好吞，明清以前大殿正脊两端往里弯着的两头兽，就叫螭吻。它的特点就是能灭火消灾。

龙生九子，有各种说法，明代大学者李东阳把它定了一个排序，其弟子杨慎也有一个排序，跟老师完全不一样。貔貅也是我们比较熟悉的，但不在龙生九子之列。李东阳和杨慎的排序中也没有貔貅，最多算龙的一个私生子，据说有嘴无肛，只吃不拉，能吞万物而不泄，大家都认为它能招财进宝、吸纳四方之财。还有人说它能辟邪，带来好运。我觉得，一个只吃不拉的东西，带来好运的可能性不大，它的肚子里积了太多的邪气。

唐代龙彰显大唐张扬气质

能够找到的最早的近乎龙的形象，是河南濮阳出土的一个早期仰韶文化墓葬，里面用贝壳铺了一条龙不龙、虎不虎的东西，姑且称之为龙。这个龙的形象已经存在了六千年以上。

华夏银行的标志是一个 C 型龙，就是所谓红山文化的玉龙。目前所知最大的一件玉龙在故宫博物院，曲长六十公分以上，就是如果把它掰直了，有六十公分长。有学者认为，红山文化的玉龙是鳄鱼，也有说是马，还有的说是猪。玉龙距今已有五千年了。山西出土过一个彩绘龙纹陶盆，尽管这个龙身上具备龙的很多特征，但其实还是更近乎蛇。这个彩绘龙盆距今有四千年。而殷商妇好墓出土的玉龙，比较接近于今天的龙的形象，距今三千年。

到了周代，文字记载就比较详尽了。比如《周易》里就有记载，叫"飞龙在天，利见大人"。这时候对于龙已经有明确的表述了。比如，孔子去见老子，回来就感慨"吾乃今于是乎见龙。龙，合而成体，散而成章，乘乎云气而养乎阴阳"。意思是说，老子的气场感觉不太像人，而像神。它在一起的时候，就是一个可见的东西；而一散开就什么也没有了。孔子这话说得很巧妙。

到了汉代，对于龙的解释基本上就跟今天一样了。《说文解字》说龙是灵虫之长，能幽能明，能细能巨，春天来的时候就登天了，秋天就直接下水里去了。从汉代开始，龙的形象一步一步地演化成形。汉代流行谶纬学，就是可以预知未来，今天说"一语成谶"就是这意思。

唐代的龙在文物中就能看到了，如铜镜、陶器等。故宫博物院彩绘陶器上的龙纹，都是修长的身子，很飘逸。汉唐之间龙的变化不是很大。唐代的龙看到最多的是唐镜上的龙，它介乎蛇体和兽体之间，身子是瘦长的，但更接近于兽。

现在习惯说唐宋时期，就是宋代尤其是北宋受唐影响很深。但对于龙而言，宋代是个分界线，宋以前的龙更接近于兽，而宋以后的龙更接近于今天的龙，体长，蟒身。其身体结构的变化很分明，早期的龙四肢特别强健，而晚期的龙则是身体特别强健，四肢就显得比较单薄。龙盘旋的时候，身体是丰满的、拧动的，这就给人以神秘的力量感。唐代的龙大约都是三爪，没有两爪的。唐代的龙很重要的一点就是，它的气息跟唐代的精神是一致的。大唐那种张扬的感觉，在龙身上表现得淋漓尽致。

明清龙跟皇家联系更紧密

宋以后的龙开始向世俗化发展，也就是老百姓开始肯接受了。比如，在盖房子的时候、绘画的时候，做各种东西的时候都随便应用。南宋以后，尤其北方的金代之后，龙的身体逐渐开始变长，也脱离了那种左右对称的构图。

过去说，皇帝用五爪龙，亲王用四爪龙，民间不许用龙，但这种规定在历史上从来就没有严格执行过。因为凡是有大国心态的时候，政府管理都比较宽松，对于龙爪的要求也就不那么严格。当时的四爪龙画得最多，只是到了清代以后，大量的官窑才开始画五爪龙。因为龙爪似鹰，鹰爪就是四个，跟鸡爪一样，但我们不能说龙身取的是鸡爪，难听。

我过去听老先生讲的时候，将其所说奉若圭臬，也认为三爪低、四爪高，五爪更高，认为是数爪子分等级。后来才发现，事情远不是那样。比如，雍正官窑中有三爪龙，这是明清以后龙的发展。其实，龙的发展在元代是个节点。元代龙最大的一个特点就是细颈，脖子细这人就精神。但也不能太细，细脖子大脑壳也不成，脑袋支不住。所以，元代的龙显得就生猛。还有就是长鬣，鬣毛很长。而明清以后的龙纹就越来越规范了。明代早期画龙的时候，还有点不大会画。比如明代早期瓷器上画的那些龙就叫比目眼，两只眼睛不会画，只好画在一边。但是作伪的人也懂这事儿，不要跑地摊上一看，以为你逮着了一个明初的大盘子。

在中国历史上，龙的形象代表了国家的形象，跟国家的气度有了直接的关系。晚明的龙跟晚明的国事一样，晚清的龙跟晚清的国事一样。但清初、明初的龙都特别凶猛。清代康熙时期的龙是最凶猛的，眼睛都努出来了，爪子、肌肉都是隆起的，二头肌都隆起来了，正面都是要随时扑过来的样子。乾隆时期国泰民安了，日子过得好了，龙也变了姿势。到了嘉庆以后，也就是晚清的龙，基本上就都是跳拉丁舞了。明清以后，龙跟皇家的关系越来越紧密，代表了真龙天子，龙袍是有规制的，不能僭越。龙袍有各种复杂的规制，是一个专业，那时候的龙袍也确实只能是皇上穿，任何人都不敢穿，穿了就要掉脑袋。

脱手秀

　　碗里有三条龙，两条龙首尾相接，一条龙追一条龙，中间还有一条龙，这条龙呈圆形。三爪，其中一个特长。三爪龙保留了唐代龙的一些特征，但比唐龙身体更显修长了；跟宋代的龙比起来，又更接近唐代。

　　唐宋之间有一个五代，这只碗就是五代时期越窑的巅峰之作。越窑做到这份儿上就做到头了，甚至比越窑秘色瓷的颜色更加鲜亮。秘色瓷是指晚唐越窑的颜色，它呈现的颜色最标准，以法门寺出土的瓷器为准。和秘色瓷相比，这只碗的颜色更绿、更鲜亮。又带有刻工，这种刻工在越窑后期才出现。早期的刻功都很细，这种阴线划的、小细线划的，是受了金银器的影响。碗背面一点纹饰都没有，碗底有垫烧痕，是垫烧用的，防止跟窑具粘在一起。

江

湖

杂

议

打眼（上）

"打眼"是跟"掌眼"来的

关于"打眼"，字典上有三个解释。第一个，说是这人显眼。比如说，那女孩真漂亮，站在人群中真打眼。这是打眼的第一层意思，就是显眼。第二层意思，是睁眼一看。比如说，打眼一看一片人，黑压压的。第三层意思，是指拿手枪钻在木头上打一眼，叫打眼。

打眼，说来说去都跟眼睛有关。在文物系统中，说这人打了眼了，就是看错了，眼力不好看错了，是眼睛有问题。每个人的眼睛都有问题，有各种问题。比如，你生下来的时候眼睛都很好，俩眼视力都是一点五，看什么都清楚。一上学，视力就开始下降。我眼睛现在还很好，远近看得都清楚。远近看得都清楚才叫眼睛好。如果近了才能看清楚那叫近视，远了才能看清楚那叫远视。我前些天去体检，有一只眼睛视力有点下降了，到一点二了，剩下那只的视力还是一点五，所以小字大字都能看。

有时候，眼睛视力好也看不清楚，那就需要洗眼。就是点眼药水。点什么眼药水呢？点眼药水就是洗眼，但中国人还有一项绝技，就是洗眼不用药水，而是用刀洗。四川就有这绝技，在集市上就能看到。这人拿一片飞快的刀，有人说眼睛不清楚了，看不了多远了，就在这露天集市睁着眼睛看着天，这师傅拿刀在眼睛上一刮，眼睛一闭再一睁，就能看出二里地去。还有一种洗眼的办法。眼睛里有个泪腺，眼泪就是从这个泪腺孔往外流。有人帮你洗眼，就把你眼睛扒开，揪根头发，头发不够硬，就揪根猪鬃，猪鬃消过毒，照着眼腺一扎，泪如泉涌，一会儿眼睛就别提有多舒服了，眼屎跟着都出去了，所以叫洗眼。过去古玩行里的黑话，叫打了眼了；今天南方人爱说吃了药了，意思差不多，就是错了。

“打眼”是怎么来的呢？是跟“掌眼”来的。比如这人特喜欢文物、喜欢收藏，但没眼，看不懂，就得请一掌眼的。让人帮着他掌眼，掌就是掌握的意思。这行里各种话都跟眼睛有关，比如，听说你买一好东西，给咱展一眼。意思就是你打开让我看一眼。比如，本来是能看好，没看好，就说今儿走了眼了。意思就是我这技术是足以判定真伪的，但今天一不留神走了眼了。就跟射击冠军打飞了靶一个道理。所以，打眼这“打”字太复杂了。

一知半解更容易上当

打眼分很多级。第一级，也就是初级。初级打眼的主要问题，就是自己技不如人却又急于求成，特别容易打眼，就是买错了。我也打过眼，买错过。打眼是正常的，不打眼长不大。我年轻时跟现在有点不一样，气躁，急，精力发泄不出去，没有白天晚上的概念。比如，白天老睡觉晚上却不睡，这基本上都是年轻人干的。那岁数大的，太阳一下山就耷拉了，困了。年轻那时候听风就是雨，谁叫你都得走。有人叫我说那谁谁谁家里有俩好东西要卖，去不去？去啊！赶紧去啊。骑着自行车，钻胡同，左拐右拐，最后到人家家里了。过去人住的条件不行，三十年前北京的老房子里，很多地方都得侧身过，又舍不得点灯。到现在我还发现，很多老年人都舍不得点灯。比如，我一回家看我妈去，我妈都把灯弄得特暗，我就不舒服。我说您为什么不弄亮点？舍不得，说浪费电。我们小时候都是人走灯灭，这叫节约观。跟人上人家去了，光线暗到跟蜡烛差不多。那时候，灯泡质量也差，买回来是亮的，使上半年光线就越来越弱，突然有一天就开始闪动，开始不正经亮了。那时候人还舍不得扔了换一个。我进去一看，这灯就是这么亮着的，而且永远是这种状况。

在那屋子里看东西，眼睛得跟着光影走，它一亮你就赶紧看，它一弱你就休息一会儿。那人家里有俩反青花，是长得跟将军罐差不多的鸡腿瓶，上身粗下身细，带盖儿，漂亮极了。当时凭自个儿的经验，书也读了，觉得什么都知道，一看是康熙时期的。康熙时期的瓶子当年应该能值个两三百块钱，就问人家多少钱啊？说一百块。一听一百块，行。讨讨价八十块钱就买了。我印象可深了，就是把这东西拿报纸裹了又裹、缠了又缠，然后还找一块布包一下，最后捆在自行车后架子上，骑回家打开欣赏，挺美。

什么叫反青花呢？一般的青花都是白地，用青花画图案；反青花就是青花作地，白的反出图案来，就叫反青花。等买回去以后，我忽然就明白了，怎么看怎么也不够康熙。好在那时候，假也是老假，这对东西是光绪时候做的假。一下就泄了气了，就别提多熬淘了。"熬淘"我说过好几回了，不说"熬淘"，我没法表达那时的心情。

"熬淘"是北京土话，有后悔、沮丧、难过、自责多种含义在里头，用一个词是解决不了你内心这种负面情绪的。一个人集各种负面情绪于一身的时候，就叫熬淘。比如，我有一朋友对所有现代科技的东西都特别感兴趣，不像我对老东西感兴趣。当年我去日本，那时候去趟日本不容易，他就说你给我带两个立体声喇叭来，说他酷爱这个。我好容易从日本千辛万苦地给带回来了，给他送去。到了他家，他就赶紧着急拆包，就在我去倒水的这工夫，就把喇叭接上了，然后一开，就听见嗡的一声，没了，烧了。为什么？电压不符，人家110伏，咱220伏，一下子就给烧了。烧了以后，他就坐在那儿熬淘啊。

接着说打眼，不能走得太偏。打眼的问题是，你掌握了一个小技术，觉得它一定是万能的，认为通过它就能获取巨大的利益。我这些年看得多，都是这事儿。比如，我们博物馆有鉴定日，人一来就是说，我这个苏麻离青，我这个

千辛万苦从日本带回来的喇叭，嗞啦一下就烧了

蚯蚓走泥纹，我这个蟹爪纹，我这个吸光斑，说的全是专业术语。他老以为掌握了这些东西，对鉴定就有所帮助。也确实有帮助，但没有绝对的把握，其实，大部分人都是在掌握了一般性技巧以后开始上当的。我当年也是一样，说墨分五色，一看这个康熙时期的青花墨分五色，有层次，结果一看光绪时期的也有层次，就不能理解这个层次跟那个层次有什么区别，所以就上当了。我一个朋友很有意思，他学钢琴从小就练三支曲子，这辈子就会弹三支曲子，多一支都不会。但就这三支曲子弹得特溜，上来咣咣一弹，有时候大家一高兴，说再弹一支，没了。这技术就不够用了。

打眼也是心理问题

一般情况下，每个人在学鉴定这事时都有一个过程。把假的看成真的不丢人，丢人的是把真的看成了假的。这事还经常发生，一看这东西太新了，就给"枪毙"了。事后你就会特别难过。头些年，我在上海看到一个青花釉里红的大鹿头尊，拍卖的时候，我说这么好的东西怎么卖这么便宜啊？他们说这东西是假的呀。我说怎么是假的了？说是光绪时期仿的啊。我说谁鉴定的啊？说鉴定组鉴定的。我说这是个真的，你撤下来卖给我得了。他说不行，已经拍上了。那就拍去呗。当时那东西就值个大几百万了，结果拍卖的时候，我囊中羞涩，不多出钱，起价八十万块钱，我出了一百万就不出了，身后一人多出十万块，一百一十万就买走了。买走以后东西就出了境。因为鉴定是仿品，就可以出境了。出境到了苏富比，在香港拍了一千多万。这就属于把真看成假的情况。

鉴定不是不能学，大部分人通过鉴定也都会有一个基本判断，剩下的其实是心理问题，就是技术关基本上过去了，但心理能不能过关是个问题。一个优秀运动员主要面临的也是心理问题。比如跑步、游泳，差距并不大，但在比赛的时候，有人属于兴奋型，一比赛就出成绩；有人却是训练型的，训练出成绩，一到比赛就歇了。我看过一个片子，讲的就是一个优秀运动员的心理问题。

技术鉴定也如此，技术关没问题的时候，就看你心理能不能承受得了。比如，你在孤立无援的时候，怎么解决眼前的问题？而打眼也有一个心理问题，那就是贪欲。说句实在话，贪欲每个人都有，今天出国买东西的大部分人，都不是真有需要，而是贪便宜去了。东西本身其实也没什么用，但是一看国外比国内便宜那么多，干吗不买一个？买一个就捡一次便宜。

打眼还有一个心理问题，就是过于自信。早年，天津旧家具特别多，我就老去买。买完就装车，别人帮你装车，就会恭维你，说你买的东西好啊，眼力好啊，东西便宜啊。我记得特清楚，装车的一人跟我说，马先生，这边还有一大案子，黄花梨的，便宜，您还买不买？我远远一看，还真是黄花梨的。我说多少钱？人说您就这得了，都正在装车呢，我们不跟您多要，您就给六千，我们给您装车，您就甭管了，屋里喝茶去吧。装完车直接就开回北京了。回北京卸车的时候，我在屋里看着那工人卸这大案子，两人上去就给我把这大案子卸下来了。我心里忽悠一下就凉了。这案子出问题了，它重量不够。我们都知道硬木家具，今天统称红木家具，甭管大小都比较重，跟普通家具比较起来分量更足。现在最重的一种叫紫光檀，比重是一点三，就是它比水还重百分之三十。所以，一般情况下你一拿这种家具就能感觉到那种分量。这个大条案两人一搭就下来了，肯定没什么分量，我就知道我上当了。那这大案子是个什么东西呢？行话说是贴皮子的。

过去跟今天明显不同，过去有钱人家喜欢家具，这人有没有钱一进家门就知道了，就是看他使用什么样的家具，也代表了他的社会地位。今天就不一定了，今天你上一人家里去，可能跟狗窝似的破破烂烂，但架不住这人有股票啊。但过去的人都很注重家里的陈设，过去的土豪们一定要用紫檀、黄花梨。那种半土豪怎么办呢？就是家里也有点钱，但又跟不上，又想讲排场，于是就做这贴皮子的。所谓贴皮子，就是用柴木做家具，再包上优质木材。最常见的贴皮子就是贴黄花梨和贴紫檀的。贴紫檀的还有一种叫包镶。包镶就是贴得比较厚，宫廷里也有这种包镶。宫廷为什么要做这种贴皮子东西呢？因为它要这东西上船，对载重有要求。所以过去皇上坐船的时候，船上搁两件硬木家具，常常就是这种贴皮子的，既要有紫檀家具的好看，又要减重。

对于这种贴皮子的家具，在专业角度来看，那就叫买错了，把它当实木家具买回来，那就是打了眼了。所以，当俩工人往车下卸这东西的时候，我就知道自己栽跟头了。这就是盲目自信的结果。好在那个年月的东西，跟今天比较起来也真是便宜，搁一搁，到今天就把过去吃亏的价差找回来了。这就有点像股票了，长期持股就有好处。

脱手秀

先看一个打过眼的盘子，五彩大盘子，非常漂亮，还画了十四个人，中间这人是项羽，举着一鼎，霸王力能扛鼎，那是一个著名典故。经验不足的人，包括经验足的远距离猛一看这盘子，百分之百是康熙时期的，因为康熙时期特征十足。盘子背面是双圈底，写着"大明成化年制"。我们都知道，康熙时很少写自己的年款，一般都是写前朝的。写得最多的就是大明成化、大明万历、大明宣德。背后的画法也是康熙时期的画法。但这东西是光绪时期的，它的颜色比康熙时期的五彩显得更加热烈，但这热烈是没有界限的，只是看多了会隐隐约约有一种感觉，就觉得它画得比康熙时期的更加满一些，颜色更加鲜亮一点。理论上讲，康熙时期五彩的颜色就非常鲜亮，在光绪时期很难仿得那么鲜亮。但不排除偶尔有仿得很好的。在光绪年间，这个盘子的仿制程度以打分论的话，做到了九十分。做到九十分一般就很难辨认了。实话说，如果这件东西是通过画面看，我也不大能看得出来，也不大敢肯定它是光绪时期仿的。但看实物，我就能确定它是光绪时期的仿品了。

光绪时期之所以仿五彩，是因为当时洋人有需求。清朝五彩彩瓷最初都是五彩，康熙后期引进珐琅彩，雍正时期引进洋彩，过去单一的彩色就被粉彩替代了。到晚清，西洋人进来了，他们反而不喜欢那种粉彩，更喜欢五彩，更喜欢我们传统的这种平涂，喜欢这种热烈、单纯的表达。而我们仿的这种粉彩，包括珐琅彩、洋彩等西方彩瓷技术，对西方人来说并不新鲜。所以光绪时期大量仿制五彩，就是为了讨外国人的好。从某种意义上讲，这时候仿的五彩，主要是为了打外国人的眼，而不是打自己人的眼。

打眼（下）

不打眼就要先克服贪欲

学习鉴定，当技术基本过关以后，就完全是心理问题了。这跟一个优秀运动员一样，平时训练表现很好，但比赛时不出成绩，那就叫优秀训练员，而不是真正优秀的运动员。技术要求比较高的运动项目更需要过心理关，比如短跑，跟长跑比较起来，短跑在十秒八秒内就要把事情做完，心理有问题的话，在这么短的时间之内是没有机会调整的；比如射击，有的运动员在高压之下，最后一发决定胜负的时候就打飞了。优秀的射击运动员闭着眼睛都应该打到靶上去，不能打飞了，但结果他就打飞了。他在瞄准的时候心理压力太大。

而对于一般人来说，面对的不是心理压力的问题，而是要克服自己的贪欲。我过去碰到过很多事，都是因贪而起。十多年前，朋友打来电话，说有个老先生买了件很重要的东西，希望我帮着给掌一眼。一般情况下，我都不太愿意管这种事，因为也有个责任问题。但这是熟人打来的电话，我就只好等着。那老头一进来，我就知道他是受过良好教育的人，一看着装举止就知道。果然，老头是个工程师，退休了，喜欢上了收藏。老头从书包里颤颤巍巍掏出来一个盘子。我一瞥就知道，老头肯定是买错了，行话说就是打了眼了。当时因为我急着出去，所以话就简单，说您这东西是个新的，不可能是个老的，您自个儿喜欢您就自个儿玩吧。我刚说到这儿呢，老头脸就煞白了，那汗眼瞅着就下来了，人也开始哆嗦。行话叫弹弦子了，就是要哆嗦了。这一下子就把我吓着了。老头那么大岁数了，万一犯了病什么的，我这还有责任呢。我就赶紧又说，您别往心里去啊，我这说话不算数啊，您赶紧坐下来先喝点水。我就招呼工作人员给他倒水，结果这老头坐都坐不下来了，也不喝水，就激动、难受。我问怎么回事，老头旁边跟着的人说，老先生买这盘子花了一百二十多万元，还有整有零的。当时我就一愣，说他又不懂，怎么敢花这么多钱？一百多万在今天也是大钱啊，何况是十多年前。老头把他一辈子的积蓄，加上退休以后帮人家做的各种工程的钱，弄到一起一百多万，全搂到这一盘子上去了。

那是个什么盘子？汝窑。汝窑为魁。到今天，我天天看到各种各样的汝窑，每个人都觉得自个儿的汝窑是真的。一到鉴定的时候，我就经常碰到这种事。我就说您懂这个吗？老先生说不懂。我说，不懂您怎么敢动这么大钱去买这个呢？他说是去河南买的。河南当然是出汝窑的地方了，清凉寺、宝丰都是汝窑产地，但问题是造假也是那边造啊。今天这汝窑造假的高手全在河南。老先生说我不是特意去买这东西去了，是我撞见了。老先生说我去是想买点别的，到那儿正喝着茶，有人说那边正出土呢，带您看看去。他就跟着那个文物贩子一块到了田间地头上看出土去了。老头是个科技人才，但他哪见过出土是怎么回事啊，术业有专攻嘛。到了现场，人家那儿正一锹一锹往外筛土，往外挖呢。有人一锹土带着这盘子直接就给搂上来，扔老头脚前头了。老头一看，这不眼瞅着是挖出来的吗？一把就把这东西拿来了。结果所有人都扑过来抢这盘子，说这不是您的啊，这东西不能卖您，我们要拿走。老头哪能撒手啊，就说不行不行，这事是缘分啊，它到我脚跟前了就是缘分。

谁知道人家头天就练这个了，拿一盘子带着沙土往上搂，要落地不碎，得练一阵子。那旁边本身也都是软土，再加上这一锹是带着土带着盘子一块儿搂上来的，那盘子肯定碎不了。但老头不懂啊，觉得是个缘分，攥在手里不放。人家说我们这盘子值大钱，这么多年就没见过完整的汝窑盘子，怎么能卖给您？您一外行，您千万别买。所有人都拦着这老头，这戏都得演足了啊。但这老头贪，老头那时心里有一魔鬼，就是冲动，他冲动了，那魔鬼全到嗓子眼了，他说不行，我非得买。人说您买也买不起啊，这东西贵了去了，一个都得五六百万啊。老头说我没那么多钱，但我倾家荡产也要把这东西买了。这帮人就跟老头来回拉锯，又折腾又吃饭，老头还请人家吃饭，给人家点烟，最后给了人家一百二十多万。老头满心欢喜，丝毫不怀疑这东西。他不懂，但这是亲眼所见，他就认了。所以说，亲眼所见，未必就是真实的。当时确实是你亲眼所见，但你不知道头一天这哥们在这儿练了多少锹了。我说，这东西一看就是个新的，而且是百分之百，您就别抱有幻想了。老头哆嗦了。然后我就劝他，说咱这东西，如果您能找着当时领您买东西的人，看看能不能退一部分钱，自个儿损失点把它退了。

那天以后，我也接受了一个教训，就是说话不能急。尽管那天我急着出去办事，但是也不能上来就给人家的东西判一个死刑，应该把话说婉转点，尤其对这种年事已高、没有经验又抱有梦想的人。我们得学会婉转地说话。

专注于细节可避免打眼

我也有过这种吃亏上当的事，因为贪欲是一个正常的欲望嘛。

有人晚上来电话说，发现了一个大官窑罐子，特棒，你得去看看，你不去不成。那人是搞音乐的，过去那乐团一年也演出不了几场，演出的时候拉拉小提琴，平时闲着没事就给我们拉拉买卖。我说晚上不行了，黑咕隆咚的，咱第二天说，大概多少钱说好了。第二天，我们打车去了，我让太太在车上待着，说你拿着钱，别跟我上去。谁知道上头是怎么回事啊？我上去，我不叫你，你就别上来。上去一看，那屋子是个办公室，各种人忙各种事，都不拿眼睛瞄我。我后来才想，这些人都在演戏，都是极好的演员。然后这人就拎了一个巨大的箱子，跟电视机盒子那么大，打开一看，是一个乾隆官窑大罐大尊，青花的，特漂亮。凭我的经验和眼力，看这东西应该是真的。东西上面有一层油，油渍麻花的。我当时就

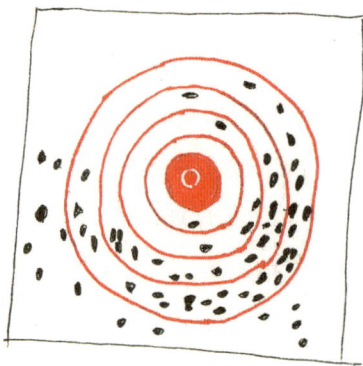

短时间没调整机会的事／
做起来压力都大

解释不了这上面的油是怎么回事。我觉得，他如果是从厨房拎出来的也就认了，但他是拎着箱子出来的啊。我想不通，但翻来覆去看这东西也没什么毛病。我说这上面哪来的油啊？他说不知道，说没事咱擦擦看。他当时就从屋子里的床上拿了一条枕巾，照一地儿噌噌擦两下，那块地儿就没油了，干净了。

我一看，确实没什么事。但我还嘀咕这事，觉得所有细节必须都能解释，我才能够下决心。我说，这么着，咱不在屋里瞧了，您这屋里光线还是不足，咱拿到走廊上再看看去。就到走廊沙发那里，冬天的阳光直接就照在这东西上了。我平时看东西都不拿放大镜，但那天鬼使神差的，兜里竟然有一个放大镜。我就拿着放大镜一点一点地看，终于看到了一个问题：那东西上面有一条巨大的口子，从上到下几乎贯穿，修得非常好。但那时候的修复跟今天也不一样，那时候凡是修过的地方都不怎么反光，一眼就能看见。为了解决这个问题，就把这大罐子搁在餐馆炒菜的灶台上，搁俩礼拜或是俩月，就糊上一层油了，就分辨不清了。他知道哪儿修哪儿没修啊，所以他拿枕巾擦的那块地儿当然是没修的，你也看不出来。我当时要不是灵机一动，让他拿到太阳底下，要不是那天鬼使神差地带着个放大镜，当时就交割了。但我当时还是心里一激动就买了，因为这东西便宜啊，只是正常价格的三分之一或五分之一。

过去有一句话，叫"瓷器毛了边，不值半文钱"。就是瓷器只要有了残，价格就只有百分之五了。意思是这东西本来可以卖一百块，残了就只能卖五块钱了，五块钱也许都没人愿意要。但是，今天已经不是这样了，今天的残器也逐渐地在升值，最贵的残器都卖一个多亿了呢。大家开始不大在乎这残了。就跟我结婚那会儿，在乎你是不是二婚，但今天的人根本就不在乎一样。我们上一代人结婚的时候更厉害，他还在乎你是不是处女，今天更不在乎这事了。

恶意做局容易造成打眼

我们说打眼是由贪欲引发的。但还有一种打眼则是源于轻信。

人为什么会轻信？这是由环境造成的。让你进入一种特定的氛围，在这种环境里你就愿意相信它了。过去，这种恶意做局的情况很多。好多年前我就碰见过。做局首先要求环境与他卖的东西相符。比如说你一进家，那门窗都不严，进门就是床，一国宝扔在床上，这就不大可能。得是那深宅大院，整个环境跟这东西匹配。当年有人叫我，说有一大批东西都特好，要是买下就发大财了。说是澳大利亚华侨的。我说华侨跑这儿卖东西就不是真华侨。说就咱北京人，移民澳大利亚了，要把东西都处理掉。于是我去了。一进院门，那院子还真行，是那种标准的四合院，收拾得特干净。人家还领着我在西厢房坐了一会儿，这主人才来了。西厢房往往都是做个书房什么的，有俩沙发，老头坐在那儿还跟我聊会儿天，不让看东西，先聊，东一榔头西一棒子聊半天，且不让看东西。这其实是一个很重要的环节，就是要让你着急。你不是着急吗？他就专门跟你说这些无聊的事，你也不好意思催，人家岁数比你大，那装束也比你好，还要经常看看表。他看那表不是看时间，就是让你看他的表，是块好表。看了十回八回以后，我说咱这时间也差不多了，茶也喝足了，咱看看东西吧。老头就说那好吧，然后就到正屋去了。

他底下有人，一看就是经过半专业训练的。为什么说是半专业训练的呢？

这拿文物的人，专业和不专业一上手就知道。我一看，就知道那人是个半专业的——就是经过训练，又不纯熟。他把东西拿出来往那儿一摆，我就觉得有问题，这里有雷，东西不真。但我也不能说什么，上来就说你这东西是假的，很难听的嘛。所以我就说行行行，这东西不错，先搁一边，看看您还有什么？一个两个三个四个就往外拿，每拿一个这老头都有话，每件东西都有出处，当年这东西是我祖上谁谁谁留下来的，当年我看着我父亲在哪儿买的，有的是我在澳大利亚买回来的，哪条街什么号，都说得夹杂着英文了，都特真。老头这套功课做得好，就是对答如流。但我知道这都是他自个儿编的。最后，他拿出了一件重要的东西，让我心里就乐了。这东西是他刚刚两月前仿的。因为跟这个行业很近，什么时候突然冒出个什么东西的仿品，我大概都知道。两月前我就见过这东西，仿的。我说这样，我挺尊重您的，您就别说了，最后这件，我说这东西在您家不会超过仨月，如果我说错了我今天算白看，我觉得您那些东西都不好。我这言外之意就是说，您这东西都是假的。这老头还是经历过事的，气定神闲地跟我说，假的就是假的呗，不就是你不买吗？有人买。

　　我就觉得，这事幸亏没打了眼，要打了眼当年就是我人生最大的一个劫了。人生有很多劫，如果你特别喜欢什么，不在这上面栽跟头是不可能的。打眼就是把这东西看错了，看走眼了。打眼和走眼之间的区别在于，走眼是你有这个本事，由于粗心没看出来，一般来说这就叫走了眼；你本事不足看不出来，这就叫打眼。在文物收藏中，打眼是常事。搞收藏的人都有一个打眼的过程，但很荣幸的是你面对的是器物。我觉得，人生中最重要的就是看你看人是不是打过眼。我这人生走到今天，也经历过无数人，也有两个人我看打眼了。过去说交友不慎，就是在你交友过程中一定有打眼的，人好人坏迟早是会被证实的。

　　回过头来想，我人生碰见这两个被打了眼的人，都有一个共同特征。这个特征连我的司机都能发现了，我那司机说他俩有一特征，就是他俩跟你说话的时候，眼神是犹疑的。就是说话的时候眼神不停在动。为什么动呢？就是他内心有所想。我就想，如果我打眼的这两个人要是彼此成为朋友，又会如何呢？

脱
手
秀

这两个东西都是鼻烟壶，画得基本一样。一大一小、一厚一薄，白玻璃胎，画珐琅，底下写着"乾隆年制"，画得精美无比，画得细嫩妩媚。把一个鼻烟壶画得这么妩媚，上面还有花鸟，反映了那个时代的人的内心。一个是乾隆时期的，一个是光绪时期的，看着基本一样。但这俩其实都是光绪时期的，都是仿品，只是尺度略有不同。因为当时是人工做，没有模子，所以不可能大小一致。它是晚清到民国初年仿乾隆时期珐琅彩的鼻烟壶。从某种意义上讲，画得比乾隆时期的还细致还嫩，但明显没有了乾隆时期的那种自信。这种感受就非常社会学了。就是说，如果从科学角度上说，就讲它的笔触如何、画意如何、准确度如何，但从社会学角度上讲，尽管这个东西画得那么好，却画得不够自信，因为工匠的全部注意力都在技法表达上，而乾隆时期的这种鼻烟壶往往都是注重内心的表达。

清代鼻烟壶，集清代工艺之大成，有什么材料就有什么材料的鼻烟壶。如果你对乾隆时期这种珐琅彩的鼻烟壶，或者对当时珐琅彩的画法比较了解，你就很容易看出来仿者和真品之间的差距。这差距是内心的，不是技术。

鉴定（上）

鉴定过程中遇见很多奇葩持宝人

　　讲过打眼，有人觉得还要讲讲鉴定。但我老觉得，这鉴定没法教也没法讲。这就跟厨师讲做菜似的，你按照厨师的做法去做了，你那菜也还不是他那味儿。鉴定就更是这样了。连着得有十年了吧，我每个月有两次向社会开放鉴定日。这鉴定日为什么要开放呢？是我认为，人要跟社会保持一个通道，当这个通道封闭的时候，你就不知道社会信息了，你的鉴定能力也就会下降，你很快就会被历史淘汰。

　　在鉴定过程中，我发现了很多奇葩持宝人。

　　持宝人有各种各样的，大部分还能实事求是，但少数人并不如此，生怕你不认他这东西，一来就先给你讲故事。前些年一次来了三四个人，进门就跟我讲故事。这故事有意思，开篇就惊人。上来就说，他们家祖上是太监。祖上是太监也不是不可能，太监虽然不能生，但不代表他就不能结婚、不能领养。所以，过去很多著名的大太监也是有后人的，只不过这后人也不愿意说这事儿。过去祖上是太监也不好意思说，可这位进来就说我们家祖上是太监，就差点说他祖上不是安德海就是李莲英了。

　　我说，这太监不太监不重要，您把东西拿来我看看。人家说，他这东西名字不知道，让我给断断。我说，有一专业术语叫鸡心罐，就是底下大上面小这种形状的。有人那脸就长这型，底下大上面小，瓜子脸长倒了。这西瓜子长倒了的形状，就叫鸡心罐。这鸡心罐，明清两代不流行，都是近些年才流行的；而且这东西一看就是个出土的，不是他家祖上所能传的。有人拿过东西来，我一看，说这是家传的吧？那人就说你怎么知道？因为这家传的东西上带有很多家传的信息，一两句话说不清楚。比如，一人到你跟前一站，你就说大学刚毕业吧？你是怎么知道人家大学刚毕业的呢？就是你动用了你全部的社会经验做出的一个总体判断。他刚毕业，正找工作呢。让你说着了。这就是一个鉴定过程。

这人拿来的东西叫鸡心罐。但他说他不知道，就说这是他祖上传下来的。我说不对，因为他拿的这东西太尖了，就是器型有问题。人说这器型怎么就不可能太尖呢？它就是不可能太尖了，因为它有功能需求。比如壶嘴就能特细，但再细它也得倒水流畅。有时候有人也拿壶来，我就说试过水吗？问干吗试水啊？我说你试试水，你这壶根本不出水。结果一试，说它不出水吧，它往下滴答，一点一滴，像老年人前列腺不好的时候；说它通吧，它又滴滴答答不太通。所以，这种东西一看就不是实用的，设计中有缺陷。所以我说您这东西甭跟我讲故事，这东西是新的，你家祖上未必是太监。这一窝人就作鸟兽散了。

我还碰见过为了堵我的嘴，上来就说这是我爷爷留下的。我就说小伙子，你说这个没用，因为很多东西你是不懂的，你以为是你爷爷留下的就是老的吗？我告诉你，这东西是新的，没多大年龄。他说不可能，这就是我爷爷留下来的。还咬住了去说。我就说那你爷爷也没多大。我只能这么说了。他听不懂还跟你掰扯，我就不愿意跟客人掰扯。其实他心里知道，这东西肯定不是他爷爷留下的，是他自个儿在地摊上买的，只不过想借他爷爷来堵住我的嘴，让我告诉他这东西是老的。

有一回，一小伙子来了就说，说他那东西是家传的。我说这不可能是你家传的，这东西都是出土的，起码是元朝的。他说我们家祖上就是放羊的，就是蒙古人啊。反应快吧？我们不能保证现在十好几亿人里，就没人从蒙古时期，从元朝就把这东西一代一代传到今天。但这东西如果从忽必烈时期传到今天，至少要经过二三十代人。过去的人生孩子早，从十几岁会生到三四十岁，平均二十五岁算一代人，平均一百年得走四代人，七百年要走二十八代人。二十八代人把这么个东西一代一代地传下去，理论上是有可能的，但实际上没可能。

很多人来鉴定都不愿意说实话，老想用一个假设前提来影响我的判断。有时候我上去就问你这哪儿来的啊？我问的意思是您这东西打哪里来，从东北来的，还是从西北来的？有人上来就说是买的。这就是一个很好的态度。买的，不懂，所以您给判断判断。但有人就不这么说，来了就说是祖传的。我有点不好意思问他，你往上看过几代人啊？备不住你连爷爷都没见过，就说祖传的。有时候我就跟他闲聊两句，跟着冷不丁问一句，买得贵吗？说不贵。祖传的，还买得不贵，前脚就把后脚的事忘了。这就是我在鉴定日经常看到的景象。我想，很多人不明白，历史的发展是有规律的、有一条线，每道线都会有断代标准，什么东西历史上什么时候才有的，你不知道不代表别人也不知道。

知道器物的演变过程，鉴定就容易

每个东西都有它的历史局限，最初的一个局限，就是它什么时候才出现的。比如，手机什么时候才有的？手机在中国出现的历史不超过三十年。何以见得？很简单，中国移动公司什么时候成立的，什么时候才有手机。三大移动运营商，中国移动最早成立，其次是中国联通，再次是中国电信。中国移动 1987 年 11 月就在广东成立了，距 2015 年已有二十八年时间。这个时间节点就非常重要。如果去拍电影、拍电视剧，只要是拍这个时间以前的，里面就不能出现手机，否则就穿帮了。我记得最初有手机的时候，大概是 1990、1991 年，那时候还都是"大砖头"呢，出门拿着，又狂又傻。傻狂傻狂地拿手里，吃饭的时候全戳在桌子上，都能挡住视线。那种手机到今天已经变成文物了，有人收藏。通讯方式变得越来越便捷，手机也逐渐变小，最后变成现在这种触屏的，这个过程长达二十八年。如果把这二十八年捋一遍，就可以很清楚地知道，手机是什么时候开始有滑盖的、什么时候有打开式的、什么时候有触屏的。但是，如果几百年时间过去，后来人就未必能知道了。

文物专家知道很多东西确切的演变过程，他的界限就非常清楚，就知道什么东西是什么时候有，什么时候没有。比如鼻烟壶，就是清代有，明代则肯定没有。到目前为止，我们在全世界范围内还没有找到过一个明代出产的鼻烟壶。

每样东西都有它的历史局限

我们能看到的最早的鼻烟壶也是清顺治元年的，铜制的，一物两用，一面鼓一面凹。为什么要有一面凹的呢？就是方便把鼻烟搁在上面抹，抹完了好往鼻子上抹。鼻烟壶到中国，是万历年间由传教士进贡给皇上的。为什么到了中国就改变了容器呢？是因为中国吸鼻烟的跟欧洲吸鼻烟的不是一类人。欧洲吸鼻烟的人都是贵族，都是在屋里把所有的事儿准备好了，自个儿拿出一个鼻烟盒，上面都是画珐琅的，特精致，打开鼻烟盒把鼻烟弄出来吸。满清是骑马民族，骑在马背上怎么打开盒呢？就必须搁在这鼻烟壶里头，倒出一点儿来吸食。所以，这鼻烟壶也就有个非常清晰的界限：明朝绝对没有，有的都是清代的。所以，有谁给你打电话说，他发现俩明朝鼻烟壶，你不用问也知道，那一定是后仿的。

再有，就是大家都比较熟的家具。中国人是什么时候开始有硬木家具的呢？所谓硬木家具，就是今天说的红木家具，包括紫檀、黄花梨、鸡翅木、红木等，都算。什么时候开始有的呢？明朝晚期。因为在明朝晚期有了刨子。在所有工具当中，刨子出现得最晚。早期中国人做家具都是刮削，而不是刨削。刮削使的这个东西叫鐁。刮削有个问题，就是它貌似平的，实际却不平。刨子的出现，是中国硬木家具突飞猛进的一个前提。所以，明朝早期都是漆器，而没有硬木家具。这也跟文献记载比较吻合。明朝末期的范濂写了一部《云间据目抄》。云间是指上海地区。有一种做得非常精美的铜香炉，叫云间胡文明，意思就是上海地区有个叫胡文明的人造的。"云间据目抄"是什么意思呢？就是范濂在整个上海地区，那时也包括苏州，把自己看见的东西都写下来了。对于细木家具，当时他大概是这么写的，"细木家伙如书桌、禅椅之类，予少年曾不一见"。就是我小时候根本就没有看见过细木家具这类东西。细木家具就是硬木家具，也就是今天所说的红木家具。他又说"隆庆万历以来，纨绔豪奢，又以榉木不足贵"。就是说，榉木家具在苏州地区已经是非常好的家具了，但他们觉得这事儿还不够狂，就是"凡窗橱几案几桌，皆用花梨、瘿木、乌木、相思木与黄杨木，极其贵巧，动费万钱"。这就是那时候的文献记载。我们今天看到的黄花梨、紫檀，包括一些鸡翅木的优良的明式家具，大约都是那个时期的。

说刨子的出现是一个前提，但没有材料也不行。中国人又是哪天开的窍，开始用这么硬的木头做家具的呢？是在隆庆开关以后。紫檀家具是从哪里来的呢？过去书上说紫檀料都是当年永乐下西洋，满船去空船归的时候压舱用的，所以是在海外买的。说我们今天看到的硬木中的紫檀，大部分都是印度产的。但这说法没有确切的证据，我们也没有看到明代中叶以前有硬木家具出现，小件倒是有，大件确实没有。隆庆开关在明代贸易史上是一个极为重要的大事情，开关是指开放海禁，这直接促成了万历以后的社会富足。这些都是一些时间界限，如果你不知道这些，你的判断就肯定有误。

玉器也是这样的。对于玉器，很多专家一看就说这东西够乾隆。为什么够乾隆呢？这是因为，光是玉质的鉴定就有一条界限。我们知道最好的玉都是从新疆和田来的，在乾隆平定西域以前，新疆和田进入内陆的通道被阻隔，之后这玉路才被打通，大量的玉器原材料才运入内地，所以乾隆以后的玉器非常白，就有了"羊脂玉"之说。

了解历史比了解鉴定技巧更重要

前些日子，故宫博物院单霁翔院长在一次新闻发布会上突然说了几个观点，对文物界的影响非常大。他说，故宫博物院的专家跟社会上的人是不一样的，首先，专家之间、部门之间不往来，就是看玉器的、看书画的、看陶瓷的、看家具的互相不往来；第二，这些专家只看真不看假，故宫博物院收藏的没假的，他们看的就都是真的，所以要想去做鉴定就比较难。因为鉴定不仅要看真还要会看假；第三，这些专家自己也不怎么买，所以就不懂价钱。他这话其实是在告诫或者劝阻故宫里的那些专家，不要更多地介入社会上这些事。

我比较理解单霁翔院长的这些感受，可以说是深有感触。由于历史的局限，过去国家级博物馆、省级博物馆所属各个门类之间确实不沟通。早年我喜欢这事儿，也什么都不懂，又没有门户之见，是一个外行人闯进这里头去了，逮住谁就跟谁聊天。到陶瓷组聊会儿天，又到玉器、铜器、书画各组去，到哪儿都跟专家聊，后来我就逐渐发现了，他们之间互不沟通。比如，我说我想上谁那儿去，您帮我介绍一下。人家领到门口，连门都不进就走了，打个招呼说我还有事先走了。一开始没觉得有什么不对，后来时间长了才发现，各个门类之间的老先生都互不沟通。为什么呢？怕抢了别人的饭碗。

过去的文物虽然没有高低之分，但各部门或者各怀绝技的专家之间，却是有高低之分的，典型的就是软篇看不起硬篇、硬篇看不起杂项。软篇就是搞书画的，硬篇是搞陶瓷的，杂项听着就别扭，竹木牙角等都算杂项，至今也没命名。软篇里搞碑帖的又看不起搞绘画的，说绘画那两下子谁不会看？碑帖最难看，搞碑帖得懂学问，首先得把字认了，知道是什么时候的，知道是哪年拓的。所以，碑帖又有"黑老虎"之称，确实是难，所以搞碑帖的看不起搞绘画的。搞绘画的又看不起搞瓷器的，搞瓷器的则看不起搞玉器的，搞玉器的只能看不起搞杂项的了。基本上就是这么个路子。

我小时候是在医院长大的，发现医生也有这个问题。比如，外科医生看不起内科医生，说内科那病发烧感冒的谁不能看啊。外科医生里，胸外科又看不起普外科，普外就是阑尾炎，把肠子截一截，那医生说了，肠子上多剪点儿少剪点儿都没事儿，心脏能乱动吗？我听了，觉得是有点道理啊。我又碰见一位脑外科专家，连胸外科都看不上，说胸外科算什么手术啊，我这是脑外科。脑外科确实是厉害，你想咱把这天灵盖一打开，里头就是一核桃仁，剔哪儿都不成，弄哪儿都坏，他确实有资格看不起别的。

每个行当都有它自己的专业局限。比如，过去我喜欢陶器的时候，专门写过一本《瓷之色》，写各种颜色的陶器；还写了一本叫《瓷之纹》，写专画的陶瓷。将来我还会写一本《瓷之形》，就是说瓷器这形状怎么来的。瓷器的形状都不是白来的，为什么这个时期有而后面就没有了？为什么就这个时期独有呢？它肯定是有功能的。你要是比较熟这个，一看东西就知道大概是什么时候的了。瓷器上带有画意的，跟鉴定绘画的人一说，他就挤对你，说瓷器上那画叫画吗？你跟他请教这瓷器上的画，他都认为是对他的一种贬低。他们一谈就是吴门画派、金陵八家、扬州八怪，你跟他说我这瓷器上有个一水隔两山，他都不理你。但仔细看看，清初，当四王吴恽的山水风靡中国画坛的时候，中国瓷器上的山水就都是照这路子画的，所以当你对绘画史有所了解的时候，看瓷器就变得非常容易了，尤其这种带有画意的瓷器，触类旁通嘛。历史上每个时期都一样。比如"文革"时期的画，甭管是画红卫兵还是画工人、军人，画什么人物都是一个形态，都是这样大眼瞪着，扮演戏状态。这就是时代之间的相互影响。了解这些，比你了解那些技巧更加重要。所以，我觉得跟普通人去谈专业问题是很枯燥的。我跟普通人讲鉴定专业，就是对牛弹琴。对牛弹琴，牛非无耳而在无心，就是这牛不是没有耳朵，它听得见，但是它不往心里去。

脱手秀

一黑一黄一绿哥儿仨，本该一共八个，还有五个，按照行话说就叫失群的。这八个肯定颜色都不一样。一个上头刻了一个葫芦。葫芦是啥意思？不知道。葫芦里卖的是什么药？咱也不知道。一个上面是云阳板，还有一个上面是箫。这三件东西已经提供了一个信息给我们，就是这八个东西跟八仙有关。所以这东西就叫"暗八仙"，就是它不直接画八仙这八个人，而是画这八个人手中的东西。所以，我看到这三个，就可以推断出来还有五件；因为这三个东西的颜色完全不同，我也可以推断出来那五件的颜色也不相同。

东西是乾隆时期的，保存得很好，只可惜失了群。葫芦肯定是铁拐李的，颜色俗称剔红，其实是剔彩，是各种彩色。是髹了很厚的漆以后，很细致地刻出来的。拿手摸这东西的时候感觉还有点涩，像砂纸，但里头却非常新。这在过去的鉴定中有个行话，叫真赛假。就是这东西是真的，看着却跟假的似的。太新了。这东西保存得太好。这东西早年是日本人包装的，估计乾隆年出来没多久就去了日本，所以一直在日本搁在包装盒子里。日本人爱惜东西，又没经过大的社会动荡。所以这种土黄色里头就跟新的一样，但闻着啥味儿也没有。

漆器有个简单的鉴定方法，就是拿来先闻，这味儿一时半会儿去不掉，有一丁点儿味都是新的。这是乾隆时期所谓的淫巧之作，我们读《红楼梦》的时候，经常能看到淫巧之作，就是过了。这东西确实非常过分，一套八个颜色，每个都很精致。暗八仙还代表了道教精神，这东西其实一点都不道教，非常入世。其他五个失群就失群了，有时候也得看缘分，如果那五个漆盒不失群，这三个也未必能到我手里。

鉴定（下）

学习鉴定需要有天赋

学鉴定得有天赋，所有跟艺术沾边的事都一定要有天赋。这是我的一个忠告。比如学音乐，不管是学声乐，还是学器乐，如果没有天赋，你怎么刻苦，最后最多就弄成一熟练工种。比如唱歌，典型靠天赋的就是什么大衣哥、什么厨子之类的，唱得都比那专业的还好，这就叫天赋。跳舞、画画，凡是跟艺术沾边的事都一样。鉴定也跟艺术沾边，因为你要有感受，里面那微妙的东西如果你感受不到，那就没法学这个。所以，知己知彼，我劝大家首先要知己，知道自己是不是有这个感受，如果没有就趁早放弃。

再讲讲鉴定中的经验问题。经验，就是你经事多了，你就知道了。有时候这人一过来，你就知道他带着什么目的。比如，我年轻的时候就愿意坐在文物商店收购部跟老先生聊天。那些老先生现在可能都作古了。有时候有客人进来卖东西，老先生就起身迎人家，说什么东西啊？拿出来一看，差不多给个价。那时候人都穷，给点钱就卖了。那天，有人一进来就说，我这儿有张画，画得挺好。老先生就说，那我们就不收了，您回家自个儿挂着吧。那人说我这画是名画，是唐伯虎的。老先生说，唐伯虎的我们就更不收了，您就挂着吧。都没打开就把人给打发走了。我就纳闷了，说这人都没打开画，您怎么知道他那画就不是好画呢？老先生说，你听他那一口乐亭音，河北乐亭那地儿就不可能有好画。一个地区有没有好画有个前提，就是看它历史上是不是富裕。比如山西地区就出东西，我们都知道乔家大院、王家大院、常家庄园，过去就有很多有钱人，家里就会留下好东西。比如安徽徽州也出东西，但合肥就不出。合肥那地方甭看是省会，但它是一个新兴城市，文化沉积没那么厚。

所以，在过去，地域也能决定东西的好坏。但现在不行了，现在什么事都有可能发生。老北京到处都有喝街的，喝街是什么意思？就是在街上喊，谁家有破烂我买。其实他不买破烂，他是要买你家里的漏儿。喝街的成天这样走来走去，他就知道哪儿有好东西哪儿没有。比如黄花梨家具，二三十年前出得最多的有俩地儿，一个是江苏南通，一个是北京通县。北京的通县现在改叫通州区了，叫县丢人，得叫州。过去还有这么一副对联，上联：南北通州通南北；下联：东西当铺当东西。为什么通州南通这俩地儿的黄花梨家具多呢？因为它卡着了运输要道的两头。我们都知道，过去苏作家具最大的产地是苏州。苏州在苏南地区，苏北地区的通州离苏南还有一段距离，可是当时运输只能靠水运，苏州做完的家具就到了南通，然后上船，船一路向北，到北京，这北通州就算是最后一站了。所以当地有很多商人买卖这个家具。比如说，我订了十张方桌，从南通运过来，运到北京下船，开始往城里卖，结果三年下来卖了九张，最后剩一张怎么也卖不掉了。怎么办呢？就自个儿留着用了。所以过去在通县倒能找到很多黄花梨家具，而这喝街的最知道。现在很多国宝级的交椅、马扎，都是他从那儿喝出来的。人家家里不当回事儿，一个黄花梨马扎的面子上编的都是皮绳，后来都烂了。但拿回去重新一收拾，就是一件很好的文物。喝街的人都知道这些事儿，这就是他生活中的经验。

现在买东西都有专门的市场了。自打有了拍卖行，买东西就变得方便了。虽然价格比过去贵了，但它确实很方便，想买什么随你挑，挑完了你心里也有个价位，超过你的价位你就别买了，这事儿就变得很简单了。但过去不行。过去没有市场，也没有拍卖行，而只有信息，都靠人家给你提供信息。比如，有人老跟我说，谁家里有个东西，赶紧去看看。我进人家里，先看那环境就知道

家庭冰箱里要装
满过日子的东西

这是不是他家传的东西。其实这种情况有很多都是做生意的，但大家对生意人
有戒心，对家传就都没有戒心，他就只好把东西搁在家里卖。但是，家和家也
是不一样的，一个居住的家和一个临时的家更不一样。有人临时租一房子，布
置布置，就在那儿卖东西。这里也有两种情况，一种是他卖真的，但要寻求一
个高价，户里的东西有时候就不讲理，没有市场行情，就是我缺这么多钱，你
要给得起我就卖，给不起就不卖；一种就是卖假的，或者以次充好，那么他租
一个房子，你误认为他就是房主，但他卖完把房子一退，就走了，你再来就找
不着这人了。有时候我进人家里一看，就知道这房子是租的。我怎么知道的？
太简单了。有时候进人家家门，也看不出有什么不同。过去人家里都比较简陋，
但随着改革开放，中国人买冰箱都特早，就是最没钱的时候，倾家荡产也得买
一台冰箱。我一进门就看见冰箱，说渴了，拉开冰箱看看有什么喝的。拉开冰
箱你就知道是不是他家了。有人觉得这是一个很狭隘的经验，其实不然。你仔
细想，家里的冰箱跟宾馆的冰箱是不一样的。宾馆的冰箱一拉开，里面的饮料

都是成对的，俩可乐、俩雪碧、俩啤酒，一看就是宾馆。而这种临时的租户，那冰箱里面都比较空，一看就没过日子的东西。有鸡蛋、牛羊肉、鲜鱼、面条、蔬菜，这叫过日子。如果冰箱里面除了几罐饮料、啤酒，其他啥都没有，那这家就是租来的，就要小心他是不是有诈。

专家更易受环境影响

这些经验在今天也许不管用了，今天没人在家里卖东西了，都有市场了。但你到市场去也能判断出来，这人是个新做生意的还是个老生意人，看那屋里的布置就知道了。当然你也得有经验，没有经验的话看着都差不多。有人见你就说他做这行做了好几十年了，刚干上两年就得说好几十年，你就容易信任他。要说他上三代都是干这行的，你心里就放松警惕了。

现实社会五花八门，我讲的永远不会那么完善。我们每个人生活的社会层面是不一样的，我能看到的，是我经历的社会层面，比我高的我看不到，比我低的我也看不到，甚至同一个社会层面，角度不同我也看不到。所以，我们的所有经验都只能叫狭隘的社会经验。更何况还有一个心理层面，一个人的心理层面也是受环境影响的，同样的东西在不同的地方，给人的感受就不一样。比如一件东西它摆在故宫，搁在最重要的地方展览，所有人就都围着赞叹，国宝啊，真好啊，说这东西真啊。所有人都没看见底下还写着一个纸条呢，说是仿品。你一下子就愣了，说怪不得我看着就不怎么好呢。你马上就受到"仿品"这俩字的影响了。博物馆越大、越有地位，你看它的东西就越好，这就叫环境影响。比如，这些年很多人往日本跑，去看日本国宝性的茶展。那茶被日本人视若拱璧，我们也就这么坚定地认为了。到了人家的博物馆，都怀着一种毕恭毕敬的心情去看，感觉就完全不一样。如果这东西你在古玩城看到，它装在一个上好的锦盒里，你是一种感觉；它拿一张破报纸包着，从柜子底下抽出来，你是另外一种感觉。这就叫环境影响。

我很多年前去上海博物馆看过一次东西。汪庆正副馆长调出了很多好东西给大家看。上海人做事都比较严谨，在一个会议室，铺着白色的单子，每个人都正襟危坐，每人跟前还写一块小牌子。于是大家就谁都不敢先说话，怕说错了丢人啊，全是明白人啊。结果那天去了一人，本来不让他进的，说名单上没他，但他在门口赖皮赖脸，说看一眼它也跑不了，说你们都坐着我站旁边还不行吗。于是就让他进来了。就在大家都不说话的时候，他说了，上来就说这是雍正的，这是雍正仿永乐的，这是永乐的，不是仿，什么都敢说，而且还都让他说对了。当时我印象特深的是，汪庆正副馆长说了一句话，说你看这么多明白人都不如一个孩子。这孩子就敢说，而且都说对了。他为什么敢说呢？因为他没有地位，不受环境影响，逮住机会就赶紧说。所以敢抓住机会说话，也没什么不好。

我原来以为专家是不受环境影响的，其实他们更受环境影响。比如有专家上午看东西看得很好，就一件东西看错了。他为什么看错了，原因大家也都知道。因为别人是天天跟市场打交道的，而这专家就从不跟市场打交道。一种大家公认的最新仿品，老先生就没看出来。所以谁也没说什么。中午吃完饭休息，来了一个人，特执拗，觉得这老先生看错了就必须得纠正过来。就把这老先生叫到跟前说，您再仔细看，这东西不对，怎么回事，一二三四五六七八九十跟人说完了，这老先生再一看也明白了，上午确实看错了。老先生的心气儿就泄了，下午再看东西就哪件都不对了，就不敢看了。这就是心理素质太差。有点像射击运动员，开始打得好，后面就打得更好；如果有一枪打飞了，后面也就歇了。

不懂道理则不论对错

鉴定有两大分类，一类跟商业无关，一类跟商业有关。比如博物馆的鉴定就跟商业没什么关系，就是把这东西拿出来大家一起探讨，是什么年代的，是怎么回事。对于商业鉴定来说，能说出唐宋元明清就可以了，但是专业鉴定不仅要说出具体的年代，还要找出足够的证据来支持你的说法。所以，这种专业探讨就变得非常有意思。另一种跟商业有关的鉴定，比如拍卖行看东西也不能出错，好的拍卖行也特别忌讳出错。但实际上，拍卖行出错也没什么稀奇的，出错也是一个常态。这就跟医院死人是个常态一样，越大的医院死的人越多，小医院反而是不死人的。所以顶级医院那太平间就没闲过。拍卖行同理。大拍卖行经历的东西多，东西也复杂，出个错就很正常。出错也有很多种。有一种错是明白无误的错，肯定是错了，但当时你就是不明白，还觉得自己撞着了一个好东西。

十多年前，有个著名的国际拍卖行，拍品目录封面上上一东西，目录一寄过来，我就说这东西怎么上封面了？这东西肯定有问题啊。所有的东西存在着，一定有道理，目录封面上这东西，却是一个没有道理存在的东西。我明白其中的道理，但这个道理很深，有好多层的道理。比如这事儿有五层道理的时候，你能一下看到五层，这事儿你就全能解释了；你能看到三层，你就能解释一半；你只看到一层，你就只能解释个表皮。所以这拍卖行也不能解释，当时就把这东西卖了，还卖了一个好价。卖完以后，东西马上就跟着出来了。你不是卖得好吗？仿品多着呢。拍卖行一愣，也很负责，马上派他们的首席专家找去了，结果还真找着了，一推门，傻了，一地，一屋子，都是。我还买过一个呢。这东西当时拍了一千多万，我一万块钱也买了一个，抱回家看着也挺好看。然后我就跟他们讲这东西不存在的道理，讲得很深，但他们听懂了。大拍卖行好就好在能承担错误，回去就跟买家说，我们发现这东西不对了，希望您能来退货。那买家听说不对，赶紧就回来把货退了，把钱领走了。拍卖行又直接去找委托人，说如果你还想在这行里做生意，这东西你就退回去，把钱还回来；如果你不想在这儿做生意了，本公司就动用所有的法律手段，不停地跟你打官司，让你这辈子都纠缠在这件事上。那人想了半天，还得在这行里混，确实也不能这么干，就把钱也退了。这事的结果有惊无险，大家也接受了一个教训。

我老说道理为大，其实是赵普说的，不是赵普跟我说的，是赵普跟赵匡胤说的，天下都是道理为大。你想学习鉴定或者了解鉴定，就一定要了解这之间的很多道理，技术可以学，道理却是要你自个儿悟。就跟医生看病一样，要了解这病的成因和解决方法，这其实也暗含了一个非常复杂的道理。但有些道理也不是人人都懂的，所以我有时候就很难跟人家就某个问题去反复论证。鉴定对于我来说就是一个道理，当你很熟这个道理的时候，你应用起来就得心应手，一看就能明白问题出在哪儿；但当你不懂这个道理的时候，你就会永远纠结在一些细节上，就会拿自己知道的那一点技术细节跟我来论。所以，有时候我没法去跟客人理论。比如，有客人就老说，它怎么就不可能出现这样一个现象呢？为什么这东西在我这里就不真，在别人那里就真了呢？这就是他不懂道理，跟他论对错就是个非常累心的事。

脱
手
秀

　　鉴定需要讲道理讲局限。这是个唐三彩瓶子，这种造型也只有唐朝一朝有。这东西叫净瓶，是佛教用来净手的，一个人拿着，另外一个人洗手。佛教中的净手是象征意义的，不是真像洗澡似的，把手打上肥皂洗干净。

　　这净瓶拿着手感非常舒服。今天看到的这种造型，有银的也有铜的。对于唐三彩有两个条件限制，第一是造型，第二是品种。唐三彩和净瓶的造型都限制在唐朝，所以我们姑且不论这东西的真伪，从风格上讲它就一定是唐朝的，上下跨不出去，不可能是隋以前的，也不可能是宋以后的。三彩这种审美并不是我们的传统，因为传统中国人喜欢具象而不喜欢抽象，是不太接受这种抽象图案的。所以，唐以后三彩器并不占主流，但在唐代它却是主流。我们知道，辽代有辽三彩，宋代有宋三彩，清初康熙时期也有素三彩，但这些三彩都是作为一个品种的点缀，也都直接受唐三彩的影响。尽管唐三彩对后世有这么一些影响，但这审美是西域带给我们的，传统中国人在内心没有真正接受过它。

古董变身记

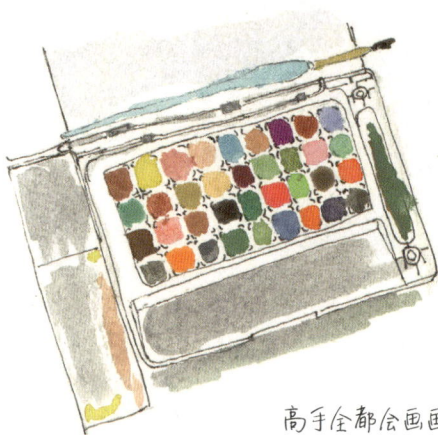

高手全都会画画

　　文物作伪是件非常复杂的事，我也只是一知半解。过去绘画作伪的人，很大一部分是裱画的人，为什么呢？因为裱画的高手全会画画。比如，过去在木器上刻字的人、在碑上刻字的人，全都有一笔好书法。如果他不能写出一笔好字来，他就不能刻出一手好字，他感受不到书法的韵味。画的修复也是这样，过去修复画的人一定会画画。画中有一个专业术语，叫全。比方一张画被虫吃鼠咬了，残破不堪，就要把这东西清洗干净，把它附在一张纸上，这张纸叫命纸，把这个旧画裱在命纸上头。然后就要凭一支笔，凭他对这个画的理解，把它完整地画出来，这就叫全上。比方说这应该有一树干，但被咬缺，就必须把这个树干描上，描得天衣无缝。我过去见过全画的人，一张画在那个案子上裱着，一点一点全，一全全半个月，但是全过的地方，你是真看不出来了，这就是本事。

修复画，包括修复文物的人都得特静。过去裱画的、修复文物的都需要把性子磨没了才能干。有些画粘连了，要把它一点一点地剥离出来；那瓷器打成一堆碎片，要一块一块把它粘起来。所以这个人必须有极大的耐性。

绘画的修复

记得二十年前的一个冬天，那时候挺兴吃涮肥牛。那天有人请客，两大桌二十人，在北京最好的肥牛火锅店涮火锅，吃得热火朝天。大家都喝到微醺的时候，来了一个朋友，说有东西要出手。那天吃饭的人里有好多北京收藏界的高手，他听说了就来了，拿来一本册页。册页从书包里掏出来的时候，直掉粉，东西的状态非常不好，你都不愿意用手拿它，觉得一拿，它就要烂，但上面的字写得很清楚——《陶冶二十图》。

什么叫"陶冶二十图"呢？就是烧造陶瓷的一个流程，画成二十张图，简单地说，就是历史上烧造陶瓷的纪录片。乾隆初年的时候，宫廷有很多画家，乾隆喜欢陶瓷，就给画匠们说，我没工夫上景德镇去看，你们给我画一些陶冶图画来，让我欣赏一下制瓷的整个过程。《陶冶图》与《耕织图》《棉花图》这些重要的画作，在故宫里都有拓本，但谁也没见过这个原稿。原稿是彩色的，谁画的呢？是当时的三位宫廷画家丁观鹏、孙祐和周鲲，他们奉皇上之命去画的。画完以后，皇上很满意，把画交给了督陶官唐英。

唐英当时的奏折对这幅画有记载，那是乾隆八年五月二十二日。奏折是这么说的，"四月初八日，由内廷交出《陶冶图》二十张，着将此图交与唐英，按每张图上所画系做何技业，详细写来。"这个画就是二十开，同时有二十开馆阁体文字，小楷写得规规矩矩，是唐英写的。

据说这东西早就没了，但那天它千真万确地出现在我们面前，只不过状态太烂了，上面全是额咎，额咎是北京土话，就是水印。过去人都糊顶棚，顶棚漏水，会跟小孩尿床似的有黄渍，叫额咎。

持宝人说，东西想卖三十万。二十年前这是非常大的一个数。我觉得这东西真好，想买。可那天一个朋友拉着我说，你不懂这个，画成了这样就一点钱都不值了。我当时还羞羞答答还了个价，说十万块钱，我就咬着牙买了。那人瞥了我一眼，理都不理我，夹着画就撤了。

接着吃涮肥牛，可我怎么吃也不是味儿，心里老想着那画。晚上回家，又鼓起勇气给那人打电话，说我愿意加五万块钱买，那边说不行，电话就挂了。我也就泄了气了。

第二年五一节，香港佳士得拍卖。佳士得的人认识我，说马先生来了，有个重要的跟陶瓷有关的东西给你看。我说什么啊？他说是《陶冶二十图》。我心里就咯噔一下。没看的时候，我跟他们说这东西状态特别不好，上面全是额咎。结果打开一看，东西已经修复，虽然上面还有浅浅的印子。结果，台湾元大投信的人把它买走了，他们在台湾收藏明清官窑可是老大。当时二百二十万买走了，现在如果到佳士得重新拍，至少拍一个亿。

上世纪八十年代的时候，有个台湾人被人宰了一刀，花了一万美元买了张状态特别不好的徐悲鸿的画。后来拿到荣宝斋，人家说这得重新揭裱。拿去铺到案子上，坐一壶开水，拿热水直接往画上一浇。吓我一跳，这不就等于把一万美元扔火炉子里了吗？等最后把画修复出来，感觉稍微淡了一点，其他都非常好，这是绘画的修复。

家具的修复

家具修复我见得就多了。现在的家具修复，跟我们年轻时候喜欢的家具修复完全不一样，当时为我们修家具的老师傅全都作古了。

那时家具找到以后，弄辆三轮车驮到修复家具的师傅那儿。第一件事是烧两壶开水，找两块蒸馒头的方碱往那里一扔，碱化了以后趁热全泼到家具上闷着，闷一会儿污垢就全下来了。然后大棕刷子刷，刷干净重新使摽，就是该修的地方修、该补的地方补。最后老师傅说，东西修完了，净一遍吧！什么叫净一遍？就是用木匠干活的刨子，用那个特别短小的净刨，给它整整地刮去一层。这净刨刨刃磨得飞快，老师傅使这个净刨的时候，飞出来刨花，不是大刨花，那刨花像一层小棉纸似的飘出来。

现在观复博物馆的那件天下第一的紫檀大画桌，面宽一米。很多参观者很好奇：这桌面怎么这么新啊？这就是当年被净过的。今天肯定是不允许，说你拿净刨，把那么好的大案子净一遍。而是案子面上有任何历史留下的痕迹，就让它原样保留着。

在家具修复或者说文物修复的理念上，东西方有些不同。在中国，家具修复第一先找材料，什么家具找什么材料，包括纹饰，一定是同等木材。黄花梨就使黄花梨修，红木就使红木修，紫檀就使紫檀修，而且紫檀还得使同类的紫檀。高手修完了，你都看不出来破损过，这是中国人的修复观念。

西方人不那么认为，西方人认为家具上面所有缺损是历史造成的，如果修，换一种木头，完全不一样的木头，让你看出来哪块是后配的。

瓷器的修复

瓷器也是这样。今天瓷器修复的能力非常高，我见过南方有些高手修的，甭说肉眼，拿高倍放大镜都看不出来。人家给我拿来一个修过的宋代瓷器，附着一张修复前缺一个口的照片，结果我根本就看不出修过的痕迹。过去拿高倍放大镜可以看出来，因为修复的地方没有气泡。正常瓷器烧造的釉里都有气泡，在高倍放大镜中，那气泡看得清清楚楚。修复得再好，放在高倍放大镜下一看，修复的地方没有气泡。现在修复的地方居然也有气泡，而且气泡排列跟旁边没修的地方一模一样，真是令人叹为观止。

日本人修复却不一样。若瓷器有一缺损，他就打漆、调灰，一点一点补，把形状补齐。补齐以后，把修出来的地方涂上金箔，纯金的，有个专业的词叫"金缮"。他们用这种方式来修补，因而日本有很多残迹非常美。

过去，中国人在瓷器的修复中，还有一路子的修复是明着修，叫锔。过去说锔锅，锔碗，锔大缸。瓷器碎了以后，是可以把它重新锔起来的，锔起来可以继续使用。我见过非常漂亮的碗，上面都打着各种锔子。早期的时候，一看带锔子的东西都不值钱，我最早买的那带锔子的五彩碗，漂亮得不行，就几块钱。上世纪九十年代初，从国外来的商人，在北京专门找带锔子的瓷器。专买这残器，按锔子给钱，一个锔子给十块钱，您这碗上面十个锔子给一百，二十个锔子给二百。当时有一个人，他的一只碗上有一百多个锔子，就发了大财了。人家认为锔子越多越是一种美，它能使这个瓷器呈现一种残缺美。有一个词称之为"蜈蚣脚"，像蜈蚣脚似的可漂亮了。外国人把这些东西都买走了，等我们明白过来的时候，说也买点吧，没了。那是一种绝技，小锔子丁点大，整齐之极，真是手艺高超。

过去的人在修复文物中的理念是什么呢？是惜物，爱惜东西。所以过去的人，掌握一门修理的手艺，就可以凭这份手艺游走江湖，吃遍天下。

我们讲修复画、修复古籍、修复家具、修复陶瓷，还有修复窑的。比如，修复越窑、修复定窑、修复彩瓷，各有各的独门绝技。还有就是修复青铜。有的高手还能修复玉器，我认为这是修复中最难的一项。

脱手秀

观音瓶，康熙素三彩。素三彩是素色：素紫、素黄、素绿三色。画的是什么呢？海八怪——海中的各种神仙。全都不是正常的样子，龙也是带翅膀的，海浪翻滚。海八怪在明朝末年出现得很多，在清朝康熙年间也算得上是一种常见题材。

这件东西是我在香港买的，没包装。没包装怎么办呢？拿纸包着吧，拿纸裹了，用纸口袋拎着。到了北京，下飞机就把它搁在行李车上面。上坡的时候车严重倾斜，这东西带着包装就掉地上了。掉地上了，就不想打开这包，直接拎到办公室，一个月我都没打开它。等打开以后，一看比想象的好，只有一个地方磕下来一小块，有些碎渣子。后来高手给我修了，修得特别好，现在我都忘了碎的地方在哪儿了。我就想，一件东西，甭管它时间长短，流传到你手里，本身就是一个偶然，就是缘分。

古董掉包记

偷梁换柱窃文物

广州美院图书馆馆长萧元是一个挺有名的人，早年写过很多学术著作，这次有个事件使他变得更有名。他做了什么事呢？就是掉包，掉包的是什么东西呢？是该院图书馆的藏画。

过去图书馆都有很多藏画，因为画家喜欢到图书馆查阅资料，那时候画家随便就给人画画，不要钱，其实那时也不值钱。所以，很多画家就给图书馆留下了很多画作。广东最重要的画派叫岭南画派，岭南画派的关山月、赵少昂等画家的画作，广州美院美术馆里都有收藏，但是他不敢掉包，因为广东人对这些人的画作都非常熟悉。他掉包的是什么呢？都是北方画家的作品，比如齐白石。齐白石的画作南方相对收藏得少，了解也不如北方多，他就盯住了这些画。他利用职权把东西拿回家临摹，临摹完了裱好，再把自己画的画拿回去，把真画留下。

他作案十多年，偷了将近一百五十幅作品，有相当一部分已经通过拍卖行拍卖，变成钱了。卖掉的有三千多万，他被抓住以后，公安机关对剩下的东西估价，估了七千多万！两者加起来一亿一千万多，这是个过亿的大案。

我发现检察院是以贪污罪起诉他的，而不是以盗窃罪。明摆着是盗窃博物馆藏品嘛，怎么变成贪污罪了呢？这里有一个很微妙的变化：刑法修正以前，盗窃数额特别巨大的时候，尤其盗窃珍贵文物有死罪，现在没了，盗窃文物或者盗窃财产的最高徒刑就是无期。但贪污可有死罪，这个案子的数额一定是特别巨大，我觉得他能保住命就不错了。

掉包博物馆藏品是很常见的一种盗窃手段，如果不是他卖了很多东西，还将一部分东西拿到香港去卖，这个事案发不了。报案的人是因为发现画作上有广州美院藏画的印章，一看这不是美院的藏画吗？就报案去了。

其实，过去有很多私人的藏品有各种单位的章。主要是因为"文革"期间查抄文物，收上去的东西没地方搁，就放在当地博物馆及文物单位。有好事者一看这东西都是国家的了，就直接往上盖章。"文革"以后查抄退赔了，结果很多私人收藏上面也盖着博物馆的章。这本来没有什么大问题，萧元可能也是基于这种考虑，认为上面有个章就有个章，没在乎这事，结果百密一疏，翻船就翻在这儿了。

这些年博物馆的盗窃跟三十年前完全不同了，过去博物馆一发生盗窃案基本是外盗，这些年内外盗一比九地反转了。

宾馆是国画失窃的高发场所

在中国，大一点的城市或者旅游资源发达的城市都有一个国宾馆。

过去，这种高档宾馆都用国画装饰。中国有名的画家，大都给宾馆画过画。宾馆的人也不是太懂行，不知道收藏，一般裱好了就挂在墙上，做装饰了。后来，这些大师的画值钱了，有人就惦记。那些懂点绘画，有临摹技术的人就有行动了。他们找到高档饭店，一房间包一礼拜，进去以后把墙上有点价值的画都临摹了，然后将镜框摘下来，把真画拿走，将假画搁上去。很低级的临摹就可以，你说每天就打扫卫生的进来，他哪里知道画被掉过包呀。然后换一房间，又把另外一张画给掉包了。后来，高档宾馆因为害怕，将那些国画全给换成印刷品了。

2003 年那会儿，我在北京琉璃厂工作。有次，宣武公安局的一位侦察员找我来了，说出大案子了，东方宾馆那张《江山如此多娇》被盗了，而且是直接拿着壁纸刀拉的，拉完就跑了。

我们都知道，人民大会堂最重要的一件作品是关山月和傅抱石当年合作画的《江山如此多娇》，这是一巨幅作品。一九五几年的时候，傅、关二位先生就住北京的东方饭店，每天在那儿琢磨这画，先打小稿，打完小稿放样，整个过程达半年之久，双方都满意了，才去人民大会堂画。这之前在饭店里画的样稿，好几十平米上百平尺的画，画家说就给饭店留做纪念了。东方饭店如获至宝，把这张画裱到大餐厅里展示。

结果，这张画被人拿壁纸刀四边一割，直接一卷走人了。后来破案了，贼是个南京画家，他在南京、苏州、上海等地国宾馆偷了不少画。一开始就是采用掉包计，掉着掉着就急了，干脆直接盗走了事。案子破了，到他家一翻，他在所有高档宾馆偷的作品一件不落，《江山如此多娇》就在他们家床铺底下放着呢。这人是个雅贼。

防掉包要加强管理

为什么这么容易发生掉包的事呢？因为管理很差。

管理分很多层，第一层就是档案。过去博物馆登记简单，每个人都按照自己的路子登记，名称能简则简，能模糊则模糊。今天非常容易了，有图像采集。过去不行，过去是拿照相机，照一张是一张的钱，搞不起，就靠文字补充。比如登记的时候，一般说"青花，萧何月下追韩信梅瓶，年代：元代"。过去登记他看不明白，只写"青花人物故事"，什么人物故事？不知道。没有具体的信息，这东西就很容易被掉包。

过去很多登记的卡片，不管是博物馆系统还是文物管理系统，都比较笼统。

那个年代，画家随便给人画画还不收钱

比如山水画吧，有的说得清楚点，叫"王原祁山水大轴"；有的根本连人名也没有，就写"山水大轴"。还有家具，就写"硬木条案"。硬木条案，是什么硬木啊？紫檀？黄花梨？红木？鸡翅木？不知道。什么样的条案啊？是翘头案，是平头案，还是卷书案呢？都闹不明白。这么笼统地写就很容易给掉包。我见过最笼统的写法是这么写的：今送去古代家具一车。这就行了，连个数量都没有，当时就这么不认真。

今天，博物馆的管理已经提升很多了，大都是电脑输入。再有就是技术，广州那个案子，萧元自己就交代，说进那个库要三把钥匙，而且要依次打开才行。

问题出在哪呢？出在人的管理叫"情感管理"，这就比较邪门了。

台北故宫管理得就比较好，这么多年没出过掉包这种事。因为它有极强的制度，它的三拨人：保管的，守卫的和博物馆的工作人员，制度要求互相不沟通。比如我们到门口了说"您辛苦啊"，这在制度上不允许；持枪守卫的这拨人，也不会跟你打招呼，他跟你打招呼也犯纪律。再有就是去库里提货，专业人士和管理人员，一定要同时在场。今天这个社会诱惑实在太多，现代化的管理一定要做到位，不能把希望寄托在每个人的自觉上。

脱手秀

　　这有俩大老鼠，这东西是一对夫妻，名字叫吐宝神鼬。

　　吐宝神鼬是藏传文物中很重要的一个文物，它是财富的象征。藏传佛教的黄财神手里一定执吐宝神鼬。为什么鼠跟财富老联系在一起呢？因为老鼠是聚财的动物。

　　吐宝神鼬吐的这个宝叫摩尼宝珠，它代表的是神灵和财富。东西是用铜铸造成形的。成形以后经过锤叠錾刻，把细部打造出来。它的尾巴上有大量细微的纹饰，眼睛的睫毛，都是一刀一刀錾出来的。做好以后通体鎏金，工艺比较复杂。

　　东西是清代中期的，距今二百多年。由于年代比较久远，身上有些磨损的地方，已经看出胎体来了，当时应该是金灿灿的。这个吐宝神鼬非常肥硕，尾巴非常长。老鼠在汉文化中是个负面形象，但在藏传文化中是正面形象，是神鼠。

古董现形记

把画一揭为二是很难的

在艺术品尤其是绘画的掉包上，有一种误传：认为这画可以一揭为二。邓友梅先生写过一篇小说，叫《寻访"画儿韩"》，讲的就是这事。其实，一揭为二很难做到。画要能揭开，要具备几个条件：第一它必须是夹宣。什么叫夹宣呢？这宣纸是一张一张的，看过怎么抄宣纸吗？工人气定神闲的，拿箆子从纸浆里往上一拿就是一张纸。这么一张纸，你是不可能揭成两张的，因为所有的纤维都是互相搅着。

有一种纸叫夹宣，就是两张宣纸做成一张纸，这种纸都比较厚。夹宣这种纸清代才开始流行，而宋画大量的是画在绢本上的，所以如果说揭的画是宋画，基本上不可能。第二，这画必须是大写意的画，什么是大写意画？八大山人朱耷、齐白石、吴昌硕那算大写意。如果兼工带写的肯定揭不开，因为工笔那一部分不能力透纸背。

一揭为二最多的作品是什么？是书法。书法第一墨蘸得足，力透纸背，再加上如果使用的是夹宣，送人一整个作品觉得有点亏，干脆揭下来一半，送一半就完了。字揭开以后也有麻烦，正楷你揭开什么样就是什么样。只要是写行书、草书，飞白就非常多，就是你这一笔拖出去，很多地方都是有那种间或白道的，当你揭开，这飞白全丢了。更重要的是印章，印章只盖在表面上，下面渗下去的全是印油，所以揭开以后，一般情况下要补笔，印章也要在新地往上盖。历史上造假作伪的人，利用一揭为二的方法是很少很少的，那是一个非常低级的作伪。

宋代的画，你看看《清明上河图》，那小人画得很细致，怎么揭，一揭上面这一层全没了。所以邓友梅先生《寻访"画儿韩"》中揭画这个情节，在理论上是不成立的，小写意或者工笔画都揭不开。

过去作伪难在印章

过去作伪最难的事是什么呢？是印章。很多画家临摹能力很强，画谁的画像谁的画。据说，过去张大千作伪不要说用右手，光左手都能临一百个人的画。所以伪造画不算太难，那么难在哪了呢？难在印章。

宋元时期的画，印章都比较漫漶，因为当时印油是水印。明清尤其清代以后，印章技法和印泥的质量都大幅度提高了，盖的章都非常清晰。那自己刻一个章盖上行不行呢？很难。为什么呢？印章是用印石雕刻而成的，有白文的，有朱文的，就是俗称阳刻、阴刻。有的画家为防止作伪，在白文印章上会用刀直接刻，

真东西不敢认，因为假东西太多了

这样刻的石头会有断茬，那些自然形成的机理，没法去模刻。还有人刻完印章，交印之前先敲两下，两次自然撞击留下的痕迹谁也作不了伪。所以过去作伪最难的就是印章，印章做不像。

我二三十岁的时候，跟着一些鉴定大家学习时，他们都老看印章、老翻印谱。拿印谱去和画上的对，有一笔不对就认为这画有问题。所以那时候印了一种特别昂贵的书，这书是什么呢？是一个盒子里用透明胶片印的中国印章大全，中国所有著名画家能搜集出来的重要印章，上面全有。一看说这是王石谷的画，用的哪方章，如果用的是王翚这方，就找到这个，因为它是透明的，可以在画上直接套着。一套，差一点，就说这东西是假的。那时候，这书就变成一个工具了。

这些年已没人再用这个东西去鉴定了，印章作伪的程度大幅度提高了，你拿这个胶片去套它，一模一样，所以印章鉴定逐渐由最重要的要素退居二线了。

现代作伪手段非常高明

每个画家的画作都有他自己的风格，但是清代以后，尤其"四王"山水称霸画坛以后，风格趋向一致。早年有一案子，就是王季迁先生把自己收藏的《溪岸图》卖给了大都会，卖了五百万美元，在当时是天价。卖了以后马上就有人出来说这东西是张大千作伪的，然后就开始论证。最后用科技手段证明这东西起码不是张大千的作伪。他用红外线 X 光机去拍这张片子，这个片子历史上被修复几次都清清楚楚。

不单是张大千，其实当时能临摹作伪的人非常多，这些人有能力，但没名气没地位，只好仿别人家的画来混饭吃，民国时期有一个专业术语，叫这种作伪为"后门造。"

这些年作伪的水准可比历史上要高很多，讲一个上世纪九十年代后期发生的事。有一件作品，姑且给它起一个名字叫《郊野图》，画是宋元一个画家画的，自打溥仪把它带出宫后就销声匿迹了。大概七八十年后，有一户人家把它给拿出来卖了。

买的人是个明白人，说这东西是孤本，这画家别的画没有存世的了。他心说这东西我买得挺贵，可我又不想再卖，干脆做几张假的，卖了把我那本捞回来。他照着孤本去做，但这个人不会画画，不像过去作伪的人，自个儿有一身画画绝技。他首先做的，就是想办法买纸，先买一堆旧纸。然后找到一位临摹能力非常强的画家，让他照着临摹。不着急，慢慢画，先给我画个八卷十卷。这人水平很高，临得几乎一模一样；他把这画拿走以后找另外一个字临得好的人，帮他把字临在画好的画上头；再找到第三个人，说您看看这上头印章没有，这人就把印章全都做出来，打在各个位置上。打章是个技术，过去在清宫里打章是一个专门职业。再找第四个人，找裱画高手把东西裱出来，一共八卷。最后，再找一人帮他作成旧的。于是，他通过画画的、写字的、做印章的、装裱的、作旧的，至少五个人就拿出八卷画来了。然后，找位古玩界泰斗级的老先生，说您给看看。老先生一看，说这东西原来只是听说呀，不过是一个《遗失名录》文献，现在看见庐山真面目了，真是好得不行。

泰斗觉得好了，那就说明这东西过关了。那就要开始卖。怎么卖呢？你造假数量多了，如果人家看这儿出一个，那儿出一个，就觉得是假的，不就没信心了嘛。他干脆美国一个、英国一个、新加坡一个、香港一个、日本一个、台湾一个，总之分散在世界各地，每个地方找一人，开了一个便宜的价格。每个人看了这东西都激动呀，觉得必真无疑，这些人就都买了。

这事就过去了。好几年后，买画的其中一位想赚一笔大钱，就把这东西送到了拍卖行。上了拍卖行，就得上图册呀，一上图册出问题了，这幅画的藏家都看见了，说这东西不是在我这吗？怎么到拍卖行去了，一汇总，出来了七八件。这个《郊野图》的假画，叫那么多懂行的人上当。今天很多作伪的手段，高明得你都想象不到。

比方说，怎么让一张新纸变得像二百年前的纸呢？医院里有一种消毒灯叫紫外线灯，你把纸张搁在紫外线灯下照射，照射二十四小时，差不多就旧了一百年了，用这个很快就让新纸变得非常非常旧，如果你拿眼睛看，一看这个东西就是旧的。

瓷器作伪和画不一样。民国时候，西方人最喜欢中国什么瓷器呢？是五彩，大红大绿，大雅大俗嘛。那时候五彩器价格卖得都非常高，青花器反而低。那时候就有人在这上面动脑子：拿清初的，顺治或者康熙早期的青花器把它加五彩，加上五彩后一烧，拿出来一看漂亮，很多人就买走了。本来确实是康熙年间的青花器，但它不是康熙时期的青花五彩，没经验的人肯定上当。

我有一个简单的识别办法：让上面的五彩褪去，就剩下青花，如果是个完整的图案，那这件东西一定是后画的，作伪的。因为当时的人，青花和五彩是分着画的，青花只作为局部的点缀，不构成整体的画面。当你懂得这个道理，就容易知道东西的真伪。

成化时期的五彩都是平图，过去鉴定的诀窍就是"成化一件衣"。你看成化时期画的那个小孩，身上就穿一件衣服，没有内衣，跟穿了纱似的。那时候人笨，画不丰满，很稚拙。过去鉴定看到上面只画了一件衣的，大部分就是成化的。

今天，我们看到最多的是清代雍正、乾隆时期的仿品。瓷器作伪最难的，不是画得最工细的，而是画得最随意的，凡是工细的东西都比较容易作伪。乾隆中期以后，青花画得非常拘谨，完全图案化，只要你耐着性子照着它那个画，烧出来就八九不离十了，近些年仿品比比皆是。今天烧窑的方式是用气烧、用电烧，而过去是用柴窑，一般人很难区分。从物理角度讲，只要达到同样温度，呈现的结果一定是一样的。

经过长时间摸索，复古风从景德镇刮起来也有二三十年了。有大量仿制的东西很好，已经接近于真实，很难判定。今天，鉴定在全世界范围内还是靠目鉴，没有用科学的方法，希望将来有科学的方法，能一锤定音地解决这个问题。

脱手秀

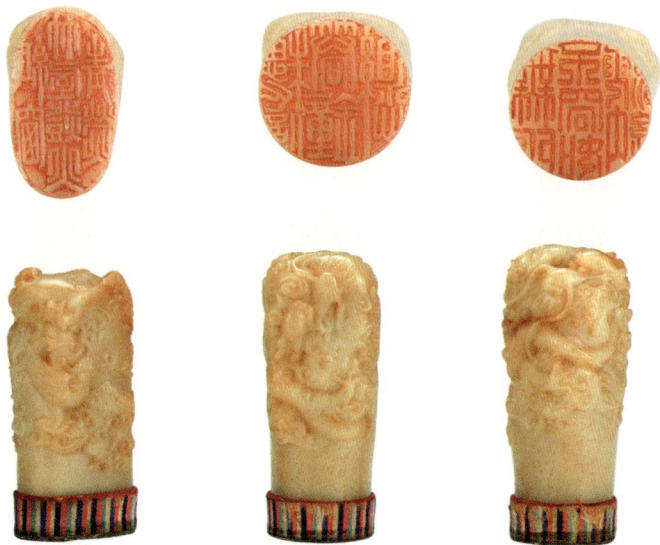

这三方印章是我在台湾一个拍卖会上买的，白寿山石。右边这个印章的年份，大概在清朝末年。上面雕有云龙纹，这云都是翻江倒海的，很舒服。这是一方白文印章，印了七个字，"无所不容如海纳"。注意看，在印的雕刻中成心留下这种边缘的东西，如果再找一方石头照着刻，很难把这些细节都表达出来。过去通过这种细节表达可以判定真伪。今天不行了，今天是电脑做的印章，一模一样，眼睛没有用。

左边这方是朱文的，也就是我们所说的阳文。字刻得很有意思："纸窗，竹屋，灯火，清荧。"很雅，这是过去的小资。印章是中国古代非常独特的一门艺术，这门艺术至少从战国起从无间断：一开始是一个人做事的凭证，大量印章上面刻有官阶，盖一个章知道他是干什么的；后来成为书法家的一个凭证。明清以后，尤其"乾嘉学派"兴起以后，对印章极为重视，金石学在过去是很受人尊重的一门学问。

窖藏

什么是窖藏呢？你如果藏红酒，你们家那个红酒窖藏是吧，红酒窖。过去一家一户都有一个菜窖，就是冬天储存菜的，这叫窖藏。究竟出于什么原因，让古人把东西急匆匆地埋在地下呢？有的我们能揣摩出来，有的干脆就不知道。

宝鸡农民一锄挖出一窝青铜器

窖藏出得比较多的地方，比如说早期的窖藏，是陕西宝鸡。宝鸡是中国青铜器出土最多的地方。宝鸡有个青铜器博物馆，里头收藏有两万件青铜器，什么都有。馆长很苦恼，说展品全是高古，个个是古国宝，却没人看。

2003 年，眉县常兴镇有四五个农民在干活的过程中，偶然一锄头下去，从黄土里刨出一洞来，一看里头摆的全是青铜器，有多少件呢？二十七件。青铜器上有铭文，青铜器凡是带铭文的就很重要，凡是铭文多的，一定比铭文少的更重要，为什么？字越多这事说得就越清楚。比如其中一个逨盘上面有三百七十二个字的铭文，记载了西周十二位王的事迹。

这一组青铜器上面有四千多个字的铭文。它对中国的夏商周断代工程也有助力。

这一窝周宣王时期的青铜器怎么就搁到这个地方？谁也猜不出来。简单的

五个老实巴交的农民，挖到了稀世珍宝

说法就是避乱，就是有乱的时候，赶紧把好东西埋了。人跟动物没啥区别，你看那猫，猫就愿意把吃的东西埋起来，狗也愿意愿意藏。

历史上此类窖藏都是公家发现的，私人发现的他不跟你说。江苏有个盱眙县，1982年那会儿，生产队挖水渠挖沟，有俩农民兄弟挖了没两下，"咣当"就碰上一东西，打开一看，是一个汉代青铜壶，壶上趴着一头纯金豹子，十八斤重。打开一看，里头有九块半金饼，还有金爰，叫郢爰，郢是楚国国名，爰是钱币，全是金币，黄金重四十四斤。这头豹子是汉以前中国单体金器最大的文物，豹子温顺地趴着，眼睛炯炯有神，身子全是錾刻的纹理，非常漂亮。

盱眙这个地名非常古老。这地方历史上经常打仗，所以有人就判断，这个东西是当时的军饷。因为郢爰就是切着用的，上面有切的痕迹，就是有用过的痕迹。我们都知道，黄金在历史上是最能够浓缩财富的。如果让你带着铜钱，你这后勤部长背都背不动，但是黄金这么大一块，能抵很多人的开销。有学者认为，这东西就是当时军队的军饷，在战争情况下也许暂时埋了，因为它埋得很浅，离地表就几十公分，仗可能打败了，埋的人也可能被俘了。可以推想这个人宁死不屈，死活没说这事。这东西就躲过一劫，跨越两千多年到现在，让我们能够看到两千年前中国人对黄金的需求和感受。那头金豹子是当之无愧的国宝，是一个高等级的艺术品。这就算窖藏了。窖藏不是说地底下有一大菜窖，里面全是东西。这一包东西，这一青铜壶中的所有黄金，就算一个窖藏。

法门寺窖藏解开了千古之谜

法门寺地宫从某种意义上讲，跟前面说的窖藏是不一样的。这里窖藏的一件出土文物，解开了一个千古之谜。那就是秘色瓷。

什么是秘色？秘密的颜色是什么颜色？不知道。有的学者附会说，秘色瓷可能是蜂蜜的蜜，是蜂蜜的颜色。这事没有定论。1987年法门寺地宫的出土，首先解决了这个问题。账本上面写着"秘色瓷十三具"，碗几何，碟子几何。我们终于看到了什么是秘色瓷。它是什么颜色呢？它是一种艾叶绿中闪灰。秘色瓷的出土，让我们清晰地看到它的本来面目。

这是晚唐时期的窖藏。后面又过了几十年，到了五代时期，秘色瓷就更加漂亮，更加翠绿。杭州钱镠家族墓地出土的秘色瓷，也不叫秘色瓷，就是青色的越窑，非常漂亮。

一千年前，中国瓷器形成了两大局面，就是南越北邢，南青北白。南方使用青瓷，北方使用白瓷，形成了一种对峙的局面，地域文化特征非常清晰。

唐代的越窑，是青瓷经过三国以后，尤其经由东汉三国两晋南北朝，到隋唐达到了完美的境地。入宋以后，南方的越窑被龙泉替代。今天翻过头去看法门寺窖藏的时候，忽然觉得它的每件东西都很珍贵。不要说舍利函和佛祖舍利，那都不是国宝，那叫世界宝。那些都不说，仅这个账单，就解开了我们长久以来的疑惑。

西安何家村窖藏猜想

与此同时，唐代还有一份很重要的窖藏，叫何家村窖藏，它是在西安何家村发现的。

窖藏的命名一定是地名。也是盖房子，挖了没多深，就挖到两个大瓮，两个瓮里出土了一千件文物，从金银器、宝石、玉器、珍贵药材到中外货币，什么都有。

这些东西是谁埋的呢？到今天也没有定论。一说是邠王李守礼的后人所藏。如果说是邠王后人所藏，那就是他们家族的财富。另一种说法呢，说是唐代尚书租庸使刘震埋下的。租庸使就是今天的税务官。

有人说这东西是军饷，我觉得不大可能。里面有金盒子、金碗、银盒子，还有全套唐代茶具以及大量的中药材，不可能拿着这些实用品进行支付，它跟盱眙的窖藏完全不一样。窖藏中的每件东西，都很清晰地记载着它的功能，有的写朱砂多少，重量多少。上面的墨迹，就跟刚写上去的一样，可见当时那个盒子的密封程度。

有许多学者对何家村窖藏进行了研究，有一本书是北大考古系教授齐东方先生主编的，名曰《花舞大唐春》，取自于唐诗。

这些窖藏都是偶然发现的，古人也是在非常偶然的情况下埋进去的。那么在埋和挖之间，隔着的是历史。当然如果是在其他情况下，比如说这个窖藏不是国家发现，是被个人发现，这段历史的所有信息或许就湮没了。仔细想想，被湮没的信息的重要性远大于物体自身的重要性。了解历史，更多的应该是信息，而不是实物，尽管我们今天主要是通过实物来了解历史。

四川金鱼村窖藏的背后

四川出土的窖藏最多，最有名的窖藏是遂宁的金鱼村窖藏。它出土的时间是 1991 年，里头差不多也有一千多件文物，埋在地里，距地表很浅。

看看各地发现文物的报告你会发现，在四川，前前后后有记录的大概有六七十次窖藏，时间都是南宋末期，东西都埋得很浅。这么清晰的时间指向，那肯定是有大事出现：很简单，蒙古人打到四川去了。南宋末年蒙古人一路西行，打到四川，非常残酷，很多百姓就把家里的细软埋在地底下逃跑，逃跑过程中大部分人都死了，回不来。史书上记载得很清晰，就是蒙古人打到四川的时候，"人死十之九"，十个人死掉九个。

这一讲讲的不是墓葬，是窖藏。窖藏跟墓葬比起来少很多，但是它非常集中，它的相对的文化信息，都出在器物自身，而往往都没有辅助的文化信息——除了这种地宫窖藏，它是有辅助文化信息的。法门寺地宫解决了秘色瓷问题，可是前面说的青铜窖藏、黄金窖藏和瓷器窖藏，都没有任何辅助文字，也没有任何辅助信息，那就看文物自身。好在这些文物自身都有横向的墓葬出土，所以能准确地确定这个文物是什么时期的。这就是我们为什么要有现代意义的考古的原因。

脱手秀

　　这尊龙泉青瓷贯耳瓶从造形到颜色，跟金鱼村窖藏中的一件非常相像。可以想见在宋末，龙泉呈现出梅子青。东西没有清洗干净，干净点更漂亮。梅子青的釉面去掉了玻璃感。龙泉最初的釉面是有玻璃感的，到了元明时又呈现玻璃感，只有宋代的梅子青，一点玻璃感没有，是一种乳浊釉。乳浊釉在瓷器中的表现比较收敛，钧瓷也是一种乳浊釉。

　　梅子青是一种颜色的追求。到了南宋，文人对颜色非常敏感，梅子青的出现绝不是偶然的。

　　两个耳朵贯穿，所以叫贯耳。造型为投壶状，古代有一种游戏叫投壶，投壶就是拿剑一样的东西往里扔。这种造形逐渐演变成一个瓷器的陈设器。要欣赏它，必须从两个层面去理解：第一是它直接给你感官刺激的就是颜色，颜色以收为主；第二是它的造形，跟常见的花瓶不一样，在上部夸张地做了两个耳，吸引你的注意力。这种贯耳造形显得非常古朴。

　　这瓶子拿着很舒服很踏实。有人问我，说你为什么拿这瓷器不戴白手套？有人说是自己家的就可以不戴，不是这意思。戴白手套的都是外行。如果你戴上白手套，拿东西就特别滑，滑到你每次拿它的时候都心惊肉跳。如果不戴手套，你拿瓷器是非常安全的。

　　什么东西要戴手套呢？有两类。一类是书画。过去老先生看书画，不戴手套绝对不动书画，为什么？因为手会析出汗液，汗液对纸张是有伤害的。而汗液对瓷器的伤害近乎于零。另一类是金属器，尤其是拿锈蚀重的青铜器，戴手套可以防止汗液对它进行二次伤害。

盗墓（上）

老山汉墓的奇葩发掘

一般认为河南地区盗墓贼多，安徽、四川也有。堂堂的北京市，上哪找盗墓贼去？

北京有没有大型汉墓？有。一九七几年，北京的大葆台汉墓，也是被偶然发现的。大葆台汉墓是个被盗掘过的汉墓，还出土了几千件文物。可见汉墓一旦出现，东西会非常多。但从那以后，北京是不停地建设，越来越大。

北京有一个埋死人的地方，叫八宝山。你肯定不能去那儿盗墓，因为埋的都是 1949 年以后死的人。八宝这名字本来跟死亡没什么关系，可今天一说八宝山，那就跟死亡直接挂上钩了。八宝山旁边有一座山叫老山，专业考古人士专门做过勘察，认为那儿肯定没有汉墓。

1999 年，俩年轻人来到八宝山。他们手搭凉棚，看见一大墓，说没事把它挖了吧。这俩人昼伏夜出，大概挖了二十来天。挖出来的土就堆在墓旁。他们把土堆一个坟堆那么高，再换一个地方堆，为什么？因为再往上堆就比较费劲，有的是地，就把土倒在别处。二十来天下来，坟堆就一个接一个连成一片。赶上俩老太太早上锻炼，遛弯遛大发了就遛到那去了，一看说这怎么都是一个个新坟堆？老太太赶紧跑到派出所报案。警察就跟着老太太返回来了。返回来一看，说这些堆都是新土啊，拿着这个棍杵一杵都是塇的，不大像埋过人。正纳闷呢，这俩兄弟从地底下钻出来了，一下子钻警察跟前。警察看着他们俩说，你们俩干吗呢？这两人就直接摞了，说我们俩盗墓呢。这两人离主墓室只差六十公分。

我见过这俩人，还给他们求过情。我说这两人啥事没干成，能不能将来将功折过，替国家勘察？又不给工资又不买设备，手搭凉棚就把所有事都给解决了，替国家省钱啊。考古所说好，中央台说他们赶紧想办法直播。等到 2000 年老山汉墓最后挖掘的时候，是中央电视台直播的，只不过那个年月，只有特别酷爱文物的人才看这场直播。

盗墓、考据及中西考古的区别

考古跟盗墓的区别，在于它的专业化。盗墓人是没有道德的，进去就是奔着东西去，一定是找值钱的东西拿，拿了变钱，什么都不管。但考古工作者不这么认为。中国人认为的考古，跟西方人认为的考古在过去是两个概念。今天说的考古学，是西方人带给我们的一个全新概念，但中国人很早以前就有自己的考古学。我们考古学的鼻祖叫吕大临，北宋时期的一位陕西人，著作叫《考古图》；与他同时代的人，欧阳修有《集古录》；稍微后一点，有李清照的丈夫赵明诚，著有《金石录》。

当时的考古学，按今天的话说叫考据学，跟西方科学意义的考古有很大距离。中国的考古学，是用甲证乙，用乙证丙，用丙证丁，用考据的方法，以孤证不证的态度，研究文物，认定其年代和功能。西方考古学以出土为准，就是挖地下的东西，不管是谁的，挖掘出来以后，经过科学分析，或者有当时埋葬的准确记录。中国的墓葬里很多有墓志，把墓主的生平说得清清楚楚，就知道了这个时期文物的标准。文物是标形学，历朝历代都有墓葬，只要从墓葬出土的东西，这个东西就是一个标准，我们参照这个标准，就很容易判断出另外一个年代的历史状态。

外国人考古，特点是
英国人不在英国挖，
美国人不在美国挖

真正现代意义的考古也就一百来年，最初都是英国人和美国人干的。一百年前，他们成立了考古队，去两河流域考古。当时欧洲强国组织的科学考古队，都是到别人的地界上去挖，挖完了就把人家的东西分了。美国宾夕法尼亚大学有一个展览，展示的是距今五千年的苏美尔文明，那些从乌尔墓里发掘到的东西令人震惊。我每次站在那珠子面前，怎么也不能想象它是五千年前的东西。

如果站在一个高层次的角度去看挖掘墓，不管你是盗墓还是文物发掘，我想埋藏的人，就是墓主人肯定是不高兴的，对不对？你挖他的墓，他本人肯定是不乐意的。中国历史上由于有厚葬的传统，就是不惜成本，把大量好东西埋到地底下，导致后人觊觎底下这笔财富，有机会就一定要去挖，因为确实能挖出价值连城的东西。

妇好墓与曾侯乙墓

1949 年以来，有几个著名的墓葬，是用科学意义的考古把它挖开的。比如妇好墓，开挖时间正好是"文化大革命"结束的 1976 年。

早在民国初年，安阳小屯就有大量文物出现。在器皿、青铜、玉器之外，最重要的是发现了甲骨文。在认知甲骨文之前，人们认为中国文字到金文为止了，再往前就找不着了。

北京琉璃厂是一个商贾云集之地，有很多人最初把所谓的"龙骨"当中药卖到药铺，后来发现上面刻有符号。当时并不认为它是文字。汉字之所以优美，除了有硬笔划，如横和竖，还有软笔划，如撇和捺。撇和捺是弧线，但甲骨文中没有，因为是刀刻的，笔画都是直的。后来，学者王懿荣、罗振玉、刘铁云（刘鹗，《老残游记》作者）等人发现，甲骨上的刻痕就是一种文字。刘铁云当年买了很多甲骨，他著有一本书叫《铁云藏龟》，龟就是甲骨，有的刻在龟板上，有的刻在骨头上。

1976 年，人们在小屯村西北平整土地时，偶然发现了妇好墓。妇好墓是迄今为止唯一的一座殷商时期未被盗掘的墓，出土的文物数量惊人。

妇好是武丁的妻子，她是原配。武丁有多少个妻子呢？六十多个。这个墓葬里出土了很多重要的文物。由于是科学挖掘，数量精确到个位，出土了一千九百二十八件。里头所有的东西，都是那个时期的文化代表，而且达到了极高的水准。

未被盗掘的大墓还有湖北出土的曾侯乙墓。曾侯乙墓出土的时间，比妇好墓晚两年。看当时出土的纪录片，情景非常壮观，积水很深，当青铜器从水中捞出来的时候，我看着非常激动。在曾侯乙墓出土活环玉器之前，所有人都认为活环工艺是清代才有的，认为这种工艺是清代乾隆之后的淫巧之作。但是在春秋晚期战国早期，居然就有如此完备的活环。我印象中是十六块能衔接在一起的玉器。这是让文物界震惊的文物。记得有一年，和朋友去湖北省博物馆看这个展览，金杯、金勺、玉器、青铜器，每件都是精美至极。今天也不能完整地解释曾侯乙墓出土的这批文物，但不妨碍后人对它的深度研究。

在春秋之前，所有的墓葬本身都没有防盗意识。我们看妇好墓和曾侯乙墓，都没有一点防备之心。盗墓成风，很大程度都是战国以后，尤其到了汉代以后，盗墓就变成一个职业了。在这之前人是有约束的，《周礼》对人的约束是非常大的。过去说某个人干坏事，最坏的事是掘人家祖坟，盗墓是为人所不齿的勾当。

厚葬文化与考古

盗掘最疯狂的时候，一定是社会秩序最乱的时候。整个社会失控，很多人就会盯住地下这份财产。这份财产本应是全民共有的财产。

汉墓十墓九空，因为汉墓是封土的。封土是什么意思？就是堆一坟堆，你堆一坟堆你就有标志物，有了标志物，你再有防盗措施，也会被人盯死。

由于每个墓葬的葬制不同，地理环境不同，也由于盗墓贼的身份不同，大部分被盗掘的墓中，都会有残留文物。大葆台汉墓中竟然残留了三千多件文物。老山汉墓挖开以后基本上空空如也，让所有人大失所望。

讲考古，本意是希望今天的人知道古代人的成就，因为古代没有今天这么好的记录手段。我们很难查到古代关于当时的文化以及科学成就的记录，古代著作言简意赅，需要今天的人去解释，所以提倡科学意义的考古，是让我们知道自己的过去。我们当然想知道老祖宗的过去，但是我们想过未来的人吗？比如二百年以后的中国人，比如五百年以后的中国人，比如一千年以后的中国人，他们怎么看待我们今天的考古呢？也许那时候有更好的手段，比如现在可以想见的，打一个洞进去，只需要一个高清摄像，把墓葬里头所有的东西都看到了，出来全息复原，不破坏历史状况。

古人下葬的时候埋进了很多东西，这些东西有意无意地给我们留下了巨大的信息。这些信息对我们去破译他生前的生活，破译历史上的标高，是有极大帮助的。

脱手秀

这是一个钩形的东西。首先可以猜出来，它中间穿过去的东西应该是个硬物，换句话说，有可能是一根木头，而不是一根绳。从壁孔就可以做出这个判断。第二，从它的形象来看，它一定要钩住一个东西，显然不是兵器。前面有一个兽头，这个头肯定不是龙，但它的身子有龙身的感觉，瘦长，蟒身。

年份大约在春秋时期，它身上的这种绞丝状的纹理，跟当时的很多玉器非常接近。

这个只能定名于钩，它有可能是一个车饰，在车上用的。今天，生活非常方便，导致我们对生活中的很多细节浑然不觉。古人对生活中的任何一个方面，感受都会比我们强烈。比如，古人出门时最愿意拿一根绳子，有一根绳子就能解决很多问题。

这个钩是干什么的呢？我查了很多书也说不清楚，也很少有这类东西，我只是觉得这个形状非常美。从态势上讲，它应该是以这样的一个姿态呈现，就是中间有一根硬杆。

老说"史海钩沉"，我们当然希望有这样一个钩，能把历史上所有我们不明白的东西，都钩出来让大家看一看，但实际上我们能力非常有限，连这样一个钩的本来功能都说不清楚，怎么能够史海钩沉呢？

盗墓（中）

我们说的汉墓，是指诸侯以上的大墓，比如徐州著名的就有龟山汉墓、狮子山汉墓。有机会去徐州的人，一定要去龟山汉墓看看，看了以后你会觉得震惊。

龟山汉墓的离奇大盗

龟山汉墓挖了十多年，大概是从上个世纪的八十年代初到九十年代初。它依山而建，跟中原的墓葬是有区别的。徐州那个地方山多，山上石头还都特硬，都是那种灰岩石。

龟山汉墓有两个墓道，你只有亲临其境，才能感受到古人的能力。这墓道非常长，你在那个空间中，感觉墓道会有一百米，实际上只有五十六米。它有多高呢？大概有一米七八。我就一米七八，但我穿一鞋啊，我在里头就不能正常走道，就得多少哈着点腰。宽只有一米。这个长乘宽，一米七八的高和宽度一米，它是平行的直线。这墓道，就跟拿机器切出来似的那么平，它打着一根激光红线，让你看这墓道有多么直。

问题是他们挖了两个墓道。汉代早期的墓葬经常是不同墓不同穴，是指夫妻。后来同墓不同穴，就是各睡各的。最早是各睡各的屋，后来变成俩人睡一个屋，但各睡各的单人床，是这么个路子。这两个墓道是平行的，平行的误差

古人很多墓依山而建，就为防止后人掘墓

在整个墓道中不超过五毫米。经过计算，假设从徐州就按着这个误差走平行线，大概一直走到西安才能相交。问题是古人用什么方法完成的？他们又没有仪器。我见过施工，都是各种仪器在吊着线，那还有误差呢。古人用什么方法凿出来这两个墓道？石头非常坚硬，而且墓道因为是长乘宽的，墓道的犄角都是非常清根儿的。他为什么依山而建，为什么选择这么硬的石头呢？就是怕后人盗墓。

新的防盗措施是塞石。他们根据墓道的宽窄，每层堆放了十三块巨石，一共两层二十六块，一块石头大约六七吨重，石头和石头摞在一起的时候，一个硬币都塞不进去。人工把石头依次推进墓道。因为跟墓道大小基本一致，推进去以后就甭想拿出来了。当把墓主人安葬完毕，所有的事情都做完的时候，就把石头依次推进墓道，换句话说，即便你找到这个墓道，你也抠不出来这里头六七吨重的石头。今天的人都把它们弄出来了。怎么弄出来的呢？在石头迎在外面这个断面打一个蚁鼻孔，就是从上侧往斜下方打，从下侧往斜上方打，把它打穿，打穿以后挂住钢索，把石头给拽出来。

盗墓的人基本上对它就没有办法了。可是墓道打开之后，发现这墓依然被盗过，盗得比较惨，耳室都被盗空。什么叫耳室呢？就是像耳朵一样的小屋，整个墓道旁边都是一个一个小屋。由于墓道比较长，有一到两个耳室没被盗掘，仅这小耳室出土的文物，就让人吃惊了。大量精美的玉器，从玉质到工艺，你难以想象是两千多年前的杰作。

这个墓葬的主人是谁呢？是西汉楚襄王刘注，北边是其夫人的墓。

龟山汉墓和狮子山汉墓，今天是徐州最重要的旅游景点。看这两个墓的时候你要知道，它们依山而建。这种墓葬历史上还被盗过，而且不止一次。怎么盗的呢？他们是从侧面找位置，找可能打穿的地方。盗墓贼也打一个墓道，在石头之间打了一个洞就钻进去了。

未被盗掘的三大名墓

1949 年以来发现了三座未被盗掘的汉墓。

第一个是 1968 年发现的河北满城汉墓。军队修工事，一炮就崩出来了。据说战士下去以后，手搭凉棚拿电筒一照，吓得就跑上来，说不得了了，里头全是金子。这个汉墓是经周恩来总理特批发掘的，中科院院长郭沫若亲临现场指导。这个墓葬完全仿宫殿，非常宏大。

满城汉墓属于诸侯一级的大墓，居然未被盗掘，这让所有的学者震惊。墓主人是中山靖王刘胜，汉书说他乐酒好肉，就是爱吃爱喝。还说他有子百二十馀人。

这里出土的最重要的文物是什么呢？就是大家熟知的长信宫灯。鎏金，姿势优美，灯罩可以活动，大袖子里走烟，烟直接进入水里，完全环保。

它让世人第一次看到金缕玉衣。之前，金缕玉衣都只有文献记载，谁也没有见到过。还有错金银的博山炉，也非常漂亮。

当时，郭沫若到达现场，让工人赶紧往那边挖，说那边可能还有一个墓。这一挖，就把刘胜夫人窦绾的墓葬挖出来了。在满城汉墓出土文物的基础上，河北省博物馆建起来了。

汉代诸侯一级的大墓，未被盗掘的还有两个。

一个是1971年发掘的长沙马王堆汉墓。出土文物有一万多件——只要是大型汉墓，出土的文物都是万级的。比较多的是丝织品，有一件纱衣，从头到脚下来仅有四十九克，不到一两。还有大量精美的漆器，写着"君幸酒""君幸食"。

更重要的是一具老太太的遗体。两千年尸身不朽，出土时身上竟然有弹性，头发都是黑的。经解剖，发现老太太死前几个小时吃过香瓜，可见她是抱病身亡的，有可能是心脏病。

还有一个就是南越王墓。南越王墓博物馆基本上是按着原始状态布局的，除了展出大厅，整个墓道什么的，都允许进去看。南越王墓规格比较小。南越王赵佗是北方人，他是河北人，当年被秦国派过去。过去老说南方有瘴气，就是湿气，北方人尤其不适应。过去的人，都是适应自然环境的，今天的人是适应科技环境，所以没有什么水土不服的问题。赵佗非常适应广州的水土气候，且乐此不疲，不愿意回去，就在远离中央的地方称帝。墓葬里出土了一方印，印上写着"文帝行玺"。这文帝是谁呢？是他的孙子赵眜，也叫赵胡。为什么赵佗的儿子们都没继承这王位呢？因为赵佗活的岁数太大，把儿子们全都给熬死了，儿子没活过爹就全走了，孙子直接接了爷爷的班。

赵佗的墓在哪儿呢？知道古人是这样的，孙子的墓一定不会瞎埋，一定跟他爷爷的墓是有联系的。有人认为，赵佗的墓葬就在越秀山内。如果赵佗的墓被发现了，倘若未被盗掘，我想出土的文物，将大大地优于南越王墓。

这三座墓都是偶然被发现的。

频繁遭盗的曹操墓

挖掘曹操墓的时候，发现墓葬等级比较低，里头没什么文物，原因在于该墓屡次被盗掘。据说公安人员下去一看，说这地儿，河南人来过，河北人来过，山东人来过，山西人来过。为什么这么说呢？这满地的烟盒，来自各地的香烟生产厂。

究竟有多少盗贼光顾过曹操墓呢？几十次总是有的。出土的文物中，魏武王所用格虎大刀和格虎大戟，是其中最重要的文物，因为上面有文字。大家记住，凡是有文字的文物都是非常重要的，因为它能够准确地传达信息。

尽管曹操墓有争议，但我们宁愿相信它就是曹操的墓。当年曹操新设置了一种官职，叫摸金校尉，就是专门挖人祖坟的。今天回过头看，曹操的墓被盗成这样，跟他当年设置的官职可能有直接关系。唉，曹操可谓自食其果。

脱手秀

这是一个玉猪，莹润无比。后面的沁色也非常美丽。玉猪有很专业的名字，叫握。什么叫握呢？就是握在手里，玉握。

古人死了以后，九窍都得塞上。我们说七窍，就是脸上。另外还有两窍，自个儿想都在哪，就是有洞的地方都得塞上，防止你走气。嘴里含着一个蝉，俗称季鸟。手里握着两个猪。嘴里含着蝉，是古人认为蝉不食人间烟火，光喝露水就可以引吭高歌，而且蝉是从地底下钻出来的，可以再生，所以嘴里含一蝉是希望你再生。手里搁俩猪干吗呢？猪是财富的象征，握在手里表明你有钱。

对汉代玉有基本了解的人，都知道叫汉八刀。汉八刀不是就有八刀，是指它所有的纹饰都成汉字八形。这个猪因为它便于握，所以必须做成长形，它的抽象能力非常强。它的嘴完全是猪嘴，是平的。身子是非常温顺的一种态势。

汉握在汉代玉器中，应该算是一个典型物，并不是说特别罕见，但是如此莹润、如此美不胜收的汉握，还是不太多见的。

这握应该是一对，一手一个。为什么这儿就一个呢？是我当年只买了一个。过去做古玩的人都小心眼，为了多卖钱，就把东西拆开卖，当你上了钩，他下一个一定贵。如果贵到你可以容忍，你也就把那个买过来了；如果不容忍，你就不买那一个。我就属于不容忍。

盗墓（下）

洛阳铲是李鸭子的天才发明

考古和盗墓实际上是一个事物的两个面，考古是正面，盗墓就是背面，是不可见人的一面。但有意思的是，做这两件事都要使用同一个工具，那就是赫赫有名的洛阳铲。

洛阳铲显然是在洛阳发明的。过去有一种说法，叫"生在苏杭，葬在北邙"。邙就是邙山。洛阳铲什么样子呢？洛阳铲基本上呈筒状。据说是一个叫李鸭子的人发明的，听准了，李鸭子，这鸭子没有歧义，是他的名字，既不是嘎嘎的鸭子，也不是你想象中的鸭子，就是李鸭子。据说李鸭子吃包子的时候，看人家有那么一个铲，一下子突发灵感，觉得那铲能带起土来，就发明了洛阳铲。我也看到另外一种说法，说洛阳铲的发明是受马蹄的启发，马在奔跑的时候，尤其在泥地奔跑的时候，马蹄铁会带起很多土来。

在苏北等地，当年农家都有这种工具，就叫小筒锹，这一听就听懂了，开沟，栽个苗都很省事。洛阳铲如果打得好的话，就是你使用得很得手的话，一个直径二十公分左右的洞，往下打个十米二十米，在一两个小时之内就能打完。洛阳铲打下去的时候，往上一提，一看土层，专家或盗墓贼都能判断底下的墓葬是什么墓，会不会出东西。这就是洛阳铲的功效。今天探土方，依然用洛阳铲。考古者不可以没有洛阳铲，那盗墓的人呢？也不可以没有洛阳铲。

找吧

现在人谈感情时常说的「深埋」，是古人的反盗墓良方

盗墓与反盗墓

因为盗墓的出现，汉代以后的墓葬就开始考虑反盗墓问题。

最简单的方式叫深埋，埋得越深，你挖起来就越困难。为了防止被盗，古人还发明了一种墓，叫流沙墓。沙子是活动的，一站到上头就往下陷，很快就会被活埋了。流沙墓就利用这个原理，在墓葬前后左右五个方位灌满了流沙，一般厚达两三米，盗墓的人一挖到这儿，盗洞就给迅速填满了，而且可能要付出生命的代价。有的流沙墓里夹杂几百斤重的石头，一旦被砸中，就有生命之虞。

流沙墓成本巨大，要在前后左右布满很多沙子，而沙子要从很远的地方运来。历史上发现的流沙墓并不多，也没看到它多有效。

于是，真假墓出现了：设置多个坟冢，让你闹不清楚真墓所在。你就挨个找去吧，可能全都是假的。

还有另一种真假墓，是在墓里做一假棺椁。一般情况下，他会把假的棺椁搁在表面上，在墓下侧再挖深一个坑，把遗体葬在最下面。盗墓贼进来以后，掀开棺椁一看是空的，以为被人捷足先登了，就沮丧而归。

盗墓小说和一些电影中，极力渲染墓中暗藏的诸多杀机，比如弓弩。弓弩可不可能呢？可能。但是要说那些机械弓弩，今天就是用最现代化的方式，装饰出具有强大功能的防范措施，也不可能长时间保留一定的动力。所以弓弩这些东西呢，也就是吓唬人的。

再有就是毒气。说一扒开墓，先拿蜡烛或油灯试一试，忽的一灭，就证明有毒气，赶紧上来。还有，人下去时拎一鸟，因为鸟对气体非常敏感。实际上，古人在墓葬中搁毒是有限的，最多的就是传说中的秦王陵，水银泻地，底下有水银成江海。有没有水银呢？今天的考古工作者去勘察的时候测试，秦王陵附近土中的汞含量，超过正常值几百倍，证明史书上的记载是可信的。但是它要成为江海，要在墓底下成为水银的江海，那是不可信的。事实上，墓道中的很多毒气是天然来的，比如长期不通风，以及微生物的繁殖。

所有反盗墓的措施，今天从科学的角度看，都是一种夸大其辞的谣传。从某种意义上讲，都是吓唬盗墓贼的。在考古过程中，唯一能看到的是什么呢？就是塞门石。比如定陵，当年皇上都安置好了，最后一个人退出墓室，把门关上，门后头有块石头顶着这门，当门关上的时候，这石头就落到应有的位置卡住了。它上头有个槽，卡住了就再也起不来了，你想推开这个门是没有可能的。那考古工作者是用什么方法把它打开的呢？很简单，一根铁丝挂住它，一拖就拖开了。所以说，任何反盗墓的措施，在盗墓贼和考古工作者面前都是不起作用的。

辽代耶律羽之墓也未幸免

一千多年前的辽国，是契丹民族建立的。契丹民族对中国的影响很大。

这些年，辽国墓葬也没少挖掘，其中保存最完好的是陈国公主墓，出土的时候，所有的文物都在原方位。也有墓葬被移动过的，比如辽国开国元勋耶律羽之墓。耶律羽之是阿保机的堂兄弟，地位显赫，他死了以后安葬的成本很高。辽国人，包括后来的金国人，都属于渔猎民族，是游牧民族的一支，定居的愿望远高于蒙古民族。蒙古民族骑着马就高兴，走得越远越高兴，但辽国人还是愿意择水草而居。从文物中可以证明这一点。

耶律羽之的墓被盗掘过，到今天都没有破案。盗贼进去拿了什么东西呢？也不清楚。里头所有国宝级的瓷器，一件都没拿。很简单，黄金太多拿不过来，我们估计这两三个盗贼，就拿了黄金一项，没敢再回来。有人判断，说这些人一定会回来，因为墓葬里好东西太多。或许盗墓贼自感罪恶太大，没敢再回来。邻村村长，带领村民钻到里头拿了很多东西，等考古队和公安局到了，就把东西都交出来了。

我在内蒙古考古所看到了耶律羽之墓中的很多宝贝，印象深的有大皮囊壶。一个白色，一个褐色，块头很大。在过去的公私收藏中，在所有的资料图录中，都没有见过这么大的。今天要是拿这么大一个瓷皮囊壶，市场上都没有人认，人家会说这尺寸不对。这东西装上水，拎都拎不动。他们做这么大干吗？从道理上好像讲不通，但是因为耶律羽之的地位，这两件东西可能是象征物，也可能是专门为陪葬做的，所以不顾尺度。文物是要有尺度的。

通过耶律羽之墓出土的大量瓷器，能够看到游牧文化向农耕文化的靠拢，这个靠拢对我们文化的形成弥足珍贵。在漫长的文明进程中，汉民族向游牧民族学到了很多东西。

盗墓贼"唤醒"梁庄王墓

明代墓里有很多跟皇上沾亲带故的王爷墓。2001 年在湖北钟祥发掘了一个梁庄王墓，这墓很出名，是因为出土的文物非常美丽。

这个墓是怎么被发现的呢？盗墓贼选在这年春节动手，过节放炮仗，你放炮他也放炮，你放炮是喜庆，他放炮是为了崩开墓。他放了一炮，全村人都出来了，说谁放的炮这么大动静。这几个盗墓贼被吓跑了。村民看到梁庄王墓已崩开一个大口子，赶紧上报，国家文物局批文进行抢救性挖掘。

看到被爆现场，人们都觉得凶多吉少了。把墓豁开，一点一点地清理，打开墓道，里头有两米多深的污水，什么都看不见。几台抽水机往外抽，抽到一定程度时，看见丝织品出来了，弄个小托盘举着，但怎么看着它都像毛巾，拿清水冲干净，上面印着某某毛巾厂，所有人的心就凉了。

等水彻底抽干净以后，竟然发现里头没有动过。大金盘、金壶都在原地摆着，虽然有位移——因为有水，这些东西都会位移，但都在里头待着。出土了多少文物呢？听着都惊人，总共五千一百件。五千多件文物中，最重要的是金器。金器的累加重量，估计得有二十公斤，因为它上面有很多是镶嵌宝石的。玉器有一千四百多件。最引人注目的是什么呢？是它的黄金首饰，黄金首饰镶着很多宝石。为什么镶那么多宝石呢？我可以告诉你，永乐下西洋，并不是穿过大西洋走，而是沿着东南亚的沿海走，他从东南亚带回来很多很多宝石。今天都知道，斯里兰卡这地方宝石很多，那个宝石跟今天的宝石是有一定区别的，它都是那种类似彩石似的宝石，有红色的（所谓红色是有点紫，红中发紫发粉），有黄色的，有蓝色的，有绿色的，非常漂亮。这堆首饰展出的时候我去看过，如今也是常年展出。

中国人今天戴的大部分首饰，镶钻的都非常西化。中国人过去对钻石没什么感觉，第一，这个国土上不产；第二，钻石主要是要靠折光的，钻石真正的兴起跟电有直接关系，如果没有电，钻石不显得那么好看，在低照度情况下，倒是这种彩色的宝石非常漂亮。

为什么要看博物馆呢？就因为它提供了我们曾有的文化标高：就是在商代的时候，达到一个什么样的成就；在周代的时候，达到一个什么样的成就；在秦汉、隋唐、宋元、明清以后，依次达到什么样的成就。博物馆都会有实物来替历史说话。记录历史有两个途径，第一个途径是文字，但文字记录的历史，除了经常被后世修改，还带有写史人主观的愿望；第二个途径就是实物，证物不言，所有的证据虽然不能够说话，但它能准确地传达历史提供的信息。

脱
手
秀

皮囊壶是辽代契丹民族最喜欢的瓷器，最初是用皮子做的。皮囊壶是一个俗称，实际上皮囊壶中也有仿金属器的，如铜、银、金。

这件东西明显是仿皮囊。皮囊便于携带，不怕磕碰。游牧民族每天都在移动当中，他们用皮囊壶装水。也有坏处，比如可能漏水什么的，所以他们就向往农耕民族的容器——瓷器。在文明发展到一定程度，有相对定居愿望的时候，他们就愿意用瓷器来仿皮具。

这是一个辽代的皮囊壶。辽代皮囊壶上，有很多趴着猴，有的是一个猴头，有的还趴着两个猴，其文化含义究竟是什么呢？不清楚。我们今天不是有能力解释所有历史现象的。

皮囊壶在历史上就是很得手的一个水器，装水倒水很方便。这种水器从某种角度上看，它还受到西域的影响。今天在中东地区，可以看到很多水器也是这种敞口的，专业术语叫"敞流"，就是流水的地方是敞着的。汉人认为流水的地方一定要在一个管状物，就是所谓的壶嘴中出现，第一是比较清洁，第二注水时比较准确。但是有的东西，利用壶就不那么方便，什么东西呢？比如说酸奶，酸奶粘稠，从茶壶中倒酸奶是很痛苦的事，但如果装在敞流壶里，就很容易倒出来。

被文革毁掉的文物

暴殄天物的毁灭

前些日子，手机微信里经常能收到点小视频，是什么呢？是四五十年前，1966 年到 1968 年大量毁坏文物的视频。我收到又转发出去，很多人看了很惊讶，说那时候的人怎么会这个样子？那时候的人就这个样子。你比如说砸瓷器，我们今天觉得心疼得不行，甭说是古代的瓷器，就是今儿烧的新货，你掉地上都会心疼半天。那时候一点都不心疼，你看那个视频里砸瓷器的场面，一堆拿起来一个一个砸，最后全砸成碎片，每一件今天都价值连城。烧字画，毁文物，小的家藏的东西都毁了；大的文物，拆的拆，砸的砸，有的庙就被彻底给毁掉、拆掉、烧掉。

那个时候的人为什么对文物有这么大仇恨？文物招谁惹谁了？怎么在那个历史时期就变成社会的敌人？想不通，觉得这东西也不招惹你，为什么要把它毁了呢？它们是有价值的，有多层次价值。比如瓷器，第一，它有艺术价值；第二，如果它是一件老东西就有历史价值，证明我们某一个时期的历史高度或者历史审美；第三，它有经济价值，就说一花瓶，你不当古董买，回去装水插花，它也有经济价值；它还有社会学的各种附加价值。

但是，当一个文物呈现负价值的时候，就会给你带来麻烦。那么，什么时候文物呈现负价值呢？有艺术品出现以来，都是正价值，价值有高有低，比如北宋时期、明代晚期、乾隆时期文物价值高，到了嘉庆、道光时，相对价值低了。过去兵荒马乱，很多人逃难的时候，都把家里的古董夹着，实在不行，还能用来换俩窝头吃。但 1966 年以后不是那样，尤其下半年，这些东西被冠以"封资修"的称呼，一定要把它毁了。

在历史压力下，人对文物有了仇恨

我喜欢文物收藏那是"文革"以后的事。后来碰见过一个人，他看着我有点儿收藏，就说起他家老爷子太不开眼的事儿。说家里有个乾隆大花瓶，官窑的，平时都不给别人瞧，到过年过节才摆了显摆。"文革"来了，老爷子看着这花瓶提心吊胆。那时的逻辑是：你一个普通老百姓，家里怎么会有这么一价值连城的东西呢？你祖上一定是坏人！他就觉得这东西会给家里带来灾难。怎么办？把它扔了！他就想怎么能把这东西成功地扔出去。大花瓶挺老大个儿，抱着出去，要让残暴的红卫兵逮着，哪有好！想了半天，说先在家里把它毁了，再扔。夜深人静，怕邻居听见，把花瓶裹在棉被里，拿榔头隔着棉被砸碎，再把残片包成四包，让四个儿子朝东西南北四个方向扔出去。他这儿子跟我抱怨说：我爹真不开眼，当年砸碎了，哪怕在院里挖一坑埋了，今儿刨出来瓷片都能卖钱。

这种事并不少见。我在琉璃厂呆过一阵子，认得那儿很多老住户，有一个人跟我说，1966 年抄家风一兴起，就有人告诉他们，你们家肯定得被抄，抄不着东西就是无产阶级；抄出东西来，弄不好有人得为此丢命。急得连夜把家里值钱的东西乱七八糟包一包，趁着风高月黑，找到垃圾箱往里一扔就跑，跑的时候还不停地看后面有没有人跟着。

我小时候住军队大院，拉一道铁丝网，就算自个儿的院了。首屈一指的空军大院，外墙铁丝网拉着，后院里都是普通平房。有一次，院里下水道堵了，找人来疏通。怎么疏呢？用一特长的大竹板，几个人合力往里捅。那时候的下水道都是瓦的，一个套一个，捅半天，怎么折腾都弄不通。没招了，就把这截水道挖出来，一截一截拆开看，什么在里头堵了呢？一大金佛！今天回忆起来，不是金佛，是鎏金佛。这东西怎么能扔到下水道里？又是怎么扔进去的呢？我们想起来都是个谜。

"文革"的处境让我对文物感兴趣

"文革"中，红卫兵砸寺院，佛像都跟人等高，甚至比人还大，他们抡圆了铁锤、木棒就把它们砸瘪了。1966年抄得比较多的是书画，过去有点文化的人家里都有书画。记得那时候，城区有些文化站的工作人员，每天早上起来，拿根火柴点根烟，剩下半截烧书画，每天烧。早上点火，下班时泼盆水灭了，第二天早上接着烧，一烧烧半个月。

今天说这些事儿心疼。但真正刻骨铭心的是我们年长的那一代人，拥有这些东西的人。我作为旁观者当时确实没有心痛的感觉，就觉得这事很怪。为什

空军大院外墙布满了生锈的铁丝网

么后来喜欢文物呢？就是因为理解不了人们对文物的仇恨。

我最初喜欢文物的时候，花钱都花不出去。我搜罗这些东西，就有人问我，你想干吗？那时候认为这些东西是"封资修"的，你找它说明你这人心术不正。那个时代古董和文物的悲惨处境，使我对它们产生了兴趣。

我买过一个瓶子，买的时候根本不知道是什么。买回来扔到窗台上，看了很久很久，终于明白了。那是个方瓶，口是坏的，犬牙交错。卖给我的那人也不知道是干什么的，就说是家里被查抄，进来的人一看这瓶子，隔着窗户就给扔院里去了。这瓶子飞出老远撞到树上，瓶口碎了，树底下是湿的，泥软，瓶子下半身就完整保留下来了。瓶身上画了五条龙，一条龙一个颜色，漂亮至极，龙鳞画得非常细。

我一开始以为是乾隆时期的。看了很多年后恍然大悟：这东西是道光的，应该是道光官窑！可这东西在窗台上摆了几十年，后来就不知道哪去了。最初这东西造出来时，上面有龙。表明它可能曾身在皇家，保存了小二百年传到一普通人家，也是当宝贝供着。结果赶上一场动乱，被一个外人隔着窗户给扔出去，不幸中的万幸是没有完全变成碎片，大半身都是完整的。然后，在一个特定的时间，以很低的价格落到我手里。我通过它学习了很多知识，它在我这里完成了使命。最终送给谁了呢？不记得了。

脱手秀

青花尊，颜色特正。这上面画的是缠枝莲。

青花画缠枝莲，表示清廉。从永乐时期烧瓷器起，就烧一束莲，缠枝莲。清朝，尤其是雍正时期，吏治非常严厉，杀了不少人，所以雍正时期的青花，最爱画的就是缠枝莲。从造型上看，是雍正后期或者是乾隆早期的。之所以有点不那么确定，是因为它的底下什么都没有，底儿摸着非常光滑。原来应该有款，被磨掉了。如果底下没款，犯不着磨它。晚清闹官窑，慈禧太后跟八国联军宣战后跑了，宫中很多东西流散了。她回来的时候想收回，有人不想交，就把款给磨了。从雍正到乾隆，历经晚清动荡，这东西经过有些人的精心磨制，一直保留到了现在。

文物的查抄退赔

收藏家是查抄的主要对象

什么人的文物容易被人查抄呢？就是那些收藏家和有地位的人。因为他们的东西多，值得查抄。比如，大家熟知的王世襄先生，他所有的家具在 1966 年时都被查抄走了。

王先生是个很仔细的人，他所有被抄走的东西都有详尽的名单，名单上所有的要素都很清晰，比如名称、材质、尺寸。家具这东西好辨识，你说你有一条案，长三米二三，一量三米二三，那就是这件；宽四十六点五，就是四十六点五，一看肯定是这件了。所以，相对来说，被抄走的家具很多都返还了。王世襄先生被抄走的家具退赔以后，搁到小屋里，弄得他都没地儿睡觉，有一段时间只好睡在顶箱大柜上。过去的柜子面宽，宽的能达到一米八，跟一个人的身高差不多（王先生个儿不算太高），里头净深有七十公分。你算算，就是一单人床的宽度。王世襄先生的家具清单比较详尽，查抄的物资大部分都追回来了。

有人就没那么幸运。有的人在查抄前还自由着，虽然冲击到了，但人身还没有受到伤害，还没有身陷囹圄，还有机会陪伴这些东西或者看这东西一眼。有的老先生被抄家的时候上来说：你打我可以，东西不能动，东西我全部上交；清单在这，把东西运走，小心为好；东西我可以交给国家，我自己不留也要把东西保护好。所以有很多东西，当时都抄到了公家的文物单位。

抄家拖文物比直接
毁掉要好一些

北京有几个著名藏家，比如关祖章关家。关家的铜镜闻名中国。关祖章先
生是在美国受的教育，学的是工艺。到民国时，他是交通部的工程师，专门主
攻铜镜。过去收藏铜镜的人就是收三代铜镜，什么叫三代铜镜呢？就是战国、
汉和唐。关先生有眼力，他把中国历史上每个阶段的铜镜都收集齐了。几千面
铜镜，就是一部中国铜镜史，却一股脑地全给查抄了。查抄都是开卡车去，据
说当时上他们家抄的时候，装了好几卡车，拉了好几天才把东西拉完。

关祖章的铜镜我看过很多面，他有很多很精彩的镶嵌铜镜，嵌金的，嵌螺
钿的——唐代的螺钿都是国宝级的，后来都让给了国家博物馆。二十年前，刚开
始有拍卖的时候，他有一部分东西还上过拍卖，是他的后人拿出来的。据王世襄
先生书中的描述，关祖章是在1966年动乱的时候被打死的，想起来都很恐怖。

跟王世襄先生非常熟的一位家具收藏家叫陈梦家。王先生《明式家具珍赏》
的扉页上写着："仅以此书纪念陈梦家先生"。王先生生前说过多次，他说如果
梦家在，是轮不上我写这本书的。当时他跟陈梦家先生都是家具收藏界的大腕，
两个人互相比着。陈梦家的家境相对来说，比王先生可能还好点，所以他老说
陈梦家的东西比他好。陈梦家每买到一个东西都向他炫耀。但在后来的收藏中，
陈梦家的东西不如王世襄，为什么？是因为王先生的东西基本上都发还了，而
陈梦家在1966年就自杀了，死时年仅五十五岁，他比王先生大三岁。返还给陈
梦家的这批东西，被遗属转让给了上海博物馆。

陈梦家先生年轻时是诗人，"新月派"代表。他是在南京的中央大学读的书，读书时候的老师是谁呢？一个叫徐志摩，一个叫闻一多。他什么时候被抄家的呢？也是1966年8月。1966年8月，北京刮起一股抄家风，把他们家东西全都抄了。抄了以后全部没收了，发还的时候，陈梦家先生已经离世，发还的就可能不是他的所有东西，也不可能是。

田家英——难以幸免的高官

还有一个人，当时地位非常高，叫田家英，毛泽东的秘书。他十六岁去延安，二十六岁就成为毛的秘书，一直到死。田家英天生聪慧，是《毛泽东选集》四卷本总编辑，毛的所有诗篇都由他校对。在业馀时间，他专门收藏明清时期，尤其是清代书家的书札和对联。他买了多少呢？从1949年后开始买，一直买到1966年，说起来买了十多年，大概有一千多件。

田家英先生的收藏质量非常高。我当年到琉璃厂瞎转悠，跟很多老先生都认得。平时聊起这事来，他们说当年田家英先生跑来买东西，他买东西我们最麻烦。我问怎么麻烦，对方说，田先生买东西，我们都不敢当时给他，怕出错，说出了错，没人能承担这责任。说你卖毛主席秘书一个书札三瓜两枣钱，结果是个假的，那你不是等于骗毛主席么？田家英老说这东西都给主席看，那你说谁敢卖他假的？所以每卖他一件东西，都是在场的所有明白人看一遍，有一个人提出异议，这东西就收了，根本不给他看。

那时候东西也多，很多高级干部没事就逛琉璃厂买东西。那东西怎么卖的呢？老师傅跟我这么说的，说三块钱进三块钱卖，五块钱进五块钱卖，八块钱进八块钱卖，十块钱进就没这事了。那时候那东西都值几块钱，没有上十块钱的。田家英工资高，有几百块钱工资，他经常往琉璃厂跑，陆陆续续买了很多东西。

1966年5月，田家英在中南海自杀身亡。他这批东西本来都搁在中南海里，干脆直接就封存了，所以没有丢失。文革后查抄退赔时，这批东西都退给了他的后代。后来出了一本书，大概选了有三百幅，叫《田家英与小莽苍苍斋》。

翻过头看田家英的收藏，他的东西都是真的。为什么都是真东西？就是当年所有的人，都本着一种认真的、不赚钱的态度，为国家、为毛主席、为毛主席秘书工作的态度去做的这笔生意，这生意也不是个赚钱的生意，也不是个赔钱的生意，是个公平的生意，三块钱买三块钱卖，反正不能赚主席的钱，所以这东西就全卖给他了。

查抄退赔：一段沉重的历史

查抄退赔特别有意思。我看过两个有意思的展览，一个是在1968年，叫作"红卫兵查抄成果展览"，在北京展览馆，即当时的莫斯科展览馆。我去之前人家告诉我，说成果那几个字，"红卫兵查抄成果展览"是用金砖拼的。哎哟，当时我就想，金砖，这一块金砖得多大个儿？等进去我才知道，那金砖敢情就鸡蛋这么大个儿。"红卫兵查抄成果展览"什么都有，那时候也不懂，瞎看，看一热闹，就出来了。

后来查抄退赔的时候，有的东西没争议。但有相当多东西的查抄手续不完备，有的红卫兵进去，字都写不利索，谁知道你这都是什么？直接就往车上一装，你还没说话，就先挨一顿打，你当然不敢再问，所以大部分东西，东西跟单子对不上。那怎么办？就开展览。这展览里头全是查抄的东西，暂时无主，每个被查抄的家庭都有权进去认亲去。怎么认呢？这里全是东西，人家告诉你，你手里拿这个条，说你看着这个东西是你们家的，就写上你们家的名字张三李四，往上一贴，就行了。结果这展览，溜溜弄一年多，谁都进去看。我进去看了好几回，一开始进去的时候全是东西，后来再进去里头全是条，谁都贴，都认亲去，嘣嘣嘣贴，贴完了你想看那瓶子是什么，你得把那纸掀起来看，噢，里面是一个九桃瓶啊。

　　为什么好看的东西贴条多呢？很多人不是想发财，而是根本不记得家里被抄走的是什么。从查抄到退赔，近二十年过去，一代人成长起来，很多当事人都走了，人走了，所以不知道哪个是家里的，所以就瞎贴，看着好看的就贴一个。有的人有印象，他说我们家是有几个青花瓶进去，凡是青花的全贴上，说万一哪个给我呢？就贴了。一年多时间，这屋里由一个五彩缤纷的世界变成了全是纸条，到最后你进去的时候感觉很恐怖。

　　到某一天截止，门一关。国家规定：凡是上面贴着一个人的条的，您拿家去；凡是贴着两个以上条的东西全部充公，因为有争议啊。剩下多少件呢，剩下了十二万件，溜溜做一博物馆。这东西就充了公了，因为实在没有办法去分辨这些东西究竟是谁的。这段历史非常沉重。很多人都未必知道有这么一段历史。《物权法》是改革开放以后才有的，我们才知道我们的财产别人不能侵犯！尽管今天侵犯你个人财产的事比比皆是，但好在你可以依法去争取。

　　我年轻的时候喜欢文物这东西，是在那样一个环境中。当我开始收藏的时候，又在一个抄家退赔的环境中。有的东西我是这么买的，那人找我来说哎哎哎，我说什么意思，他说听说你收藏了，我说是喜欢。他拿一纸单子说，几件东西，是我们家的，查抄退赔的，说我不爱看这东西。我说什么意思？说你要帮我买一冰箱彩电，这东西你领去。我一看那东西还真不错，查抄退赔能领回来啊，但是他的诉求是什么呢？说我家里就缺一冰箱彩电，你帮我买了这个，这些东西就归你。我说你能不能把东西先领回来，让我看看。他说我懒得看这些东西，我就不愿意看到它，看到它就想起当年的痛苦，我们家有人为此付出了生命，所以我不想看它，说你要愿意你就帮我一个忙，你就买一冰箱彩电，这东西我就让给你了。

　　你想一想，什么事情能把一个人伤害成这样？这些人都是我打过交道的人，我好多年前帮人鉴定，还有人拿出那查抄的单子，一看单子，我就说这些单子都是我过去见过的。那单子有的是带复写纸的，两张纸中间夹一蓝纸，写下来，模模糊糊，时间长了还不太清楚。就是这些东西，连那张单子，今天都成为文物了。

脱手秀

这椅子就是当年查抄退赔的一个成果。它怎么到我手里的呢？当年我拍《海马歌舞厅》的时候，有天晚上来一人，说他们家有一椅子，问我要不要。

就是这把椅子。椅子上面写着四个字：风光和雅。过去家具上很少有字，这种凸起来的字，肯定是事先设计好的。我一看这椅子，紫檀的，但他说是红木的。1990年时，这只椅子，如果是红木的，就值五百块钱，但他当时跟我要五千块钱，说您要是能买就买，不能买拉倒，这是我们查抄退赔的。我一看还确实是查抄退赔的，我也没敢多说什么。这把椅子设计的空间感很好，是清代雍正到乾隆时期的，只好痛下决心把它买回来。

这上面有查抄的字样"424"。这是当年写的，清出来费了好大劲。后来我做博物馆，展出这件东西时，有人跟我说，这东西是和珅他们家的。为什么呢？上面写着"风光和雅"，古人愿意拟一个词，把自个儿的姓氏融进去，还说椅子是一对，另外一只早年在恭王府。哎哟，我就跑到恭王府去看，转了所有的房间，也没看到一只跟这一模一样的椅子。它究竟是不是和珅他们家的，我还真不知道。那就权当是他们家的，经过二百多年，和珅被查抄一回，"文革"时候又被查抄一回，最终阴错阳差地落到我手里。

一貫吉祥

《一貫吉祥》以南宋龙泉窑官釉象钮盖罐为蓝本。此罐釉色青白，质感莹润，罐钮为一小象，造型别致，寓意万象更新，一贯吉祥。